Indescribable // Love

不可言說

三杏子 著

不可言說的祕密，經年累月的妄想，
終於在此刻，一點一點化爲眞實。

楔子

冬天的天色一向暗得快，這才傍晚，夕陽已沉沒於遠方的山脊之下，暮光皆被厚重的雲層吸收，整座城市呈現出一種灰色調的陰鬱，彷彿隨時會降下一場豪大雨，將街巷傾倒，將櫛次鱗比的鋼鐵森林覆沒。

晦暗的小巷中，少年被猛推在地，撞上身後雜亂堆起的廢棄物，橫插出來的一截掃把棍捅上他的背脊，劇痛迅速蔓延至全身，凌遲他的神經。

但很快的，少年便感受不到痛楚了。

他的碎髮散在額前，遮擋住眼裡的所有。當一下又一下的拳打腳踢不斷來襲，他也只是垂著頭任由他們施暴。

漸漸的，劇痛變成了疼痛，再從疼痛變成了麻木，最後，他就像是被注射了麻醉藥一般，再也感覺不到痛楚。

只是扎進靜脈的不是針頭，而是嘲諷和辱罵。

「欸，你是不是覺得自己成績好很厲害啊？整天甩臉色，好像全世界都欠你八百萬一樣，講個話也愛理不理的，第一名了不起啊？再了不起還不是只有在這裡被我們揍的分，操你媽。」

「你他媽最好給我識相點啊，充哥跟你借考卷抄是看得起你，少在那邊給我假清高，這年頭還有誰不抄作業？要不是你下課死活不借拖時間，老師來教室的時候會看到嗎？我們會被留校檢討嗎？媽的這幾天教官就盯很緊了，你還硬要製造麻煩。可以好好說話偏不要，非要我們動手才願意是吧？」

「問你話呢，啞巴是嗎？幹你娘每天都這麼陰沉，是不是有病啊。欸我聽說隔壁資源班有個男的是自閉兒，我看你也有自閉症吧，你倆結交一下當個拜把兄弟好了。有病的人怎麼還待在普通班？晦氣。」

天氣陰冷，幾個人依舊包圍著他，難聽的字句不停往外蹦，伴隨著狠烈的毆打。少年原先那一點想反抗的心思，也被摁滅在地上，一如他不值一提的自尊心。

其中一名男同學扯著少年的頭髮，強迫他抬起頭。

頭皮被拉扯的撕裂感如撒網般地落了下來，可他一聲也沒吭，就這麼任對方抓著他的髮絲，仰首望向眼前的一群人。

對上少年目光的那一刻，那群學生明顯愣了一下。

太平靜了，沒有任何的波瀾，就算被揍成這樣，他的眼裡也只有一片沉黑。

掙扎、怨恨、憤怒、羞恥、悲傷……所有應該要出現的情緒都無跡可尋，宛如一潭幽暗的死水，水下埋了什麼也無從得知。或許是腐朽的花木，或許是枯骨，也或許是潰爛的精神狀態。

他就像一具空洞的軀殼，眼裡沒有靈魂的蹤跡。

不過一瞬，幾個人又恢復了先前凶狠的模樣，見他始終不說話，手上的力道更重了，不只抓他頭髮，還賞他巴掌，甚至有人抽出他身後那堆廢棄物裡的掃把棍，一舉頂上他的腹部。

少年感受到劇烈的疼痛，胃部一陣痙攣，幾欲將午餐吐了出來，儘管他的午餐只有兩小包蘇打餅乾。

酸水衝上喉頭，少年的臉上終於出現了一絲裂痕。

「賤種。」一直站在後方旁觀跟班們動手的「充哥」突然走了過來。他才十五歲而已，便已有一身魁梧壯碩的身材，看起來就不好惹，典型的混混氣質。

國中生的霸凌是最惡毒的。

小學生還懵懵懂懂，就算欺負人，手段也不至於太壞；高中生相對成熟，行事前大多會先思考後果，真要教訓人也會衡量利弊、拿捏分寸，剛好卡在出事的最後一道防線上。

而國中生介於無知和成熟之間，是最不受控的群體，通常一人號召便多人響應。他們打著爲兄弟兩肋插刀的義氣旗幟，下手一向沒個輕重，甚至會把打架當作功勛，而霸凌他人是氣勢和地位的象徵。

充哥冷笑一聲，抬手用力捏住少年的下巴，「聽說你媽是別人家的小三？果然婊子生下來的孩子也是賤人，低賤是會遺傳的，不要臉。」

天上的積雨雲越來越厚，不知不覺便籠罩了整片樓房。空氣混濁灰暗，溼氣無限膨脹，沒有人會注意到這條不起眼的小巷。

可就在充哥拽著少年的頭要往牆壁上砸的時候，忽然一陣女聲衝破傾壓的夜色，有如劈開天際的驚雷，硬生生將他的動作給暫停了。

「你們在幹什麼！」

少女的聲音是柔和的，卻直直破風而來，她走進巷子裡，臉上毫無畏懼之色。她看了一眼傷痕累累的少年，好看的眉微微蹙起，「霸凌同學？你們膽子很大啊。」

有人張嘴就要罵回去，卻在開口的那一刻被摀住嘴巴，只聞自家兄弟湊到他耳邊低聲道：「你不要命了是吧？她是市長的女兒，我們可惹不起。」

就連充哥都收起臉上的狠戾，手指一鬆，少年的腦袋從他手中脫離，垂直落了下去，在水泥地上撞出一聲悶響。

「羨羨，我們只是在玩，不是妳想的那樣。」充哥臉上堆起笑，像一坨拼湊出來的扭曲肉塊，「明天下課有沒有空，我請妳吃蛋糕？」

「沒空，有補習。」少女理了理被風吹亂的衣襟，視線在癱軟的少年身上逗留了幾秒，而後轉向充哥他們，「還不走？等著我叫警察來？」

聞言，充哥搓著手心對少女諂媚地笑了一下，隨即朝跟班們招了招手，「今天夠了，回去。」

一群人走了之後，少年終於抬起頭。僅僅是一個簡單的仰首，他都做得緩慢而吃力。

他瘦削的臉滿是瘀血和擦傷，青一塊紫一塊，額角橫過一道長長的劃痕，像是指甲抓出來的痕跡。鼻孔和嘴角滲著未乾的血，右半邊的臉頰更是抹上了一張大大的手掌印。

他的左眼腫得睜不開，暫時只能依靠另一隻眼睛視物。

少女的目光定格在明顯已經沒有力氣的少年身上，她見他掙扎著想要坐起來，下一秒卻又滑了下去，變成半躺的姿勢。

光是臉上的傷口就這麼猙獰，更不用說方才被當成沙包揍的身體了。

兩人交眸之際，一聲鈴響割裂令人窒息的氣氛，少女接起電話，溫聲道：「我在回家的路上了，不會遲到，好的媽媽……下雨？我有帶傘，別擔心。」

通話結束後，少女看著少年，粉潤的唇微微翕動，欲言又止，最終卻什麼話也沒說。她拿起手機打了個電話叫救護車，留下最後的善意後，提步離去。

濃重的灰雲終於抵擋不了地心引力的拉扯，瓢潑大雨驟然傾瀉，將這個城市淋得狼狽不堪。

隆冬的風總是凍得刮骨，像刀子一樣吹來，混著氾濫的雨水割上肌膚。

少年躺在地上，放任寒風和暴雨在自己身上肆虐，他想起剛才那個女孩子，漂亮恬靜，渾身透著一股大家閨秀的氣質，舉手投足皆是優雅。

最溫柔的是那雙眉眼，只消稍稍一看，就如春日的風吻上心臟，帶來一捧溫煦。縱然不相識，也能給你一種她在深情凝視的錯覺。

烏黑的長髮用深藍色的緞帶繫在腦後，制服襯衫上沒有一絲多餘的皺褶，百褶裙落在膝上的弧度恰恰好，腳上穿的是某知名品牌的訂製皮鞋，就連拿出來的手機都是上個月最新發行的。

反觀自己這一身，明明是同一件制服，可他的就破敗不堪，不是因爲方才被按在地上揍，而是本身就這麼破舊，白襯衫被洗得發灰，連扣子都掉了兩顆。

一看就是兩個世界的人。

她是含著金湯匙出身的萬眾之花，而他是陰溝裡苟延殘喘的老鼠，若非她叫了救護車，或許直到明天天亮，附近的居民也不會發現有一個人負傷癱在這裡。不會有人在意一條低下階層的賤命。

想到救護車，少年混沌的腦子猛地恢復清明，他得在救護車趕來之前離開這裡。

儘管全身上下都痛得要死，儘管連抬起一根手指頭都費力，他也不能去醫院，他沒有錢可以支付醫療費。

大雨依然不斷落下，少年用盡全身的力氣爬起來，疼痛的身子佝僂著，他步履蹣跚地走到巷口，轉彎，消失在黑暗中。

那背影好似一名落水的罹難者，漸漸地被吞沒在這座偌大的城市——
然後滅頂。

第一章　白月光

這年冬天異常寒冷，風吹過都是削骨般的涼。中午十二點多的陽光正燦爛，卻沒能替這冷意添暖幾分。

在合作公司的樓下停好車，謝綽解開安全帶，正要開車門時，一道鈴聲忽地充盈了這個小小空間，他的同事隨即手忙腳亂地接聽電話。

一秒、五秒、十秒……

同事的表情逐漸難看了起來，在聽到他用那顫抖的聲音說出話之後，謝綽心裡終於也有了個底。

「兄弟，我媽剛剛突然昏倒，被送急診室了，我……」

謝綽點點頭，臉上沒什麼表情，「快去醫院吧，這邊我一個人來就可以了。」

「抱歉，原本這個項目主要是我負責的，今天這麼重要的會議我還……」

「沒事，我能應付，回頭再把重點紀錄發給你。」謝綽打斷他，「你現在該擔心的是你媽。」

同事愣了一下，覺得最後一句話的語氣怎麼聽怎麼微妙，可也不無道理。

他轉念一想，謝綽本來就是這種冷冷的性子，偶爾甚至有些不近人情，這麼一想，倒也不意外了。

「知道了，謝謝兄弟，之後請你吃飯啊。」他拍了拍他的肩，在謝綽下了車之後，飛速地駛車衝往市立醫院。

謝綽抬手拂過剛才被輕拍的肩，像是要拭去什麼似的，接著頭也不回地踏進辦公大樓。

與櫃檯小姐說明來意後，他攏了攏因不習慣而有些束縛的領帶，盯著電子面板上的樓層數字，心裡默默計時，在數到零的那個當下，電梯門正好打開。

前面有個人影，先他一步進去後就站在邊上，謝綽沒去看對方，垂著眼走進電梯。

在電梯門闔上的前一刻，一道女聲響起：「先生，幾樓？」

女人的聲音很柔和，讓人聯想到春夜裡寧靜的晚風，還有懸在樹梢的白月光，每一寸都是如練般的柔順。

謝綽的眼睫幾不可察地顫了顫，抬首望向聲源。

「嗯？」女人與他對上目光。

在看見女人容貌的時候，謝綽的臉色終於有了一絲裂痕。他瞳孔驟然緊縮，像是不可置信。

「五樓。」不過一瞬，他便恢復到心如止水的模樣，視線往樓層按鍵那邊投去，「妳已經按了。」

「巧了。」五樓正好是他們部門的辦公室，徐羡笑了笑，從包裡掏出一張名片遞給他，「您好，我是成漾的行銷企劃，請問您今天光臨敝公司是……」

她的手指細白，美甲是彩度很低的灰藍色，甲片上綴有零星的不規則金箔，看得出來是個注重打扮的女人。

謝綽接過那張小小的紙片，名片左上角印著「成漾創意整合行銷股份有限公司」的LOGO，往下一看是職位名稱和姓名，再來便是聯絡方式。

他盯著那用黑色油墨印刷出來的「徐羨」兩個字，某些陳年的記憶被拉扯出來，在心下掀起細微潮汐。

他緊抿的唇線鬆懈了幾許，但很快又恢復平直。

謝綽將名片收進口袋，沒有伸出手與她交握，也沒有回答問題，只禮貌地微微點頭示意：「謝謝。」

徐羨想，這人好冷淡啊。

她不置可否，衝他彎起眉眼，提著塑膠袋的手指蜷了蜷，移開目光時面色又倏然冷了下來，眼底笑意全無，嘴角卻還是習慣性地翹著。

然而徐羨很快就笑不出來了。

剎那間，原本緩緩上升的電梯忽然上下震了震，劇烈的晃動讓兩人腦子空白了幾秒。

沒過多久，他們便感受到電梯停了下來。

在半空中。

徐羨看著逐漸變黑的樓層顯示板，半晌才憋出一句話：「這是……故障了嗎？」

謝綽點頭，面上還是那波瀾不驚的模樣。他熟練地按下緊急呼叫鈕，朝著對講機冷靜道：「我們被困在電梯裡了，受害者兩名，請盡快協助救援。」

對講機另一頭的人應了聲，安撫幾句之後麻利地打給消防局。

「可能是卡住了，只是不知道卡在哪，隨便開門或許會有危險。這裡離消防局不遠，消防人員應該馬上就會來了。」謝綽回身，見女人還沒回神，他抬手在她眼前揮了揮，「妳很怕？」

「也、也沒有……只是有點嚇到了。」徐羨花了三十秒平復自己紊亂的心跳，確定將那些滋長的恐慌壓下去後，才佯裝鎮定地再次開口，「你不怕嗎？你看起來很有經驗。」

「沒什麼好怕的。」謝綽慢條斯理地整理袖口，「小時候住的地方太老舊，電梯不常保養，被困了幾次也就習慣了。」

徐羨發現男人的衣袖已是平整的，其實大可不必整理，可他卻還是一個勁兒地捋平袖口，指腹一下又一下地捻著布料，將它翻摺到一個恰好的角度，像是有什麼強迫症似的。

徐羨不動聲色地挪開視線，扯了扯唇，「你心理狀態眞好，要是我在小的時候被關在電梯裡，肯定會有ＰＴＳＤ。」

儘管女人語聲溫和，嘴邊的弧度也彎得優雅，像溫柔的心理諮商師正在關心病人，可謝綽就是有一種莫名的直覺，總覺得她在敷衍。

他沒有在徐羨的眞心上琢磨太久，兩人倚著牆面對面沉默著，狹小的方形空間裡一片寂靜，那種沉寂隨著時間流逝越發擴大，塡滿了整個電梯。

「對了，建議妳扶著把手蹲下，背靠牆護住脖頸。」不知道過了多久，謝綽忽地啟唇，「雖然應該只是單純卡住，但難保有什麼意外，例如電梯突然墜落。」

徐羨揚了揚眉，感到有些疑惑，照做之後才恍然意識到什麼。她仰頭看向他，「那你呢？」

謝綽對於她的關心有些意外，視線掠過那漂亮的五官，最終停在左側下巴那顆淺淺的小痣，然後道：「我不用。」

意外就意外吧，反正死了就死了。

聞聲，徐羨也沒有再多說什麼，電梯裡又回到了先前的寂靜。

許是蹲累了腳有點痠，再加上穿著直筒裙和高跟鞋不太方便，五分鐘後，徐羨乾脆直接貼著牆坐了下來。

謝綽見她調整至一個舒服的坐姿，接著從手裡的塑膠袋中翻出一盒便當打開，再行雲流水地拆開免洗筷，旁若無人地吃了起來。

他居高臨下地望著坐在地上吃便當的徐羨，從這個角度可以看到她頭頂上那小小的髮旋，烏黑滑順的髮絲披肩而下，眉眼低垂，捲翹的睫毛纖密，在眼皮下方掃出一層淡淡的陰影。

謝綽想，是真的變了很多，以前的她是不可能這麼直接了當席地而坐的。

不過，儘管她經歷了那種事情，現在的行爲也與過去有些許差別，但刻進骨子裡的修養卻沒有被生活磨平，她看起來依舊溫柔、大氣。

或許，命運多少還是有點惻隱之心，它讓那個少女從雲端摔到谷底，卻沒有在她身上留下太多疤痕，至少從外表來看沒有。

電梯上頭的白光打在徐羨身上，給人說不出的清冷感。

俯視確實會有一種高高在上的錯覺，他不由得思考，許多年前，在那個晦暗的小巷中，她也是這樣看著癱倒在地上的他嗎？

是吧，是憐憫吧。

「怎麼了？」徐羨吃到一半，感受到那道停留太久的視線，稍稍仰起頭望向他，「你也想吃嗎？」

謝綽無語。

「你一定在想，都什麼時候了還有閒情逸致吃飯，心也是夠大。」徐羨笑了聲，聳聳肩，又往嘴裡塞了一塊豆干，「如果真的出了什麼意外逃不出去的話，那我死前至少不能餓肚子，對吧？」

謝綽心想，還眞有點道理。

「你眞的不吃嗎？我可以分你一點。」徐羨見男人一臉無語，抬了抬手中的便當，夾起一塊炸排骨往他的方向送，「當餓死鬼太不優雅了。」

謝綽面無表情地盯著那塊排骨，矜持地回道：「謝謝，不用。另外，我們不會逃不出去的。」

徐羨收回手，咬排骨的動作輕輕一頓。很神奇，這人雖然冷冷淡淡的，但說話好像有一種魔力，可以讓人無條件地相信他。

她這種第一次遇上電梯故障的倒楣蛋，可以在短時間內壓下心中恐懼，甚至面色如常地吃午飯，或許也是因爲謝綽的表現太過冷靜，給人一種無形的安全感。

徐羨咽下最後一口白飯，站起身的同時，一陣眩暈感在腦海裡炸開，她腳步一時間有些踉蹌，連忙扶住身旁的把手。

謝綽下意識伸出去的手在半空中一滯，於她站穩腳步前收了回來。

過了一會兒，消防人員便趕來了，兩人順利地出了電梯。

徐羨微笑著向消防人員道謝，而辦公大樓的保全也對他倆致歉。

徐羨看了眼手錶，令人慶幸的是距離會議開始還有幾分鐘，這代表她沒有遲到，也成功避免被某些人陰陽怪氣的機會。

她目送消防人員和保全離開後，轉而面向身旁的男人，漂亮的瑞鳳眼還殘留著些許笑意，「謝謝你，下次有機會請務必讓我請你吃一頓飯。我有一場會議即將開始，就先告辭了，再見。」

說完客套話，徐羨立刻轉身就走，豈料她正要打開門時，便聽到身後傳來一句：

「一起進去吧。」

謝綍從容地推開玻璃門，在她疑惑的目光中緩緩開口：「我今天就是來和貴公司商討合作案的。」

「這麼巧。」徐羨愣了一下，有些抱歉地道，「那是我招待不周了。」

兩人走了幾步就被一名女士攔下來，「是謝先生吧？您好您好，我是負責跟你們接洽的Ivy，我帶您去會議室吧。有想要喝什麼嗎，茶或咖啡？」

徐羨怔了怔，原來他方才說的合作案，指的就是她最近在準備的案子。

其實平時負責對外溝通的不是謝綍，他也不認識什麼Ivy，不過如今對方一開口就是謝先生，可見他同事已經事先打好了招呼，並表示今天只有他一個人會出席。

謝綍禮貌地回了一句「水就好了」，接著就見Ivy轉向徐羨，「趕緊的啊，我聽說妳被困在電梯裡的事了，平安回來就好，差不多要開始了。」

徐羨應了聲，待Ivy領著謝綍離開之後，便連忙回到自己的辦公桌上拿筆電，然後匆匆進入會議室，向在座的人道：「抱歉，剛剛出了點意外，讓大家久等了。」

「謝先生，關於這次的合作我們準備了兩個提案，今天會針對這兩個方案進行介紹，您再看看哪一種較符合你們對產品規劃的需求，有什麼需要修正的也可以隨時提出。」Ivy見大家都到齊了，也就不再廢話，直接切入主題。

徐羨藉著筆電螢幕的遮擋，偷偷瞟了坐在對面的謝綍一眼。儘管她對自己的企劃十分有信心，但這會兒突然有一種自己的命運都掌握在這個男人手中的感覺，而這種感覺並不舒服。

她端坐在椅子上看王郁珊報告，眼角餘光時不時瞥向謝綍，想要觀察他臉上的微表情，藉此分析他對於方案的看法。

見他全程癱著一張臉，一副對於這份企劃沒有任何感想的模樣，徐羨才稍稍放心。

沒有感想雖然代表沒有缺點，卻也象徵著這個提案沒有任何值得注意的地方，平庸且無趣。

徐羨覺得很奇怪，她對自己的能力有信心，以往就算面臨要被選擇的情況，也不至於這麼緊張，為什麼這回會如此失常？

她推測，也許是因為剛才歷經了電梯驚魂記，也或許是因為昨天熬夜到三點，才修改好這份提案，這才使得她現在有些敏感。

王郁珊結束之後，徐羨在頃刻間收拾好心緒，將筆電連接到投影機，讓螢幕畫面出現在投影幕上，露出精心製作的簡報，並開始介紹。

口條流暢，脈絡清晰，謝綽看著女人展現自己專業的一面。室內的暖光傾落而下，方才在電梯裡的那種清冷感消失了。

徐羨有著與生俱來的溫婉氣質，長相柔美標致，尤其那雙含情的瑞鳳眼實在漂亮，讓人常常下意識的將關注點放在她的外在上，而忘記她其實也是個有內涵的女人。

徐羨因為外表而被低估和輕視的情況太多了，不過她認為這也不算壞事，甚至從某方面來說，這是她的保護色，足以掩人耳目，再一舉驚豔大家。

徐羨說完自己的方案後，眼神依序掃過眾人，微微點頭致意，在心底給自己打了個九十八分。剩下的兩分是昨天太晚睡了，導致今天臉部有些水腫，視覺上的美感不是那麼的完美。

就在她看向最後一位，也就是謝綽時，她心底安放的大石又倏地懸了起來。

她剛剛才在心裡想什麼來著？沒有想法代表沒有優缺點，簡單來說就是平凡得不能再平凡了。

好了，這下她也收獲了與王郁珊同款的面癱，面癱本人漫不經心地靠在椅背上，臉色淡得比白開水還要無味。

徐羨抿了抿唇，心想究竟是自己能力太差，還是這人的要求太高。

豈料視線還來不及收回，謝綽目光一偏斜，便正好撞上了她存有疑慮的眼瞳。

兩人忽地對視，不過一瞬，各自撇開。

「感謝你們用心策劃的方案。」男人的語調沒有絲毫起伏，像個毫無感情的機器人，「以下有幾點想要建議。」

謝綽接著簡述自家公司新研發的產品資訊，再以這項產品爲出發點，針對方才的兩個方案提出看法和建議。

徐羨見他提出的點都有其依據，很明白地指出利與弊，她心下那顆二度懸空的大石又緩緩降了下來。

是她誤會他了，原來他不是對提案不滿意，可能就只是單純面癱而已。

「那麼今天就先這樣了，具體的決策我會回去和同事討論，後續再mail聯絡，謝謝。」

徐羨望著他筆挺的肩線，直到那抹背影被Ivy帶走，逐漸消失在視野中後，她才後知後覺地意識到了什麼。

今天的心情好像一直被這個陌生的男人拿捏，太沒出息了徐羨。

✦

過沒幾天，徐羨收到Ivy的訊息，說是對方經過內部評估後，決定採用她的企劃。

此時晚上八點多，她正敷著面膜躺在沙發上，抱著平板看閨密推薦的韓劇，好不愜意。收到通知時，她顧不得上一秒還沉浸在男主的逆天外貌裡出不來，立刻拿起手機開始打字。

徐羨：謝謝Ivy姐，也感謝謝先生他們的認可～

Ivy：我回頭把他們的聯絡方式和細項都發給妳，後續有什麼問題都可以直接跟他們討論，加油！

徐羨：沒問題〔乖巧貼圖〕

得知自己成功了一半後，徐羨的心情頓時達到了飛躍性的提升。

她撕下面膜，走到浴室，把臉上殘留的精華液用清水沖乾淨。

鏡子裡的自己，肌膚白皙透亮，有著出水芙蓉的清透感，她不禁讚嘆沈醉推薦的面膜，還真挺好用的。

洗完臉後，她回到客廳，點了點平板的螢幕，讓影片繼續播放。

這時她的母親端了一盤切好的柳橙出來，「羨羨，來吃水果，很甜的，妳快嘗嘗。」

徐羨揀了一片來吃，香甜的汁水在舌間洇開，嚥下去後唇齒間還殘留淡淡橙香，「這是妳今天去市場買的？」

「沒，隔壁老李他太太送過來的，說是親戚家裡種的柳橙大豐收，她拿幾顆過來給我們。」呂萍眞在她身旁坐下，「妳下個週末有空嗎？」

徐羨吮橙汁的動作一頓，一股不太妙的感覺浮上心頭，警惕地問：「怎麼了？」

「我給妳安排了相親，對方是老李他的得意門生，妳有空去見見吧。」呂萍眞從容不迫地拿起茶杯，端莊地抿了一口，就像是高門大戶的夫人，舉手投足間皆是雍容。

「相親？」聽到敏感詞，徐羨揚了揚眉，「媽媽，妳是忘了三個月前那個男的，坐下來跟我聊不到十分鐘就撤了的事嗎？」

呂萍眞置若罔聞，放下茶杯後，又優雅地拿起一片柳橙，小口小口地咬著。

「妳如果忘記的話，還有半年前那個IT工程師。我們吃完晚餐就去河堤散步，結果我接了一通電話之後，他態度就變了，隔天發訊息跟我說『徐小姐，妳是個很好的女孩子，可惜我們好像不太來電，昨天謝謝妳陪我吃飯和散步，以後有機會再聯絡』，然後呢？然後他就封鎖我了。」徐羨回憶起當時那工程師發給她的訊息，一字不漏。

「不是，我都這樣了妳還要給我找對象嗎？我知道妳是爲我好，但感情不能強求，這種硬湊成堆的關係不會長久的，何況妳女兒現在想要專心工作，暫時沒有心情談戀愛。」

徐羨見母親一個眼神都沒有給她，眉間掀起小小的褶皺，很快又捋平了。

「媽媽如果妳這兩個都不記得，沒關係，我還有去年聖誕節前後那個案例可以提醒妳——」

「羨羨，我不是要逼妳立刻找個對象，認識認識而已，交個朋友拓展人脈不好嗎？」呂萍眞打斷她，嘆了口氣，「而且老李他們家拿了這麼多好吃的柳橙過來，人家有心，我們也不好辜負是不是？」

徐羨心想，原來這袋柳橙不是鄰居間的友好饋贈，而是蓄謀已久的賄賂品嗎？

還有什麼交朋友，她母親根本是要她交男朋友，避免之後成了大齡剩女，膝下無子孤老終生。

但她現在才二十五歲。二十五歲，人生的黃金期，正是可以好好發展興趣，多方學習，開拓職業新生涯的年紀，甚至連三十歲的邊都還沾不上。這時候談什麼大齡剩女、膝下無子、孤老終生啊？

她不知道母親爲什麼這麼操心她的感情世界，從去年開始每隔幾個月就要給她介紹男的。高中時搬來T市後，她們就與所有親友斷聯了，也不知道她哪來的人脈能找來這些所謂的好青年。

「而且妳看，妳在看的這部劇，男女主角不就是相親認識的嗎？」呂萍眞開啟了旁徵博引模式，要把所有搆得到的素材都變成遊說的利器，「這男演員這麼帥，老李那個得意門生也不差，妳肯定會喜歡。」

徐羨麻木地想，這兩件事根本不能混爲一談，垂涎男主角美色是一回事，但想不想談戀愛又是另一回事了⋯⋯

最後她癱在沙發上，面無表情地聽完母親關於相親與戀愛的長篇論述。她重新打開平板，看到螢幕上的男主角時，忽然覺得他沒有那麼帥了。

她被母親念叨得耳膜生疼，回房間後直接打開落地窗到陽臺吹風。

十二月的天是眞的冷，夜晚的溫度又比較低，那風好似一把刀子，竄進衣服，削過肌膚，最後在體內留下一捧崢嶸的寒意，連骨骼間隙都是冷的。

不過這種寒冷，現在倒可以讓她醒醒腦。

徐羨面朝大城市的萬家燈火，望著遠方疊嶂層巒間繚繞的雲絮，看月亮棲於山巔，星宿停泊在夜空中，閃著細碎的朦朧光點。

方才她被呂萍眞念得煩了，便隨口敷衍說好，答應會去見對方一面。爲了避免母親的持續攻擊，她直接在與母親的對話框那邊點了「隱藏」，然後將手機扔到床上。

她不由得回憶起過去幾個相親的失敗經驗——對方的失敗經驗。

三個月前的那位建築師，他倆花了兩分鐘寒暄，三分鐘點餐，四分鐘自我介紹，然後在那男的試探性地問出「徐小姐，請問妳喜歡什麼類型的呢」時，徐羨給了一個極其溫柔的笑容，接著說：「我喜歡女的。」

因此她在最後一分鐘裡，看著眼前的男人愣了幾十秒，然後倏地站起身，提起公事包一溜煙兒地跑了，連再見都沒說。

至於半年前那位ＩＴ工程師，他們在結束日料店的晚餐後，便沿著河堤公園散步，走到一半，她的手機響了，螢幕上顯示著「沈醉」。

計上心頭，她對著那ＩＴ工程師露出一個抱歉又恬靜的笑，示意自己要先接電話。

再後來，她便親眼看見對方，在聽到她朝手機喊了一聲「親愛的」後，眼底滑過的一絲微妙。

等到通話結束，他開口問了一句是朋友嗎，徐羨便彎起她那雙漂亮的瑞鳳眼，眉目綴了點羞澀，微笑道：「嗯，是我女朋友。」

隔天她便不出所料地收到了那位工程師的封鎖大禮包。

徐羨攏了攏被風吹得凌亂的睡衣，感覺有點受不住那寒氣了，便轉身走回室內。

關上門的那一刻，她想，下星期六晚上六點在romantique餐酒館是嗎？

她冷笑了一聲。

大不了就是再演一下戲，這世上就沒有她徐羨解決不了的男人。

✦

星期六晚上，徐羨準時出現在romantique的店門前。

她穿著復古娃娃領的法式白襯衫，下身是晴山藍直筒長裙，腳踩米白綁帶中筒皮靴，杏色的大衣虛虛掛在臂彎，一頭微微自然捲的長髮被風勾得輕揚。

徐羨的長相並非一眼驚豔的那種，她勝在五官清秀，骨相柔和，尤其那雙細長含笑的瑞鳳眼，恬靜又優雅，加上她氣質出眾，總讓人忍不住多瞄幾眼。

徐羨打開店門往裡頭走，想打電話給相親對象，表明自己已經到了，卻在這時才發現，她沒有存對方的手機號碼。

她被自己敷衍的態度逗笑，點開通訊軟體解除對呂萍眞的隱藏，掃了一眼她傳過來的聯絡方式，邊走邊往手機裡輸入數字。

號碼按到一半，一道男聲忽然掠過她的耳梢：「徐小姐？」

徐羨疑惑地朝聲源望去，在看到對方時，眼底滑過一絲訝異，「謝先生？」

「好巧，你也來這邊吃飯嗎？」徐羨見他對面的位子是空的，順口問道，「你在等人？」

「嗯。」謝綽平靜地看著她，「有約會？」

「對，不過也不算什麼正式約會，就是被我媽安排了一場相親，看在她的面子上過來應付一下。」講到這裡，徐羨才想到要打電話給相親對象的事，「等等啊，我先打個電話給對方。」

徐羨站在他桌旁撥出電話，與此同時，謝綽放在桌上的手機也響了起來。

謝綽好整以暇地接起通話，把手機貼在耳邊，目光直直定在她身上，拋出一個上揚的音：「喂？」

徐羨傻了。

眼前人的聲音與話筒中的回應一前一後地重疊，低沉的嗓音順入耳膜，在她骨子裡種下一抹顫慄。

空氣有片刻的凝滯，兩人面面相覷，周遭是服務生走動的聲響以及客人們的交談聲。喧囂從四面八方湧來，卻沒能擊碎這方微妙的寧靜。

不知道過了多久，徐羨才遲疑地啟唇：「謝……綽先生？」

「我是。」那充滿磁性的聲音再次交疊著出現。

徐羨頓時不知道該如何是好。

她剛剛說了什麼？不是正式約會？看在媽媽的面子上過來應付一下？

平時待人和善、親切有禮的她，從沒想過自己會在相親對象面前這麼尷尬，而那相親對象甚至還是她的商業合作對象。

「那個……」

「坐吧。」謝綽朝對面的空位抬了抬下巴。

有那麼一剎那，徐羨看到他眼底漫上了幾點笑意，可她眨了眨眼後，眼前的男人又恢復一副悠然自得的模樣，讓她不禁懷疑自己是不是眼花了。

謝綽見她小心翼翼地坐了下來，臉上還有未褪的尷尬，心想這女人連相親對象是誰都不知道，是真的毫不上心。

可他不一樣，若相親對象不是她，他今天是不會出現的。

這場相親的起因，要從李堂說起。

李堂是謝綽很敬重的一位上司，他在謝綽初入公司時，教會他許多關於專業技能和職場生態方面的事，在得知他無父無母，孤身一人來T市打拚後，便時常關心他的生活。

謝綽問過李堂，爲什麼待他這麼好，而李堂也只是笑著說「你身上有一股勁兒，我惜才」。

謝綽不知道自己身上有什麼勁兒，值得李堂對他的付出。他封閉、陰暗，沒有人生目標，努力工作也只是爲了找一個依託，好讓自己有理由活下去。

膝下無子的李堂，默默將謝綽當成自己的兒子在關照，希望他能過得好。因此，得知隔壁鄰居呂夫人也在替女兒物色對象時，兩人便一拍即合安排了這場相親。

上週，李堂讓謝綽下班後到辦公室一趟，神祕兮兮地說幫他找了個好女孩，讓他去認識認識。

當時謝綽心底很是抗拒，任憑李堂好說歹說，都改變不了他拒絕的決心。

直到李堂從手機裡翻出相親對象的照片後，謝綽才終於有所動搖。

見照片上的女孩子是徐羨，他突然覺得挺有意思的，不多時便答應了。

此刻，謝綽坐在徐羨面前，忽地感覺到一股前所未有的愉悅。他不好也不習慣將情緒直接表現出來，於是在心底輕笑一聲，算是發洩了這種無來由的樂趣，面上仍是半點情緒也不留。

「沒想到謝先生也需要相親。」爲了打破這窘迫的氣氛，徐羨率先開口，「應該很多女生追你吧？」

「彼此彼此。」謝綽淡淡地回。

話題又斷了。

見謝綽這麼冷淡，徐羨心想，這人大概也不知道自己的相親對象是誰。這麼一來就好辦了，兩個都不在意的人，就不會有死纏爛打想要更進一步發展的問題，那她也不需要搞之前那些手段了。

「謝先生大概也沒有想要找對象的意願吧？」徐羨直接了當地點破，抿了一口檸檬水，笑道，「那你爲什麼會答應這場約會呢？」

「上司牽的線，不好拒絕。」謝綽漫不經心地翻著菜單。

儘管這位相親對象是徐羨遇過最少話的男人，可她的心情卻前所未有的輕鬆，甚至不用爲了要找什麼話題而煩惱，因爲她知道謝綽不需要。

兩人招來服務生點完餐後，徐羨延續剛才的話題，問道：「這麼說來李叔是你上司？」她兩手交疊支撐下頷，笑看謝綽，「世界眞小，他是我鄰居。」

謝綽低頭，慢條斯理地整理袖口，心想世界是眞的小，小到妳那年在一夕之間消失轉學，如今的我們還能在另外一個城市相遇。

徐羨見他沒回答，仍整理著衣袖，便想起之前在電梯裡，他使勁把已經平整的袖口捋得更平，翻折間都透著一股執拗。

眞的是強迫症吧。

不知道他在工作上會不會也有這種近乎病態的完美主義。

如果有，她也不怕，完美主義就完美主義吧。別人碰到試煉巴不得繞開減少麻煩，可她不一樣，她總是會直接迎上去跟對方交手。

她喜歡挑戰，挑戰可以讓一個人成長得更迅速。

徐羨不動聲色地打量眼前的男人。

爲了營造迷離浪漫的氛圍，餐酒館的光線並不明亮，燈光影影綽綽地落在謝綽身上。他的五官線條被描摹得深了，陰影重重地嵌在輪廓裡，狹長的眼底好似蟄伏著什麼，抬眸看過來時，竟有幾分陰沉冷酷的感覺。

徐羨愣了一下——是陰沉。

徐羨這才想到那天開完會後，王郁珊跟其他同事聊起這個人時，給出的形容詞就是「陰沉」。

當時她不以爲意，卻也認同他身上有股微妙的氣質，看上去淡然無欲的一個人，眉間卻好似被一種難以言喻的晦暗籠罩著，不是悲傷，也不是怨恨，倒像是毫無生氣的枯木荒野，靜靜地等待自然潰爛的一天。

如今這樣面對面觀察了一遍，她才意識到王郁珊說得沒錯，那若有若無的氣質確實是陰沉。

那種陰沉不至於讓人不舒服，可一旦意識到了，卻又無法不去注意它的存在。徐羨感覺有點詭異、怪奇。

「在看什麼？」謝綽留意到她的目光，忽地開口。

他理完了衣袖，端正地坐在椅子上，修長的指搭在桌沿，那雙深邃的眼瞳就這麼定定地落在她身上。

徐羨扯了扯唇，隨便編了一個理由：「沒什麼，只是剛剛有一瞬間覺得你好像有點眼熟。」

她自己都覺得這個藉口拙劣得不行，豈料卻見謝綽挑了挑眉，順著接話：「其實我在電梯裡見到妳的時候，也覺得妳有點眼熟。」

徐羨怔了怔。

「不過大概是錯覺吧。」這時服務生剛好送上餐點，他把視線從女人身上移開，面無表情地說，「吃飯吧。」

✦

星期一，徐羨到公司的時間比較早，辦公室裡只有她和另外一個女同事，兩人不太熟，也就互相點個頭以示招呼。

徐羨先泡了杯麥片當作早餐，囫圇吞下之後便起身去茶水間沖咖啡，途中因爲昨晚沒有睡好，掩著嘴打了個哈欠。

前天與謝綽道別後，爲了避免一回家就被呂萍眞抓著問相親狀況，她便打電話給沈醉問她有沒有空，豈料自家閨密不知道在哪玩，電話一接通，徐羨便聽到對方那頭嘈雜轟然的聲響。

沈醉在噪音中扯著嗓子讓她無聊就過去玩，可她一向不喜歡夜店那種娛樂場所，隨便應付幾句便自己找了家百貨公司閒逛。

等她回到家，時間已經不早了，她的母親一向養生，通常九點多十點便已經進房睡覺。徐羨鬆了一口氣，至少她今天不用面對呂萍眞的連環逼供。

然而逃得了一時逃不過一世，隔天起床後，她母親看到她的第一句話就是「昨天跟小謝處得怎麼樣」。

徐羨打了個哈欠假裝沒聽到，半睜著惺忪的眼，進浴室洗漱。

可惜呂萍眞最可敬也最可恨的優點就是不屈不撓，中午吃飯時，她又開始旁敲側擊。徐羨假裝認眞用餐敷衍過去，吃完飯便直接回房。

沒想到到了晚餐時間，呂萍眞第三度提起了這個話題，這回不再是試探，她筷子往桌上一拍，直接了當地問：「妳跟小謝有希望嗎？到底相處得怎麼樣？」

徐羨拿她沒轍，嘆了口氣，「不怎麼樣。」

「這是你們兩個的共識，還是妳單方面覺得不怎麼樣？」

徐羨一臉無語地看向母親，夾了一塊辣子雞丁到她碗裡，「媽，妳女兒在妳眼裡就是這種難相處的人嗎？」

「還不是因爲之前好幾個青年才俊都被妳勸退了，不知道是妳眼光太高還是……」

「是他們主動刪我的……」徐羨頓了頓，心想確實是他們主動的，她也不過就是演了一下戲，並沒有直接斬斷關係，問題不在她身上。這麼一想，她忽然有自信了不少，「對，是他們主動刪我的，這不是說明了眼光高的其實是他們嗎？」

呂萍貞意外地被說服了，單手扶著下巴深深凝視她，「不是吧，我女兒有這麼差嗎？」

「妳帶了母親濾鏡，肯定覺得我什麼都好。」徐羨說道。

嘴上這麼說，她心裡想的卻是妳女兒行情可好了呢，只是她一點都不在乎。他們看中的不過就是她的皮囊，她的外顯人格，或者是她的專業能力，可一旦這些價值都沒有了，那這些人還會一如既往地喜歡她嗎？

答案顯而易見，九年前的她早就深刻體會過了。

或許是聽呂萍貞絮絮叨叨了一整天，「小謝」這兩個字全天候不斷縈繞在耳邊，晚上，徐羨居然夢到了謝綽。

不是什麼引人遐想的夢境，就只是兩人面對面坐在那天的餐廳裡，連身上的服裝、桌上的餐點這種細節都一模一樣。

他們重複著那天有過的對話，一切都像是完美複製的藝術品。

「在看什麼？」

「沒什麼，只是剛剛有一瞬間覺得你好像有點眼熟。」

「其實我在電梯裡見到妳的時候，也覺得妳有點眼熟。」

「不過大概是錯覺吧。」

「吃飯吧。」

看著那雙漆黑的眼，徐羨不知怎麼的有些動彈不得。明明是一句平和的邀請，她卻感覺像是一道命令，短短三個字控制著她的意志。

她依言要吃飯，卻在抬手要拿叉子的時候，發現自己的手被什麼禁錮住了，根本沒辦法碰到桌面上的餐具。

徐羨低頭一看，她被銬住了。兩邊手腕都被銬在精緻的座椅扶手上，金屬邊緣閃爍著銳利的光，堅硬的材質勒得她肌膚圈上了明顯的紅痕。

她猛然抬首望向對面的男人，卻只見他平靜地與自己對上目光，彷彿她被銬住並不是什麼值得驚訝的事。

男人就像一個冷血的觀眾，體面地端坐在觀眾席，靜靜欣賞她想逃脫卻無能爲力的絕望。

然後她看見他緩緩的、優雅的，彎起了唇。

徐羨被嚇醒了。

醒過來的第一時間，她看向自己的手，幸虧手腕依然乾淨健在，沒有任何被金屬折磨過的痕跡。她重重地吁出一口氣，懸在半空中的心顫巍巍地落地。

詭異的夢讓她整個晚上沒睡好，反應也比平時遲鈍了點，剛才在地鐵上甚至還差點坐過站。她尋思著這樣不行，便決定去茶水間沖杯咖啡，把平常下午才需要的咖啡因提早拉到上午續命。

咖啡沖到一半，她聽見外邊的走廊傳來一陣腳步聲，以及細微的交談聲。

「聽說那案子最後給一組了？」

「嗯啊，誰知道對方怎麼想的呢……說起來我前天晚上經過一家餐酒館，還看到徐羨跟那天來開會的男人一起吃飯呢，就我跟妳說很陰沉很冷的那個，不知道有沒有看錯。」

「妳的意思是指……」

徐羨面色如常地把膠囊放進咖啡機裡，正在對話的兩人，也離她越來越近。

她聽到王郁珊笑了一聲，「幾個男同事明顯喜歡她，她也都愛理不理的，現在跟那姓謝的有商業利益關係，這不就眼巴巴地貼上了。」

「也是，說不定她其實很愛玩呢，能吊著就吊著，當作備胎。」

走廊上的兩人笑了起來。

徐羨看著咖啡液漸漸從孔洞流出，液體慢慢地將馬克杯塡滿，在滿溢的咖啡香中，她忽然想到那天在餐廳裡的謝綽。縱然對相親毫無興趣，他也沒有表現出任何不耐煩和敷衍，依然是儀表堂堂，斯文從容。

跟之前接觸過的工程師不太像。

跟夢裡那個觀賞她被囚禁的男人也不像。

正在交談的兩人走進茶水間，徐羨的咖啡也正好製作完成，她朝她們彎了彎唇，「早安。」

兩人面色一僵。

「早、早安……」

王郁珊和自己的好姐妹飛快地交換了一個眼神。

徐羨像是沒有感受到空氣裡的尷尬，抬了抬手中的馬克杯，好整以暇，「公司新買的膠囊咖啡挺好喝的，妳們有空也嘗嘗吧。」

語畢，她便直接走出茶水間，頭也不回。

確認她走遠後，王郁珊的好姐妹才遲疑地開口：「那個……她沒聽到吧？」

王郁珊的面色有些複雜，好半晌才聳了聳肩，「誰知道呢。」

多虧了那杯咖啡，徐羨的精神才能起死回生，眼底的渙散被咖啡因稀釋掉了幾分，之後的工作狀態也逐漸回歸軌道。

中午，她去樓下的健康餐盒店買了一份午餐，是水煮雞胸肉、蒸地瓜和青菜的組合。

等待餐點的期間，徐羨望著門外的車水馬龍，目光從一輛輛倏忽而過的車子上，慢悠悠地移至在對面大樓看板上的男人。

喬喻，當今演藝圈流量最大的男演員之一，五官俊美，氣質清朗。他是科班出身，演技跟那些只靠外表的演員比根本是不同層次，不久前甚至還抱了個影帝的獎座回家。

徐羨兀自欣賞了一會兒。帥是真的帥，可她好像更喜歡謝綽那種憂鬱小生的長相……不對，怎麼又想到謝綽了。

肯定是那個夢害的。

徐羨用掌心拍了拍臉頰，強迫自己認清現實。

聽見店員喊到自己的號碼，她趕緊上前取餐。回公司前，她又看了一眼電子看板上喬喻代言的香水廣告，心想，他眞是太他媽帥了，難怪是萬千少女的夢想，難怪沈醉會這麼喜歡他。

好似在說服自己一樣。

吃完午餐後，徐羨開始規劃活動排程，一抬眼便撞上了斜對角王郁珊的視線，只見對方僵了一下，然後匆匆撇開目光，往角落的辦公區喊道：「吳樂廷你給我過來！」

前陣子才剛進來的實習生被這麼一吼，嚇得趕緊從座位上彈起來，飛快跑到王郁珊面前，對方都還沒說些什麼，他就先低頭一副認錯的姿態。

「你看看你key的什麼東西，漏個一兩筆就算了，你給我連續漏了十幾筆。你昨天在那邊key了兩個半小時就給我搞出這種東西？我們公司爲什麼要浪費錢請一個連資料key in都做不好的人？」

整個辦公室充斥著王郁珊的怒氣，眾人卻像是習慣了一般，目不斜視地處理自己的事。畢竟分內的工作都快做不完了，哪裡還有閒情逸致去管別人。

徐羨也不例外，她往王郁珊的方向掃了一眼便收回目光。

隨著手指在鍵盤上飛躍，轉眼間已是暮色低垂。徐羨喝了口下午大家一起訂的奶茶，活動了一下筋骨，接著繼續面對電腦裡的待辦事項。

等到她清空待辦事項，把整理出來的內容發給謝綽他們時，外邊天色早已徹底歸於幽暗，辦公室裡靜悄悄的，似乎只剩下她一個人。

徐羨把最後一口奶茶喝完，收拾好東西要離開時，突然發現原來她不是最後一個走的，辦公室的角落還窩著一個人影。

從她的角度看過去，只看得到一顆髮絲微亂的腦袋，她認出那是今天被王郁珊訓話的實習生。

她走過去，問道：「樂廷，怎麼還沒走？」

「珊姐交代的工作還沒做完……」吳樂廷喪著臉道。

徐羨覺得奇怪，照理來說交給實習生做的工作通常不會太多，沒道理拖到現在還沒做完。

「你是有地方不會嗎？」徐羨拋出唯一可能的猜測。

吳樂廷點點頭，滿目無措，「今天被珊姐罵了之後就不敢找她了，其他前輩好像都很忙的樣子，我不知道可以問誰，所以就想說自己研究看看……」

「你傻啊。」徐羨一臉不可思議，「你一天的薪水也就那樣，加班並不會讓你拿比較多錢，何苦爲難自己。」

看著這個剛升上大四的大男孩可憐兮兮的模樣，徐羨嘆了口氣，「什麼不會，我教你吧。」

吳樂廷的學習能力很好，徐羨才指點幾句，他很快就上手了，全部做完也不過就十幾分鐘的事。

「你不是能操作得很流暢嗎？非得要在這邊浪費好幾個小時。」徐羨眼底流露出幾分讚賞，屈指敲了敲他的桌子，「以後不懂就直接問，大家不會吃了你。」

「謝、謝謝徐羨姐……」

見他靦腆的樣子，徐羨笑了笑，「還沒吃晚餐吧？走吧，我請你吃。」

「別……這怎麼好意思。」吳樂廷連忙擺手，「妳都留下來教我了，我不能得寸進尺……」

徐羨對他這副誠惶誠恐的表現感到哭笑不得，「什麼得寸進尺……我只是覺得一個人吃飯有點無趣，順便找你一起吃。怎麼樣，這個理由給過嗎？」

吳樂廷哪敢說不，他一邊道謝，一邊跟著徐羨走出辦公室。

在電梯裡，徐羨想到了什麼，問：「你能力不差，爲什麼昨天會犯下那種低級錯誤？」

吳樂廷摸了摸鼻子，回憶起自己今天下午被當眾訓斥的畫面，只覺有些汗顏。他訕訕道：「我前兩天感冒，醫生開的藥有副作用，會嗜睡和心悸，所以昨天工作的時候，狀態有點不好……」

「原來如此。」徐羨見他一副想把自己給埋了的模樣，失笑，「沒事，人非聖賢，誰不會犯錯呢？」

電梯抵達一樓，兩人邊聊邊往大門前進，誰知一走出大樓，她就看到一抹熟悉的人影。

謝綽原本正低頭看手機，一抬眼，便與不遠處的女人眸光相接，在流水般的人群裡，在華燈初上的喧鬧街道中。

很神奇，連空氣中被光束投射出的細微浮塵都看見了。

謝綽原本要向左的腳步一頓，硬生生地拐向了右邊，也就是徐羨他們公司的方向。他從容地越過馬路，頎長的身影後方是來來去去的車潮，他的肩上披著重重夜色和冬日的寒氣。白襯衫黑長褲，身姿筆挺，只遙遙一望，便能透過微弱的光線，勾勒出掩在布料底下優秀的身材比例。

徐羨見他往自己這邊走來，一時間有點懵然，不過都看見對方了，不打招呼似乎說不過去，何況他們還存在著合作關係。

「謝先生。」徐羨嘴角掛著一抹恰好的弧度，笑得很漂亮，也很客套。

「徐小姐這麼晚才下班嗎？」謝綽稍稍點頭示意。

「嗯，剛忙完，現在正要帶著實習生去吃飯呢。」

謝綽瞟了她身旁那個看起來有些畏縮的男孩子一眼，暗忖幾秒後，彎唇說道：「巧了，我也還沒吃晚飯，不如我們就一起吃吧。」

徐羨不禁抖了抖。

那微笑簡直跟夢裡一模一樣，漆黑狹長的眼眸，嘴邊輕輕彎起的弧度，風輕雲淡的從容，所有細節都與夢境中那道冷眼觀賞她的身影重疊。

她心底驀然浮現一個想法——會不會銬住她的人其實就是謝綽？

「怎麼樣，一起嗎？」謝綽漫不經心地轉了轉腕錶，將錶盤調整到手腕正中央，「一個人吃飯有點無趣。」

兩個男的明顯都在等待她的回答，徐羨抿了抿唇，不好拒絕。

畢竟她剛剛才跟吳樂廷說過一模一樣的話，現在拒絕不就是打自己的臉嗎……她有些意外，謝綽看起來並不是喜歡跟旁人打交道的性格，原來也可以說約就約的嗎？

徐羨猶豫了幾秒，才頷首道：「走吧，既然遇見了就聚聚，畢竟人生見一次面就少一次……你說是吧，謝先生？」

聞言，謝綽挑了挑眉，沒有說話。

徐羨轉頭看向吳樂廷，見他又是一副緊張怕生的模樣，於是問道：「你可以嗎？如果介意的話，我下次再請你吃飯。」

「可、可以……如果這位謝先生……不介意的話。」許是謝綽給人的感覺過於疏離，看著就不好接近，吳樂廷磕磕絆絆地道。

「不介意。」謝綽把目光落在小實習生身上，如蜻蜓點水般，很快又移開。

吳樂廷被看得莫名其妙，卻也不敢再說什麼。不知道是不是他的錯覺，他總覺得這位初次見面的謝先生，眸子裡流淌著一絲絲的……敵意？

三人往美食街的方向前進，謝綽一個人走在前面，徐羨和吳樂廷則是稍稍落在他身後，隔著兩三步的距離。

「樂廷，不用緊張，謝先生看起來很冷淡，但其實人挺好的。」徐羨見吳樂廷仍舊一臉緊張，溫聲道，「你記得我之前被困在電梯裡的事嗎？當時跟我一起受困的人就是謝先生，我那時候嚇到了，但他很冷靜地安撫我，是一個溫柔的人。」

熙熙攘攘的人潮從身邊湧過，嘈雜聲沸反盈天，這句話的聲量不大，卻能穿破喧囂，準確又清晰地到達謝綽的耳邊。

溫柔？

謝綽在心底輕笑一聲。他這輩子收到的評價不外乎就是陰沉、冷漠、孤僻……任何灰色調的負面形容詞都有，從沒有人說過他溫柔。

三人最後進了一家日式拉麵店，徐羨點餐結帳回來的時候，見謝綽的手機頁面停留在通訊軟體上與她的對話框——兩人並沒有任何對話紀錄。

所有公事的討論都是透過電子郵件，以及一個三人的群組，那裡除了他們兩個人，還有上次那位臨時有事沒辦法來開會的謝綽同事——Dennis。

群組裡主要都是徐羨和Dennis在討論工作事項，謝綽幾乎沒有說過半句話。

雖然表面上的負責人是兩個人，但其實謝綽在這個案子裡，擔任的是顧問的角色。當初上頭爲了確保在這次的行銷活動中，產品特色能被準確地傳達，便決定從研發部抓個人參與這次的企劃，而身爲主要研發人員之一的謝綽，好巧不巧就是那個倒楣蛋。

不過倒楣蛋也有幸運的時候，這下不就讓他遇見了九年沒見的「同學」。

「我的多少？我轉給妳吧。」謝綽的指尖停留在通訊軟體上「轉帳」的鍵上。

「沒事，這才多少錢，而且我都說要請樂廷了，不差你一個。」徐羨把勿忘草色的長夾放進手提包裡，接過吳樂廷幫大家倒好水的玻璃杯，「謝謝。」

「徐羨姐……不用請我的，我也不是付不起一餐的錢。」吳樂廷作勢要拿錢包出來。

徐羨連忙按住他往後背包裡伸的手，半開玩笑地說：「給我點面子吧，你這樣謝先生他就沒辦法欠我人情了。」

吳樂廷茫然地望向謝綽，只見謝綽的視線輕飄飄地掃過徐羨壓住他的那隻手，接著抬眼將目光停留在她臉上，眼底透出幾分笑意，很隱祕，不仔細看根本不會察覺。

吳樂廷怔了怔，方才在公司前的那股敵意，果然只是他的錯覺嗎？

或許是因爲剛剛在路上，徐羨和他說謝先生是好人，所以他現在才會覺得，謝先生整個人都多了幾分溫柔。

謝綍清冷話少，吳樂廷內向靦腆，幸虧徐羨一向見人說人話，見鬼說鬼話，跟她待在一起不怕遇到沒有話題的尷尬，餐桌上的氣氛意外的很和諧。

帶吳樂廷實習的人是王郁珊，因此他和徐羨在今天以前，並沒有太多互動。

他直到今天一起吃飯才發現，原來這個外表看著柔和恬靜，甚至因爲氣質脫俗，而讓人有點不敢靠近的前輩，實際上是一個健談的人。

果然人不可貌相，徐羨姐和謝先生都是。

吃完飯的時候已經八點多了，三個人站在店門口。吳樂廷說他家在公司附近，向兩人道別後，便自己騎腳踏車回家了。

見吳樂廷離開，徐羨也和謝綍說了聲再見，抬步要往地鐵站走時，謝綍忽然出聲叫住她。

「妳怎麼回去？」

「搭地鐵。」

「我的車就停在附近，順便載妳回去吧。」謝綍說。

「你是來這裡吃飯的？」徐羨揚了揚眉。

「嗯，這邊比較多選擇，過來看看，反正也不算遠。」謝綍從口袋裡掏出車鑰匙，抬起下巴往車子的方向點了點，「走吧，挺順路的。」

「你怎麼知道順路？」徐羨發現自己不知不覺跟上他的腳步，她思緒一滯，乾脆加快步伐與他並肩而行。

「妳不是說李前輩是妳鄰居嗎，我家住在他們社區附近。」
徐羨花了幾秒才反應過來他口中的「李前輩」，就是她家隔壁的「李叔」。
怎麼連這種小事都記得……
一幀一幀的街景化為模糊的色塊從眼前掠過，車子裡放著節奏藍調，慵懶的曲風讓神經鬆弛，每一個音符都好似落在靈魂上，沖刷世俗的泥濘，讓睡意再次復甦。
徐羨昏昏沉沉，意識隨著旋律漸漸進入混沌之境，直到突如其來的猛烈剎車，才把她從酣眠的狀態拉回現實。
身體因為慣性而往前衝，然後再透過安全帶的阻力重重摔回椅子上。
「沒事吧？」謝綽連忙側首看向她，只見徐羨驚魂未定地撫著胸口，眼底還有未褪的迷茫。
「發生什麼事了？」
「前面好像追撞了，這條路太昏暗，差點閃避不及。」謝綽把車子停到路邊，「抱歉，原本想說順路載妳，結果還讓妳受到驚嚇。」
「不是你的問題……」徐羨眨了眨眼，把眸裡殘留的睡意逼退，左胸失控的跳動頻率也逐漸趨緩。鎮靜下來後，她轉頭對上他的目光，「你呢，還好嗎？」
「沒事。」謝綽見她面色蒼白，於是道，「妳急著回家嗎？先停在這邊緩一下吧。」
徐羨點點頭，打開手機，見母親傳了訊息問她什麼時候回家，她面不改色地回跟沈醉在一起，晚點才會回去，不用等她。
徐羨和謝綽各自沉默了一會兒，直到一臺拔了消音塞的重機從旁邊倏忽而過，颳起巨大的噪音，謝綽才啟唇：「我從剛剛吃飯的時候就覺得妳臉色不太好，是哪裡不舒服嗎？」

淡淡的嗓音好似紅塵泥淖間的一股清流，破開人間。

他的聲音蠻好聽的，徐羨在心裡默默評價。

「只是沒睡好而已，別擔心。」她輕聲道。

「爲什麼沒睡好？」

「因爲……」還不是因爲你。

確切來說，是因爲夢裡的你。

徐羨發現自己差點把眞實原因講出來，連忙把話咽了回去，訕訕道：「因爲作了一些惡夢。」

謝綽得到回覆後，便也不再過問。不知道過了多久，他才重新發動車子上路。

徐羨到家的時候，時間已經超過九點。她解開安全帶，朝他彎起眉眼，「今天謝謝了，還麻煩你送我回家。」

謝綽盯著她的笑眼，單手搭著方向盤，勾了勾唇，「這樣算是還了人情嗎？」

徐羨微怔，過了幾秒才反應過來，笑道：「本來也沒想讓你還。」

「要互相虧欠才能藕斷絲連。」謝綽骨子裡的劣根性忽而醒轉，嘴邊的笑意越發擴大，開始曲解她的原意，「懂了。」

「我不是那個意思……」徐羨哪裡聽不出這是玩笑話，她狀作無奈地擺了擺手，「走了，有事再聯絡。」

豈料在下車的那一刻，她的手腕倏地被扣住了。她回頭一看，只見男人的半張臉隱在陰影中，半張臉被車窗外微弱的光源兜住，格外清俊，但也格外幽晦。

他似笑非笑，「聽說那天相親結束後，妳對我的評價是……不怎麼樣？」

晚風溶著月影，從行道樹的枝葉間掉到她臉上，再透過半敞的車門進入車內，兩個人身上都被潑上了相同的氣味，那種冬夜的冷冽。

徐羨當下第一個想法——眞想叫他別笑了，怎麼有人能笑起來這麼好看，卻又這麼懾人呢？

氣溫降得很低，他的手有些涼，體溫透過指尖渡到了她的手腕上，肌膚相貼，使她被冰得哆嗦了一下。

徐羨看向他的眼睛，有些艱難地扯了扯唇，「我……」

李叔這消息也太快了吧，她昨天才說出口的話，怎麼今天就傳到當事人那裡了。呂萍眞女士怎麼可以通敵叛國！

謝綽望著她一言難盡的表情，想到今天午休時，李堂把他叫到辦公室，劈頭就問：「聽說羨羨覺得你不怎麼樣？」

還沒等他反應過來，李堂又接著說：「你做了什麼事讓人家覺得你不怎麼樣？你是不是因爲不想相親所以故意擺爛！我就說你當初怎麼可能這麼快就答應了，原來是想先敷衍我再另尋打算啊。」

謝綽表示自己眞他媽無辜。

此刻他看著罪魁禍首，透過她心虛和尷尬的模樣，平復自己無端挨罵的委屈。見一向八面玲瓏的徐羨被堵得說不出話，一股沒來由的愉悅忽地湧上他的心頭。

「我……我是爲了免除後患！」徐羨因爲心虛，聲音明顯微弱了些，「你看，我們兩個都對找對象沒興趣，爲了避免後續有什麼麻煩，所以我只能狠下心往最壞的方向講，這樣才能徹底斬斷希望——他們想讓我們在一起的希望。」

「原來是這樣。」謝綽點點頭。

她以爲謝綽是來興師問罪的，豈料對方這麼輕易就接受了她的解釋。

「你不會……生氣吧？」

見男人沒有責難，沒有怪罪，面色沉靜地凝視著她，徐羨有點怕了。沒有人會喜歡別人對自己品頭論足，何況捅到謝綽面前的還是負面評價。

其實她根本沒有覺得謝綽不怎麼樣，只是單純想敷衍母親罷了。

「不會。」謝綽放開她的手，嘴邊揚起一抹細微的弧度，「杜絕後患，妳很聰明。」

徐羨小心翼翼地咽了口唾沫，總覺得他不是真心在誇她聰明。

「那就……再見了。」徐羨咬了咬下唇，驅逐心頭那微妙的怪異感，隨即換上一貫溫和的笑容，「今天謝謝你，回家小心。」

「嗯，再見。」

徐羨逃也似地進了社區大門，走得飛快，步伐凌亂，以往顧及的優雅和體面全都被踩在腳下，隨飛塵湮滅。

謝綽見了覺得有趣，輕笑一聲，可下一秒，那笑意便倏地消亡。

他拉開副駕駛前的置物櫃，從裡頭翻出一盒菸，抽出一根旋在指間把玩，正要拿打火機點燃的那一刻，卻又突然把手上的東西都丟回櫃子裡。

他想起了很久很久以前，徐羨望著那些拿菸頭燙他的不良少年們，輕聲說了一句：

「不要抽菸，對身體不好。」

少女的臉上沒什麼情緒，隻身站在一片狼藉的男廁前，像是誤闖惡林的羔羊。可她身上那股乾淨高雅的氣質，並沒有被眼前的混亂汙染，連沒什麼表情地提出的忠告，都像是出於關心的溫柔叮囑。

年少的他有時候會幻想著，她用那樣漂亮的姿態對自己溫柔耳語，像對待一個情人那樣，每字每句都是愛的呢喃，在晦暗髒亂的小公寓裡，在萬籟俱寂的黑夜裡，在深沉又泥濘的夢境裡。

附屬品是某些不可言說的心思，以及手裡黏膩的慾念。

謝綽望向那灘在樹梢上的白月光，不知道過了多久，才長長吁出一口氣，重新啟動汽車，往前方一片厚重的夜色駛去。

徐羨等電梯的期間，看了看自己方才被謝綽握住的手腕，想起那場夢裡，手銬在她肌膚上刻下的紅痕。

同樣的位置，不同的禁錮。

「羨羨？」身後傳來一道溫厚的嗓音，徐羨回過身，是剛溜完狗回來的李堂。

「李叔。」徐羨笑道，看了一眼被他牽著的秋田犬，「帶秋崽出來散步嗎？」

「是啊，這小孩最近精力旺盛，不帶牠出去跑跑都對不起牠。」

徐羨很喜歡這隻秋田犬，親人又憨厚，看起來有點傻，有療癒他人的魔力。她半蹲著摸了摸小狗的腦袋，「秋崽，你是不是胖了？」

「汪！」

「你也知道自己胖了，吃這麼多。」李堂笑呵呵地捏了把牠的脖子肉。

兩人進了電梯後，李堂問道：「羨羨，妳剛剛跟謝綽待在一起嗎？」

「嗯？」徐羨還在跟秋田犬眉目傳情，愣了幾秒才道，「對的，你怎麼知道？」

「我剛剛看到那小子的車停在社區門口，不過那邊路燈壞了，他應該沒注意到我。」李堂說，「他送妳回來的？」

「嗯，我們下班後偶然遇到就一起吃飯了，他說順路送我回來。」

「這小子……我今天問他跟妳相親的狀況如何，他還跟我說不怎麼樣。這人的嘴果然不能信，表面上一點都不在乎，誰知道回頭就紳士地送妳回家了。」

徐羨思緒一滯，「不怎麼樣？」

「對啊，他說他對妳一點興趣都沒有，現在也沒有談戀愛的打算，讓我別再給他介紹對象了。」

徐羨無語。不怎麼樣？一點興趣都沒有？

想起謝綽方才理直氣壯地質問她對他的評價，而後還佯裝大度地接受了她的辯解，徐羨整個人都氣笑了。

她忽然覺得很有意思。

過往接觸的異性，大多在認識她一陣子後，就會開始追求她。就算沒有明目張膽地行動，也會有意無意地表達出對她的好感，甚至是若有若無的試探。

通常她都是四兩撥千斤地打發掉，識相點的還能當普通朋友，可若對方非要死纏爛打，那就只能慢走不送了。

奇怪的是，謝綽和他們都不一樣，他看起來似乎是眞的對她完全沒興趣，讓她覺得這人能來往。她不喜歡魯莽越界的交際，而他懂得拿捏分寸。跟謝綽相處時，她總感覺被一層沒來由的安全感包圍，可有安全感的同時，隱隱之間也有股不服輸的心情支配著她，使她萌生出想要讓他臣服的念頭。

或許是因爲在夢裡被他控制的感受過於強烈，讓她的自尊心受到打擊，她才會想要反將一軍。

佛洛伊德說夢境是潛意識的體現，若眞如此，那她打從心底鄙視自己。

她不該被誰制約，她屬於她自己，她在自己的世界占地爲王。

思緒至此，徐羨發覺自己很矛盾。她既期待謝綽跟其他人不一樣，不是帶著強烈的目的走進她的世界，卻又希望他同那些人一樣，對她俯首稱臣。

隔天，吳樂廷一看到徐羨到公司，便捧著一杯飲料走到她的辦公桌旁。

「徐羨姐，早安。」他把飲料遞給她，小聲打招呼。

「早安。」徐羨接過，「這是？」

「冰滴咖啡，樓下咖啡廳買的。」吳樂廷靦腆地笑了笑，「雖然妳昨天說沒什麼，但還是想要謝謝妳教我操作和請我吃飯，不過只有咖啡看起來有點……」

「謝謝你。」徐羨猜到他想說什麼，直接打斷了，「不會寒酸，剛好最近工作量大，很需要咖啡因提神。」

聞言，吳樂廷終於放寬心，同徐羨又聊了幾句就回座位了。

是個不喜歡欠人情的孩子呢，徐羨望著他離去的背影笑了笑。提到人情，她又冷不防地想起謝綽那句「要互相虧欠才能藕斷絲連」。

明知是玩笑話，如今憶起卻令人莫名在意。

徐羨晃了晃腦袋，剪斷思緒，嘴唇貼近吸管，將冰滴咖啡餵入口中。

好喝，冰涼香醇的滋味在舌尖鋪展，滑順不酸澀，微微發苦十分爽口。

她又喝了一口，坐下來準備進入工作狀態的時候，王郁珊和她的好姐妹正好經過她旁邊。

「吳樂廷不是妳帶的實習生嗎？跟她非親非故的，怎麼還特地送上咖啡了？」

「連實習生都搞上了，不知道圖的什麼。」

兩人的聲音不大，卻剛好能落入她耳裡。

徐羨恍若未聞，逕自打開筆電，把今天的待辦事項寫在便條紙上，然後一一貼在筆電螢幕的左上角，接著叫出尚未修改完的檔案，開始敲鍵盤。

一套動作行雲流水，彷彿沒有任何人、任何言語，足以影響她。

她面不改色地製作簡報，在心裡冷笑了一聲。那妳倆特地走到我面前說給我聽，圖的又是什麼呢？

✦

這個假日，徐羨沒有再被亂七八糟的夢騷擾，卻仍起了一個大早。她睡眼惺忪地走出房間，在屋裡晃了一圈，發現家中沒人。

她一邊刷牙一邊看向窗外，在窗臺上的桔梗花映入眼底時，才想起呂萍眞今天有堂花藝課要上，跟隔壁的李太太一起。

徐羨換上米白色毛衣和丹寧寬褲，簡單梳了個低馬尾，套上針織外套後拎著錢包和手機出門。

一到假日，街口那家老夫妻經營的早餐店，生意總是很好。在這處處繁華卻也遍地坑錢的大都市，他們賣的早餐便宜又好吃。

這麼多年來原料都不知道漲過幾次了，他們卻不漲價也不減料，委實是菩薩轉世。徐羨曾經問過老太太，這樣能賺錢嗎，當時老太太一臉慈祥地煎著蛋餅，表示能糊口度日就好，不求什麼大富大貴。她只要看到客人吃早點時，臉上露出愜意的笑容，便覺得來人間一趟不枉此行了。

很簡單、平凡的幸福。

徐羨能理解，也曾經嚮往，但自從發生那件事之後，她便沒有本錢繼續嚮往這種安於現狀的幸福。

在經歷了從神壇上跌下來的過程後，現在的她一心只想往上爬，證明自己不靠誰也可以重新站上去。她想讓那些曾經爲她前仆後繼，轉眼卻又嘲笑譏諷她的同學們都看好，她有能力讓自己和母親過上好日子。

犯錯的是她父親，進警察局的也是她父親，她什麼都沒有做錯，憑什麼要受到他人異樣的眼光和嫌惡的辱罵。

徐羨把零錢放到檯子上，跟老太太買了一份薯餅蛋餅和豆米漿。

「要起司嗎？」老太太笑呵呵地道。

徐羨搖頭，隨便編了個理由：「減肥呢。」

「減什麼肥，瞧妳瘦的，要多吃點。」老先生剛給內用的客人送完餐，回來聽見她們的對話，嘖嘖道，「老婆，蛋餅別加起司了，直接再做一份起司蛋吐司，我請。」

徐羨失笑，被這對老夫妻可愛得心軟。

她拎著加碼的早餐回家，冬日早晨的風很涼，好在今天不是陰天，溫煦的太陽在雲絮間釋放光芒，替這人間添上幾分暖意。

出了電梯之後，她看見一個令她感到意外的人物。

「謝綽？」見男人站在李家門前，徐羨臉上難掩驚詫，「你怎麼來了？」

謝綽似乎也有些訝異，原來鄰居是眞的鄰居，甚至就住在隔壁。

「李叔約我去釣魚，我提早出門了，就乾脆來門口等他。」他道。

「你還會釣魚？」徐羨揚了揚眉，這人看起來一點都不像是會喜歡釣魚的樣子。

「陪李叔釣過幾次。」謝綽見她毫不掩飾自己的質疑，內心失笑，「稱不上多喜歡，用來打發時間還不錯。」

聞言，徐羨往鎖孔裡插鑰匙的動作一頓，「你沒別的興趣嗎？」

要是讓她用休假時間陪上司進行沒興趣的活動，她肯定是能拒絕就拒絕。

「沒有。」何止沒有，人生漫長得讓人髮指，沒有在工作的每分每秒，他都感到空虛至極。

他的人生裡沒有目標，也沒有興趣。

學生時期認眞讀書、參加比賽，不是爲了得到好成績，而是要讓自己看起來不那麼狼狽，順便消磨時間；長大後努力工作也不是爲了追求事業上的成就，只是想要擺脫過去的慘澹，並且依然是爲了消磨時間。

他倚著牆望向徐羨，她今天穿著簡約的米白色毛衣和牛仔褲，外罩一件奶茶色的泡泡袖針織外套，柔軟的髮絲紮成低馬尾，垂掛在胸前，襯得整個人又溫柔了幾許，看上去有些學生的模樣，說是大學生都沒人會懷疑。

「這樣啊。」徐羨沉吟了一會兒，然後說，「給自己找點事做吧，不然人生很無聊的。」

「例如？」

「例如去公園跟阿姨們一起做早操。」

謝綽無語。

「別這樣，那些阿姨很可愛的。」徐羨笑。

「妳跟她們一起做過早操？」謝綽挑眉。

「沒，但我當過她們的觀眾，還兼職攝影師。」徐羨驕傲地抬了抬下頷。

話說到這裡，電梯門再度打開，住在對門的奶奶提著一籃蔬果，見到廊上的他們，對著徐羨喊：「哎，羨羨，今天這麼早起，跟男朋友約會啊？」

徐羨搖搖頭，彎唇，「沒有，我們只是朋友，而且人家也不是來找我的，他找的是李叔。」

「可惜了，我看你們挺配的。」奶奶推了推老花眼鏡，瞇著眼走了過來，站在謝綽面前打量了幾眼，「長得真好看，有沒有女朋友啊，我把我孫女介紹給你？」

徐羨哭笑不得，還沒等當事人開口，她就先一步回答：「賀奶奶，他現在沒有談戀愛的打算。」

謝綽瞥了她一眼。

「哎，好吧。」老人家臉上不見遺憾，大概也就是隨口一說。她進家門前又和徐羨道，「羨羨，妳之後如果交男朋友的話，要帶來給我看看啊，奶奶幫妳把關。」

「那如果我交女朋友呢？」徐羨冷不防地問。

賀奶奶愣了幾秒，然後才吞吞吐吐地道：「也……也行，這都什麼年代了，自己喜歡最重要。」

徐羨笑得乖巧，「奶奶妳閱人無數，我如果有了另一半，肯定會讓妳幫我把關的。」

等賀奶奶回家之後，她拋了拋手中的鑰匙，旋身去開鎖，「賀奶奶就是邀請我去幫她們拍影片的人，說是要記錄生活，真可愛。」

徐羨沒等到回應，卻感受到一道若有若無的目光，她揚了揚眉，側首望向他，「怎麼了？」

「我在想，如果當時相親時，我對妳表現出好感，妳是不是也要用同性戀打發我。」謝綽用拇指和食指搭著下顎，若有所思地看著她，「我看妳很熟練啊，張口就來，應該有不少經驗了。」

徐羨心想，那你是不是很會通靈？

被揭穿之後，她也不著急，反而笑咪咪地反擊，「在真愛面前，性別一點都不重要。」

謝綽笑了一聲，沒再繼續談論這個話題。

徐羨本來都要打開門了，卻突然想到方才他看了好幾次手錶，便又把手從門把上收回來，「你跟李叔約幾點啊？」

「八點半。」謝綽直直地盯著她。

八點半？徐羨輕觸手機螢幕，看了眼時間，都已經過去十五分鐘了。

「李叔不是不守時的人……」徐羨猛地抬頭，擷取到他眸光中不約而同的默契，「你也覺得……」

「嗯，我到的時候傳了一則訊息給他，他也沒已讀。」謝綽冷靜道，「他家有其他人嗎？」

「阿姨跟我媽媽一起去上花藝課了。」徐羨眼底罕見地閃過一絲慌張，「有按過門鈴嗎？」

「按了，沒人回應。」

「那……要報警嗎？」

「來不及了。」謝綽的語調依然很平淡，「妳身上有細髮夾之類的東西嗎？」

「我找找。」徐羨連忙摸了摸外套口袋，很幸運的，從裡頭翻出兩支小黑夾，是之前忘記拿出來的，「這裡。」

謝綽接過小黑夾，把小黑夾拗成另一個形狀，探入鎖孔中，「以防萬一，先叫救護車。」

徐羨對他熟練的開鎖動作感到震驚，可內心的擔憂讓她此刻難以分心，趕緊依照他的指示叫了救護車。

謝綽成功開鎖後，徐羨便著急地進到屋子裡，看見倒在客廳地板的李堂。

「李叔！」她驚呼一聲，手中拎著的早餐隨之墜落。

徐羨匆匆上前，搖了搖李堂的身子，見對方沒有任何反應，恐懼感瞬間淹沒了她。

謝綽觀察了一下，李堂身上沒有任何外傷，若是暈倒時撞到尖銳物品可能就更麻煩了。他伸出食指，放在李堂的鼻子下方，感受到氣息噴灑在肌膚上後，才鬆了一口氣，「沒事，人還在。」

過了不久，救護車便來了，兩人心急火燎地跟著醫護人員下樓。謝綽看著他們把李堂送上車後，便轉向身邊緊張得反覆掐自己手腕的徐羨，「隨行人員只能有一個，妳上車吧，我開車到醫院跟妳會合。」

徐羨點頭，在高度緊繃的狀態下，一道沉沉嗓音衝破混亂的思緒：「李叔會沒事的。」

又是那種感覺，凌亂的意識在無形中被壓制，心緒稍稍鎮定了一點，好像他說會沒事，李堂就一定會平安醒來。

到了醫院，徐羨看著醫護人員把李堂推進急診室，厚重的門一闔上，她也只能坐在外面的長椅上等待，聽天由命的滋味並不好受。

幾分鐘後，謝綽也來了。

此時徐羨正在嘗試聯絡李太太，她打了好幾通電話，卻都沒人接聽。

謝綽見她著急的模樣，按住了她的手，輕聲道：「打給妳媽。」

「什麼？」徐羨茫然地抬眼。

「妳不是說她跟妳媽一起去上花藝課嗎？」謝綽依然淡定如常，好像沒有什麼事能打擊到他，「打給妳媽媽，讓她把電話給李太太。」

徐羨恍然大悟，一邊打給母親，一邊暗暗唾棄自己，竟然因爲太過慌張而手忙腳亂。她這次是眞的嚇到了，比上回困在電梯裡面的時候還要驚慌。

明明昨天晚上在家門前遇到李堂時，他們還聊了會兒近況，沒想到今天就看見李堂倒在地上，失去意識。

有時候，生命脆弱得難以想像，任何一點差錯都有可能導致天人永隔，上一秒還在跟你談笑風生的人，可能下一秒便遭逢事故。

儘管後來徐羨聯絡到了李太太，可她握著手機的手還是止不住地打顫。謝綽看到她手腕上印著一圈刺目的紅，還有幾道陷進去的指甲印，是方才她因爲緊張而掐的。

指甲印上肌膚的痕跡，像是染血的小月亮，一彎又一彎。

謝綽凝視著那些紅痕，長睫覆蓋眼底的情緒，不知道在想些什麼。

當李太太趕到醫院的時候，徐羨終於冷靜了大半。

「我出門前他還好好的，怎麼突然就……」李太太跌跌撞撞地穿過自動門，面色蒼白，滿目驚悸。

徐羨強撐起鎮定的姿態，她不能表現出惶惶不安的模樣，這樣只會把李太太的情緒往負面的方向牽引。她有條有理地將方才醫生通知的事項全部複述了一遍，告訴李太太，李堂可能是因爲心律不整，才會突然暈倒。

「對……他確實有心律不整的問題，之前就有來醫院檢查過，可沒有想到會暈倒……」

「總之，我們先辦理住院手續，後續的狀況醫生等會兒會再過來解釋。」謝綽說。

徐羨將李太太扶到椅子上坐好，寬慰道：「阿姨妳別太緊張，醫生說目前狀況已經穩定下來了，好好休養治療一定會沒事的。」

李太太大口大口地換氣，全身抖得厲害。

徐羨輕撫她的背，一下又一下，溫聲哄著：「阿姨，妳不能倒下，李叔還要靠妳照顧呢，都會沒事的，放心。」

謝綽站在一旁，居高臨下地看著她們，心想徐羨的情緒調適能力真強大。幾分鐘前，她還六神無主，像個迷失方向的羔羊，可這會兒就能面色如常地安慰另一個失措的靈魂。

在徐羨的安撫之下，李太太也逐漸冷靜了下來。

「你們回去休息吧，謝謝你們送他來醫院。」李太太重重地握住徐羨的手，哽咽地道，「還好今天有你們，不然，不然……」

「不然也不會怎樣。」徐羨接續她的話，「阿姨妳放寬心，不要往壞的方向想，醫生剛剛都說沒有生命危險了。」

「謝謝、謝謝……」李太太不斷地道謝。

徐羨知道李堂和李太太兩人膝下無子，只有彼此能依靠，出了這種事，任誰都會後怕。她心疼李太太，又抱了抱她。

「阿姨，妳跟李叔平常這麼照顧我，這是應該的，不用謝。」徐羨柔聲道，「真的不需要我留下來陪妳嗎？」

李太太搖搖頭，「沒關係，我自己可以，你們年輕人平常工作這麼忙，今天難得放假，趕緊回家休息吧，妳媽媽也還在家裡等妳呢。」

「那如果有需要幫忙，阿姨妳再打我電話吧，不用客氣。」

徐羨又寬慰了李太太幾句後，才跟著謝綽離開急診室。

「我送妳回家吧。」

語聲落下，卻沒有得到任何回應，謝綽看向徐羨，發現她的臉色瞬間沉了下來，剛才還端著的堅定冷靜全數消散，只餘無盡的黯淡。

被寒風一吹，都透著一股蕭瑟的易碎感。

謝綽看出了她強撐的心態，把先前她對李太太說的話原封不動地還給她：「都會沒事的，放心。」

不知道是冬陽太過溫煦，還是人脆弱的時候總是會放大他人的善意，徐羨竟從那冷淡的聲線裡，聽出幾不可察的溫柔。

她怔了怔，然後在他沉靜的目光中緩緩吐出一個字：「好。」

上了車後誰也沒有說話，謝綽單手搭著方向盤，望向前方。徐羨雙手交疊在併攏的大腿上，微垂著頭，面色平靜，像是在放空，又像是在思忖著什麼。

直到遇到了第一個紅燈，謝綽才打破沉默：「妳早餐來不及吃，現在也快中午了，我們先去吃飯，吃完飯我再送妳回家吧。」

十幾秒之後綠燈亮了，可謝綽卻沒有收到預期的回覆，他用眼角餘光瞥了徐羨一眼，發現她的頭垂得更低了，長髮遮蓋大半張臉，掩住她的臉龐。

謝綽覺得徐羨有些不對勁，越過一個路口後，把車子停靠在路邊的停車格中並熄火。

「徐羨？」他側身看她，發覺女人的身子隱隱在發抖，顫慄感隔著空氣渡到他的感官中，他心下一驚，「妳還好嗎？」

聽到男人沉穩的聲音後，徐羨才稍稍清醒過來，她艱難地抬首望向他，「對面有一家藥局，你能不能幫我買點東西……」

她的臉色慘白得可怕，毫無生氣，幾縷烏黑的髮絲因爲冷汗而黏附在臉上，黑與白的對比，使她整個人顯得更加沒有血色，宛如一枝生長在廢墟中的桔梗花。

謝綽怔了怔，一股異樣的感覺忽地衝上心頭——她痛苦的表情很好看。好看到……他想繼續看下去，看那張標致的臉蛋上，還會浮現出哪些令人著迷的神態。

如果痛苦繼續加深，她又會以怎樣的姿態求救呢？

肯定也是非常漂亮的吧。

徐羨脆弱的模樣讓他產生了錯覺，感覺此時此刻全世界只有他能夠拯救她，而這種認知讓他感到滿足。

肚子下方傳來的疼痛分赴四肢百骸，徐羨捂著腹部近乎要蜷起身子。她吃力地喚道：「謝綽，我生理痛發作了……我有點……你能不能去幫我買個止痛藥和水，今天出門前忘了吃藥，現在……我……」

下腹那股疼痛像是在向她索命一般，往死裡去鑽、去鑿。

方才她一心都在擔心李堂，沒怎麼注意，如今緊繃的情緒一鬆弛，那種不適感便傾巢而出，覆蓋身體的每一寸。

她狠狠咬著唇想要舒緩那股劇痛，一臉哀求地看向謝綽，卻沒想到，映入眼底的是男人毫無波瀾的面容，再仔細一看，才會發現他眸中帶了點微妙的壓迫感，冷眼旁觀的模樣像極了夢裡那道見死不救的人影。

不知道是不是錯覺，她總覺得那雙深不見底的眼睛像是在說……求我啊，求我啊，表現得好，我就買給妳。

那一瞬間，恐懼從她的心底油然而生。

「謝綽？謝綽……」

聞言，謝綽才驟然驚醒，發現自己失態後，他連忙壓下心中的興奮與驚喜。理性歸位，攆開病態的愉悅，他閉了閉眼，重新睜開眼之後，又回到了一個正常人該有的狀態。

「抱歉，我只是……」他頓了頓，「被嚇到了，妳的臉色太糟了。」

徐羨眉間的摺痕漸深，眼眶泛著淚光，連唇瓣都褪了色，小臉蛋楚楚可憐，讓人不由得興起一股保護慾。

謝綽心尖一顫。

「妳先休息一下，我去幫妳買止痛藥。」他連忙正色，傾身幫她把安全帶解開。他用手背輕輕觸了觸她的臉頰，將滑落的冷汗拭去，溫聲道：「我很快就回來。」

待謝綽走了之後，徐羨闔起雙眼靠在椅背上，腦子裡反覆播放著方才謝綽的樣子，兩道身影交錯又融合，疼痛讓她失去了分辨現實與夢境的能力。

謝綽說很快回來，就眞的很快回來。不過五分鐘的時間，他已經提著藥局的袋子回到車內，手上甚至還拿了一杯熱飲。

他麻利地擰開礦泉水，把藥片從盒子裡撥出來，一併放到她手中，「吃吧，不知道是不是妳平常吃的牌子，但架上只剩下這盒了，將就一下。」

徐羨從齒縫間擠出一聲「謝謝」，乖巧地吞下藥片。

「這是隔壁便利商店的熱可可，妳先暖暖肚子。」

徐羨接下謝綽遞來的飲料，溫熱蔓延到肌膚上，暖意薰人，連心臟似乎都被熨得滾燙。

見她慢慢地喝著熱飲，謝綪也不急著開車，就這麼停在路邊等她恢復精力。

徐羨忽然感覺這個冬天似乎暖了一些。

她並不愛吃甜食，但這會兒巧克力的甜膩正好可以緩解身心上的緊繃感，再加上止痛藥逐漸發揮效用，那毀天滅地的痙攣似乎收斂了點。

剛剛的壓迫感果然只是錯覺吧。眞正冷酷的人，是不會體貼地多買一杯熱可可讓她暖身的。

等到下腹的疼痛漸漸平息之後，徐羨才找回自己的聲音，有些不好意思地說：「抱歉，嚇到你了吧，我只要一痛起來就會很難受。我媽媽跟我朋友都被嚇過，有一次我痛到暈倒，我閨密還幫我叫了救護車。」

「沒事，妳現在好點了嗎？」謝綪望著行道樹搖晃的枝條，有一隻鳥拍著翅膀降落，將樹葉蹭得沙沙作響，「如果眞的很不舒服也不要逞強，我可以帶妳去看醫生。」

徐羨搖搖頭，又喝了一口熱巧克力，聲音依然虛弱，面色倒是紅潤了些，「沒關係，我好點了，謝謝你，你已經幫我很多了。」

「餓嗎？」謝綪低首看手機，目光依然沒落在她身上，隱隱間似乎在逃避什麼，「午餐想吃什麼？」

徐羨本打算回家跟呂萍眞一起吃飯，可今天受到他這麼多幫助，肯定是要好好道謝一番的。她傳了個訊息給自家母親，說自己下午才會回家。

「你想吃什麼？我請你吃吧。」她關閉手機螢幕，看向謝綪。

「妳上次已經請我吃拉麵了。」謝綪終於將視線挪到她身上，提醒道。

「一頓飯而已，跟你今天幫的忙比起來根本不算什麼。」

「那妳就當作欠我一個人情吧。」他笑。

徐羨怔了怔，也跟著開玩笑：「你就這麼想跟我藕斷絲連嗎？」

「沒這人情也是要藕斷絲連的。」謝綽用指尖叩了叩方向盤，眺望遠方櫛次鱗比的高樓大廈，「距離產品上市的日期越來越近了，妳大概會很忙。」

「忙歸忙，我對自己的策劃能力還是挺有信心的。」徐羨微微揚起笑容，自信地道，「我很期待這次的合作成果。」

謝綽踩下油門，往前方筆直的大道行駛，在引擎運轉的聲響中，他意味不明地扯了扯唇，聲音輕得宛如隨時會湮滅的粉塵：「我也期待。」

✦

新品發布會很順利，產品後續的行銷推廣也有不錯的迴響。

Dennis是個熱情的人，爲了慶祝這次合作成功，他邀請徐羨和他們一起吃個飯，當作小型慶功宴。

徐羨當時手頭還有另一個正在進行的案子，甲方很刁鑽，惹得她成天焦頭爛額，忙得不可開交。

這會兒看到Dennis在群組裡的晚餐邀約，她想說脫離一下高壓環境去吃個飯，或許能稍稍轉換心情，便答應對方了。

三人的小型慶功宴定在禮拜五晚上，白天徐羨奉主管之命送文件到其他公司，結束任務之後她刻意放慢腳步，在大街上緩緩走著，讓自己放鬆一下。

這幾天天氣逐漸回暖，和先前的隆冬之際比起來，現在的溫度舒適多了，至少風颳到身上時不至於刺入骨髓。

日光從行道樹的枝葉間篩落，星星點點綴在徐羨身上，像被風吹動的小銅錢掠過頰面。

在陽光下走了一陣子，把情緒放出來曬一曬，徐羨感覺整個人都平靜了不少。她攏了攏被冷風撩開的衣襟，打算去前方轉角的手搖店買一杯奶茶療癒身心。

在經過一家私人身心精神科診所時，眼角餘光透過大片的落地玻璃窗捕捉到一個熟悉的人影。

徐羨步伐一頓，她看見那道背影和櫃檯小姐說了幾句話之後，便跟著對方進入診間。

直至他從視野中完全褪去，徐羨才恍然回神。

好像謝綽。

是謝綽吧。

謝綽爲什麼需要看身心科呢，難道他狀態不好？

但這幾次接觸下來，謝綽看起來十分正常，就連臉上都找不太到工作壓力所造成的疲態，無時無刻不冷靜得過分，彷彿沒有任何東西能使他的心緒產生波動。

這樣的人也會有需要尋求身心科幫助的時候嗎？

很快的，徐羨否定了自己的推斷。

她不該先入爲主地認爲他狀態良好，人往往只會呈現自己希望他人看到的模樣，表面風平浪靜的人也許私底下正受著不少的苦痛，看上去冷淡疏離的人或許擁有一顆熱情善良的心。

她和謝綽的關係遠遠不及交心的程度，所以現在的她只能看到他修飾過後的姿態，這是再正常不過的事。

就像她有時候爲了達到目的，或在他人眼裡留下好的印象，會將自己的溫婉端莊發揮到最大值一樣，無非是一種保護自己的手段。

正是因爲不了解他，因此她莫名有些擔心。

徐羨心不在焉地走到手搖店前，由於太在意方才看到的景象，點餐時甚至把「紅茶拿鐵加小芋圓」講成「小芋圓加紅茶拿鐵」，直到接收到店員疑惑的目光，她才如夢初醒，重新點餐。

待徐羨接下店員遞來的飲料，轉過身準備離開時，才發現身旁站了一名留眉上瀏海、公主切的女人。

「妳怎麼在這裡？」她驚訝地道，打量了一下眼前人這身非主流的哥德式高腰連身裙，通體全黑，胸口中央綴了三顆銀色鈕扣，方領邊緣縫了圈細緻的蕾絲，裙襬外層覆著一層黑紗，羊腿袖包裹住纖細的手臂，腳踩厚底漆皮馬丁靴，十分華麗，「這麼隆重，沈記者今天不用上班？」

「要啊。」沈醉把手機收回口袋，接過店員遞來的飲料，勾著她的手臂往前走，「今天的工作內容是抓姦，前陣子股價飆很快的那家生技公司妳有印象嗎？他們老董背著妻子在外面亂搞，小三是個模特兒，也是位人妻。我剛剛跟同事去蹲點，抓好抓滿，今天晚上就能看見相關新聞滿天飛了。這不忙到一個段落出來買杯飲料解壓，誰知道就遇見妳了。」

沈醉喝了一口奶蓋，舌尖一捲，把殘留在嘴唇上的奶泡送到嘴裡，被那鹹鹹甜甜的滋味給滿足得瞇起眼睛，像隻狡黠的貓，「男人啊，有錢有勢了之後就會開始飄，只是這老董不知道得罪了誰，偏偏被捅了出來，嘖嘖嘖，資本的世界眞是太險惡了。」

聞言，徐羨不合時宜地想到了謝綽，儘管他並非那些有權有勢的資本家。不知道爲什麼，她總覺得如果是他，並不會和那些耽溺於紙醉金迷世界裡的人同流合汙。也許是因爲他那種對任何事物都不在意的樣子，讓人下意識地就相信他不存惡意、不動妄念。

可是眞的沒有任何東西能引起他的興趣嗎？

徐羡忽然很好奇，他徹底著迷於一件事情的時候，會是什麼模樣？

「寶，神遊去哪了？」沈醉在徐羡面前揮了揮手，無形間也把她腦海裡關於謝綽的思緒給攆走。

徐羡這才意識到自己又被謝綽牽著走了，儘管他根本不在她身邊。

兩人聊著八卦，不知不覺也走到了沈醉在職的電視臺樓下。

「對了，妳上次說的那個女人，她還有再作怪嗎？」

「誰？」

「那個叫王什麼珊的。」

徐羡揚了揚眉，「我沒跟妳說過她的壞話，妳怎麼知道我跟她不對盤？」

沈醉翹起唇，「妳雖然沒有跟我抱怨過她，但妳每次講工作提到她的時候語氣就會變得很平淡，妳自己肯定沒發現吧。」

果然是記者，太敏銳了，徐羡想。確實連她自己都沒發現這個細微的變化。

徐羡想起上回被她們說閒話的事，不過轉念一想，這也不是什麼大事，不值一提。

「如果她再犯賤的話，我不介意拿出我珍藏的小人幫妳詛咒她。」沈醉笑得風情萬種。

這番話配上她那一身哥德風的打扮，脖子上的頸鍊甚至綴了一枚銀色十字架，彷彿中世紀的邪教人士，酒紅色的唇微微一笑便帶了幾分詭奇，看起來特別像那麼一回事。

「醒醒吧親愛的，妳根本沒有小人。」徐羨知道她也就是戲精嘴貧，拍了拍她的肩，示意她趕快進去，「繼續工作吧沈記者，要堅強。」

豈料沈醉偏不，她鐵了心要摸魚，哪會這麼快上樓赴死。她摟著徐羨親暱地說：「那不說她了。話說妳前陣子忙的那個案子結束了吧，晚上一起玩？」

「不了，我晚上有事。」

「什麼事有我重要？妳說，我們多久沒一起吃飯了！」

徐羨被她浮誇的反應逗笑了，撈起她搭在自己肩上的手，輕輕捏了捏她的指關節，「明天，明天陪妳吃。」

「明天我要去鄰市出差，沒事，等我回來再約吧。」她聳了聳肩，好奇道，「不過妳晚上有什麼事啊？」

「就上次那案子，市場反響很不錯，對方說要一起吃飯當作慶功。」

「慶功？妳不像是會喜歡這種場合的人啊。」

確實，下班後的時間對於徐羨來說，是讓自己好好放鬆的機會，她並不喜歡沒有感情基礎的約會，不僅浪費時間還要消耗社交能量。因此面對那些浮於表面利益的聚餐，她通常能推就推。

可這回不知道是不是因爲有謝綽的關係，她感覺這場聚餐似乎沒那麼膚淺。

「還行吧，他們人挺好的。」徐羨嚼了嚼小芋圓，敷衍道。

可閨密不是當假的，沈醉一眼就看出她在試圖搪塞過去，她戳了戳她的眉心，「徐羨同學，妳是不是跟那邊的誰看對眼了，要不然爲什麼會答應這場聚會，這不像妳。」

「就是因爲我沒有跟那邊的誰看對眼，所以我才答應這場聚會。」徐羨失笑，撥開她的手，「彼此關係單純點多好。」

沈醉又瞇起雙眼，仔細凝視徐羨的臉。徐羨的表情依舊平靜，讓沈醉看不出半分破綻。

沒有在她面上找到想要的訊息，沈醉只好作罷，壓下心裡的懷疑。她給了徐羨一個分別的擁抱後，便拿著自己的飲料走回電視臺了。

晚上，謝綽和Dennis一進到餐廳，就看見已經端坐在座位上的徐羨。

「徐小姐來得好早啊。」Dennis笑道，在她對面坐了下來。

「抓了個好時機提早溜出來。」徐羨眨了下左眼，溫婉的面容染上幾分俏皮，「別叫徐小姐了，叫我徐羨就好。」

謝綽看了眼已經和女人聊起來的Dennis，若無其事地在他旁邊坐下。

一坐下來，他就發現桌子邊角藏了一塊不到零點三公分的油汙。這一小塊汙漬非常不明顯，但從他的角度看過去，剛好能見到光線映照其上，反射出細小的光點。

謝綽忽然心生煩躁。這麼高級的一家日料店，怎麼會犯這種低級錯誤？

他抽了一張面紙把油汙擦掉，然後從包裡翻出隨身攜帶的酒精，往上頭噴了噴。處理完桌面汙漬後，又往自己手上噴了兩下，仔細地揉搓手心，彷彿要把每一粒酒精分子嵌進自己的肌膚裡，淨化那些醜惡的細菌。

直到消毒完畢，謝綽緊繃的情緒才稍稍緩解，他長吁一口氣，面色如常地跟著他倆一起討論菜單。

豈料過了一會兒，那股焦躁感又再次纏上他的心頭。不斷蒸騰的焦慮在體內叫囂，一想到那些髒汙近在咫尺，他就會有一種感覺——有一隻手狠狠地掐住他的心臟，將氧氣擠壓出體外，讓他幾欲喘不過氣。

那種煩亂的感受支配著謝綽的行爲，他再次抽了張紙巾，覆蓋方才有汙漬的地方，指腹隔著一張衛生紙，比剛才更用力地去擦拭，如此反覆，直到手指都摩擦生紅了才罷休。

他厭惡地蹙起眉頭，往桌面和手掌上噴了更多的酒精。當刺鼻的酒精味充斥在鼻間時，他過於活躍的躁意才逐漸平息。

謝綽正了正神色，收起酒精噴霧瓶，接著自然地側過身，佯裝認眞在聽Dennis和徐羨的對話內容。

然而正在和Dennis聊天的徐羨，早已注意到他三番兩次的清潔消毒。

明明桌子已經很乾淨了，爲什麼還要這麼執著地反覆擦拭？況且，如果桌子不乾淨，請服務員來處理就好了，他爲什麼要親自清理呢？

徐羨還發現，謝綽把手肘支撐在桌沿安靜聽他倆聊天時，兩隻手不斷地交互整理已然平整的袖口。

衣袖的布料毫無一絲皺褶，是她看過熨得最齊整的袖口，可他卻近乎偏執地去捋、去壓，不知何時是個盡頭。

徐羨用眼角餘光觀察男人，發覺他時不時會流露出嫌惡或焦慮的神色，不過一瞬，又會被他掩飾過去，隨著他手上加快或加重的動作。

第一次在電梯裡遇見他的時候是這樣，相親那會兒也是這樣，只是那兩次都僅是單純地整理衣袖，並沒有出現今天這種略顯偏激的消毒行爲，也沒有過度的焦慮情緒。至少從表面上看沒有。

從前，徐羨覺得他是個完美主義者，可現在看來，或許不單單只是完美主義。

是強迫症吧。

反覆清潔、整理、喬好角度，透過強迫行爲減輕腦子裡的強迫思考，是典型的OCD[1]症狀。

「強迫思考」是指患者會出現反覆且持續的想法和衝動，儘管患者努力忽視，但這樣的情形依然會干預他們的思想，進而引發「強迫行爲」。

徐羨聯想到上午身心科診所裡，謝綽的身影，一切疑惑在頃刻間有了答案。

「徐羨，徐羨？」Dennis的嗓音把她從九霄之上喚回了人間，「妳怎麼一直盯著謝綽啊，他臉上有什麼東西嗎？」

多虧Dennis這聲提醒，她才意識到自己失態了，尷尬地扯了扯唇，「抱歉，我……」

徐羨窘迫赧然，謝綽卻悠然自若，彷彿被冒犯的不是他一樣。

Dennis的眼神在兩人之間逡巡了一下，然後接著她的話頭道：「妳是不是覺得……謝綽一直噴酒精很奇怪？」

徐羨怔了怔，在她意識到謝綽的異常行爲或許是某種精神官能症的表現後，便認爲這件事應該是私人且他人不宜提及的，沒想到Dennis竟直接把它說出來了。

Dennis半開玩笑地道：「沒事啦，謝綽只是有點潔癖，我們公司的人都知道他的這個習慣，每次跟他出去吃飯，他也會自己再擦一遍桌子，從某方面來說也是我們公司的打掃小精靈哈哈。」

聞言，徐羨茫然地看向謝綽，後者點了點頭，輕聲附和：「對，我有輕微潔癖，比較龜毛。」

謝綽沒有否認，徐羨也不再繼續談論這件事。她狀作無意地岔開話題，目光卻仍不自覺地追尋他的一舉一動。

然而自從揭過那個話題之後，謝綽就再也沒有去擦桌子和整理袖口。待餐點送上來後，他也沒有餘力分心做其他事。

在把一顆炙燒焦糖鮭魚壽司放入口中的時候，徐羨後知後覺地想，她爲什麼會這麼在意這件事？

這件事與她毫無關係，而她本身也不是多管閒事的性子，那她過分關注的原因是什麼？

徐羨喝了一口麥茶，見對面的兩人在聊電子產業的相關議題，她抿了抿唇，心想反正也插不上話，便決定去洗手間一趟，冷靜冷靜。

過於奔放的思維不應該出現，她沒有多餘的心力去推敲他人瓦上霜。

出了洗手間後，她在男女廁的交會處撞見了謝綽。

徐羨張了張嘴，「好巧，你也來上廁所啊？」

話一出口她就後悔了，巧什麼巧，每個人都會有生理需求，兩人又在同一個空間用餐，會遇到很正常。

不知道是不是連續加班好幾天的關係，她今天的思緒有些混亂。

「來洗手。」謝綽解釋道。

語聲落下時，徐羨把視線挪到他的手上，那是一雙修長而漂亮的手，可骨節處卻烙上了脫皮的痕跡，手掌中央也有因爲過度摩擦而滋生的紅腫。

徐羨一驚，方才的猜想越加明晰，「你的手還好嗎，怎麼脫皮了？」

「沒事，只是酒精噴過頭了，不嚴重。」謝綽不以爲意，把手收到大腿後方。

---

1 Obsessive-Compulsive Disorder，強迫性精神官能症。

「怎麼不嚴重，手要好好保養的，何況現在是冬天，皮膚很容易乾，你又常常噴酒精，脫皮到一定程度會受傷的。」徐羨眸光一亮，「我有護手霜，你要不要擦一下？」

謝綽的「沒關係」還卡在喉頭，就見她從包包裡麻利地掏出一支護手霜，把他的手抓過來，往上頭擠了一小坨乳霜。

擠完她才恍然意識到了什麼，輕輕放開他的手，「抱歉，我一看到別人受傷就……是我衝動了，沒經過允許就擅自碰你。」

「沒關係。」謝綽面無表情，把手伸到她面前，「擦吧。」

他是可以自己抹的，可徐羨看到攤在自己面前的手時，還是鬼使神差地捧起來，仔仔細細地幫他把乳霜抹平、推勻。

在冬末的冷空氣裡，兩人肌膚相觸，交換彼此的體溫，直至溫和的草本香氣彌漫，徐羨才緩緩收手。

方才兩人的距離太過接近，徐羨心跳餘震難平，面色卻自然如常，「這是快樂鼠尾草的香氛護手霜，名字很可愛吧？」

她偷偷觀察謝綽的表情，卻沒有在他臉上看到任何預期中的波瀾。他看起來一點都不在乎，只有她自己亂了心跳頻率。

意識到這件事後，那種想要讓他臣服的慾望又跑出來了。

徐羨還沒壓制住自己不切實際的想法，就見眼前人把手背擱在鼻尖，輕輕地嗅了嗅，然後問：「爲什麼叫快樂鼠尾草？」

「clary sage，念起來是不是像『快樂』？而且很多人聞了它會感到快樂，可以緩解焦慮和壓力，消除負面情緒。」徐羨一邊解釋，一邊也往自己的手上抹了點。每到秋冬她的皮膚總是會很乾，因此才會隨身攜帶護手霜，「據說這種植物的名稱來自於古拉丁文，有『淨化』和『我獲救贖』之意，很有趣吧？」

謝綽一言不發地看著徐羨，聽她繼續道：「淨化你的負能量，療癒身心，帶給你富含生命力的香氣，從某方面來說不就是靈魂被拯救了嗎？」

徐羨將自己手上的乳霜抹勻後，抬首對上男人的視線。

暖黃的燈光落在她身上，碎光與浮塵飛舞，在她眼底映出星河。

謝綽的後槽牙咬緊了些。

「你要照顧好自己的手，這麼好看的手千萬別糟蹋了。」她眨了眨眼，「我猜你也不會聽我的話，眞的去買。這樣吧，這條送你，脫皮或覺得肌膚乾澀的時候記得擦。」

徐羨把護手霜塞進他手裡後便抬腳往前，走了兩三步後又回頭看他，「不對，應該說要盡量避免脫皮，能不噴酒精就別噴了吧，會惡性循環的。」

話說完，徐羨便直接往座位走去。

謝綽凝視那道纖細的背影，再次聞了聞纏繞在手上的香氣，清新的草本香穿透呼吸道進入肺裡，那些煩躁和憂慮似乎被稀釋了不少。

他恍惚地想，快樂鼠尾草的意思確實是救贖。

他聽出了她的弦外之音，那句惡性循環不僅僅是在指所謂的「輕微潔癖」，也是在說因爲強迫思考而引發的強迫行爲，所造成的無止盡的焦慮。

她發現了他的隱疾。

她總是那麼敏銳，那麼善良。

不論是多年前被欺凌的少年時代，還是近期因爲強迫症而造成的手傷，她都能在第一時間發覺，並且向他伸出援手。

她總是在拯救他，在她自己也不知道的時候。

快樂鼠尾草的香氣溫柔地擁抱感官，滲進了每一寸毛孔中，與細胞貼合、交融，共生共死。

第二章　亞瑟府的沒落

徐羨是被一通電話吵醒的。

「Dear my羨，年假出去玩嗎？」沈醉的聲音從電話那頭傳來。

徐羨前兩天終於把那個難搞的客戶給解決了，年節將近，昨晚她放肆地熬了通宵，看沈醉推薦給她的喬喻的新劇。

在演藝圈內，電影演員的地位比電視劇演員還要高這件事，大家心照不宣，因此喬影帝參演電視劇的消息一出來，便成爲大家關注的焦點。

在這部電視劇裡，喬喻飾演一名私立貴族學校的教師。整部劇以校園霸凌和心理疾病爲主題，揭露少年少女在高壓環境下，展現的人性陰暗面及脆弱。

徐羨不看還好，一看就停不下來，劇本編排跟故事內涵太有深度了，她可以理解喬喻爲什麼會選這部劇本。

這位影帝不光是長得好看，演技也很優秀，徐羨明白沈醉爲什麼這麼暈這個男人了。

因爲熬夜的緣故，這會兒突然被喚醒，徐羨還有些神智不清。她抬起手臂掩住雙眼，隔絕從窗外透進來的張狂日光，含糊地「嗯」了幾聲，然後就把電話給掛了，翻身睡去。

再次醒來後，徐羨便忘了這件事，直到大年初二那天早上，沈醉拖著行李箱出現在她家門前時，她才猛然想起似乎有這麼一回事。

「親愛的，妳忘了對吧。」沈醉一看她的表情就知道了。

徐羨睡眼惺忪，髮絲凌亂，身上穿著淺紫色法蘭絨的成套睡衣，額角還有一道壓痕，一副剛睡醒且什麼都沒有準備的樣子。

「不是……妳也沒說是今天。」她揉了揉眼睛，敞開大門讓她進來。

「我說了，初二到初四三天兩夜，S市最近很紅的那個溫泉度假村，妳那天是不是都沒在聽我講話。」沈醉回憶了一下，當時在通話裡，徐羨似乎也是這個有氣無力的語調。她猜想，那時候的她大概是半睡不醒的狀態吧，難怪從頭到尾的應答都只有單音節。

「啊，這……」徐羨對著沈醉彎出一個沒有靈魂的笑，還沒等她反應過來，就直接溜回臥室，「我現在就去收拾行李。」

「砰」的一聲。沈醉無語地望著那扇緊閉的房門，心想這女人是怕被打是吧，逃得那麼快。

對，她確實想打她。她費盡千辛萬苦才訂到熱門度假村的套房，結果這傢伙居然忘了！

就在沈醉強忍住自己對閨密施暴的慾望時，呂萍眞從廚房裡走了出來，「哎」了一聲，「小醉呀，怎麼來了？」

沈醉立刻展露親切友善的笑容，做了一個拱手的動作，「阿姨好，新年快樂！」

「哎，眞乖。」呂萍眞把一盤水果放在桌子上，招了招手讓她過來，「剛好切了蘋果，快過來吃，平平安安。」

「謝謝阿姨。」沈醉在呂萍眞旁邊坐下，乖巧得很，「妳也要平安健康。」

「會的會的，別操心，倒是你們年輕人現在常常日夜顛倒，好多都把身體搞壞了，尤其妳又是記者，要特別注意。」

「遵命！」沈醉做出敬禮的手勢。

過了不久，徐羨從房間裡走出來。

「這兩天不在家，去度假。」她對正在吃蘋果的沈醉抬了抬下巴，「跟她。」

「阿姨，妳女兒這兩天就交給我保管了。」

「那妳可要看好她，別讓她惹事。」

「我是多讓您操心啊。」徐羨無奈，拎著行李袋走來，從盤裡揀了一片蘋果吃，「不然妳跟我們一起去吧，我肯定乖乖的，半點異性關係都不搞。」

徐羨見母親一臉驚恐，眼裡似是寫了幾個大字——我求妳快搞。

她沒忍住笑了一聲。

兩人吃完蘋果後便提著行李出發了，今年過年比較晚，這會兒已經是冬末春初的時節。寒意尚未散場，但春天那種萬物逐漸復甦的清新已悄然滋生，天氣很好，長空流雲，湛藍的天綿延萬里。

S市就在T市隔壁，搭火車不到一小時就到了。兩人沒有想要在市區多逗留的意思，攔了輛計程車便直奔溫泉度假村。她們迫不及待地想好好放鬆，用溫泉水撫慰被工作使勁壓榨的靈魂。

這個新建的度假村討論度非常高，除了主打養生療癒的溫泉以外，整座度假村設立在蔥郁的山林間，舉目是大片大片的綠，蒼巒疊翠，秀麗非常，陽光從枝葉間跌落，揹著濃郁的芬多精將你圍繞。在繁忙的城市待久了，如今僅僅是被大自然這樣簡單地簇擁著，便感覺身心都得到了至高無上的昇華。

度假村集結了住宿、溫泉、餐飲、遊樂等多重服務，亦有許多休閒設施供人使用。游泳池、健身房、綜合球場、兒童遊樂區是基本配備，除此之外，還有射箭場、森林生態導覽博物館以及芳療指壓等特色設施，足以使客人們拋開世俗的紛雜，盡情釋放、享受。

除了公共設施之外，每間房間還有獨立的日式庭院和溫泉池。

度假村的整體裝潢是日式風格，色調沉穩溫厚，一踏進去便有一種樸實無華的安定感，長期高壓緊繃的精神也在不知不覺間鬆懈下來。

沈醉一進房間便把行李一丟，直接往大床上撲。她躺在鬆軟的被褥裡，閉著眼睛喃喃道：「我最大的能耐就是躺著不動……」

「說什麼瘋話，這裡好漂亮，我們去拍照。」徐羨半是嫌棄半是寵溺地看了她一眼，「妳還沒洗澡別上床，快起來。」

「什麼瘋話，給我尊重一點。這卡夫卡說的，寫《變形記》的那個大文豪卡夫卡知道嗎？簡直是講到我心裡去了。」

接著沈醉忽然想到了什麼，從床上跳起來走到衣櫃前，打開衣櫃，果然看到了兩套印著小碎花的浴衣。

「我跟妳說，我很期待的一點就是有浴衣可以穿。」沈醉把那兩件浴衣拎到徐羨面前，「丁香紫和煙粉色，我選擇障礙，妳先挑。」

徐羨知道沈醉最大的興趣就是打扮，並且涉獵的風格很廣，只要戳中她的審美，不管是多麼前衛或非主流的衣服她都會買下來。她從來就不畏懼他人眼光，實現自己的穿衣自由對她來說才是最快樂的。

大學時期，徐羨和她才剛認識沒多久，就見過她穿著各種類型的服飾，什麼漢服、

Lolita、JK、賽博龐克等等都有。

「紫色吧。」徐羨指了指她烏亮長髮上那一撮粉色挑染，「妳穿粉的，跟髮色搭。」

「對呀！我怎麼沒想到，還是妳懂。」沈醉笑嘻嘻地給了徐羨一個飛吻後，便開始更衣了。

兩人換上浴衣之後，想先去度假村的大廳晃晃，順便沿路看看風景。

她們的房間距離會館中心不遠，大約走個五分鐘就到了。

甫進入大廳時，她們便看到一群人圍繞在櫃檯前，七嘴八舌地討論著什麼，看起來像是趁著年假跟團來旅遊的。

徐羨跟著沈醉走到櫃檯側邊，打算取一本導覽手冊來研究，然而就在她繞過去的同時，竟在人群中發現一道熟悉的身影。

徐羨怔了怔，懷疑是自己看錯了，而就在她踮起腳尖想要再次確認時，對方也正好偏頭。兩人隔著鼎沸的人聲，對上了視線。

對到眼了還不打招呼有失修養，徐羨拽了拽沈醉的衣袖，說：「我看到熟人了，去打個招呼。」

沈醉點頭，「那我去買飲料，剛剛看到旁邊有賣奶昔的店，妳想要什麼口味的？」

「跟妳一樣就好。」

徐羨攏了攏有些寬大的衣襟，慢悠悠地走到男人面前，「好巧，你也來這邊玩嗎？」

謝綽見女人身穿丁香紫的碎花浴衣，一頭柔順的長髮盤了起來，幾縷鬢髮零散落下，髮髻上還簪了一個同色系的小花飾品，綻放出和煦春意，以一種先於大自然的方式。溫柔婉約達到了最大值，她彷彿是從大正時期穿越而來的大家閨秀，連嘴角一抹淺笑都是美的極致。

謝綽看得出神，覺得這裡的山川風月都不及眼前人動人。

他悄無聲息地弭平心底的躁動，指向身旁的一群人，淡聲道：「和公司裡的幾個同事一起來的。」

徐羨往人群中張望了下，「Dennis沒來嗎？」

「他陪女友回老家了。」謝綽說，「我們現在在辦理入住，不過人有點多，大概要好一陣子。」

「你感覺不像是會喜歡這種活動的人。」見大廳裡沸反盈天，徐羨開玩笑地打趣。

「妳說得對，不過這是抽獎抽中免費的，不來白不來，而且過年也是自己一個人待在家，沒什麼樂趣。」

「一個人在家？你家人都在國外嗎？」

謝綽的眼睫微斂，「我沒有家人。」

徐羨怔了怔，不知道是不是錯覺，她從他半掩的眸子裡捕捉到一閃即逝的寂寞，「抱歉，我……」

她想起剛才看到的畫面，謝綽站在人群裡，身旁的人都在談天說笑，唯有他一個人面無表情地立在喧囂中，好像有一道無形的屏障，將他徹底隔絕開來，分裂成他與他們。

她忽然想到一句話——我明明身在人群中，但他們的一切又好似與我無關。

徐羨一口氣梗在喉頭，感受到一股說不上來的悶。

「沒事，我習慣一個人了。」謝綽抬眼，面色如往常般沉靜，眼底也沒了方才遺留的情緒，「妳跟朋友一起來的嗎？」

「嗯，跟我閨密，她去買飲料了，等一下介紹給你認識。」

話音甫落，沈醉便拿著兩杯飲料走了過來，「覆盆莓和香蕉選一個。」

「覆盆莓吧。」

見被塞進自己手裡的是香蕉口味的，徐羨一言難盡地看著沈醉，後者喝了一大口覆盆莓奶昔，挑釁似地舔了舔嘴唇，「親愛的，人生沒有那麼順遂，得不到的永遠在騷動。」

徐羨閉了閉眼，微笑。

「對了，這是我閨密。」徐羨也不急著喝奶昔，將兩人介紹給彼此，「這是我之前的合作對象。」

沈醉笑著伸出手，「你好，沈醉。」

謝綽也配合地與她握手，「謝綽。」

兩隻手交握的剎那，徐羨覺得兩人之間萌生一股微妙的氛圍，卻又說不出是哪裡不對勁。

想到握手，徐羨才想起謝綽手的狀況，不禁關心：「你的手好多了嗎，護手霜有沒有在擦？」

「嗯。」謝綽攤開自己的雙手，像呈現一件作品那樣乖巧地任由她觀賞，儘管展出的並非藝術品，而是創傷的軌跡。

徐羨看了一眼，脫皮的情況確實沒有上次那麼誇張了，只剩下細微的皮屑，整體來說不算太差。

他們有一陣子沒見了，平時也不是會在社群軟體上互相聊天的關係，徐羨不知道這段時間他過得怎麼樣，希望他被ＯＣＤ支配的情形不要太過嚴重才好。

這裡還有外人在，她不好多說什麼，只溫聲道：「那就好。」

沈醉見狀，在一旁挑了挑眉，卻沒出聲。

徐羡喝了一口奶昔，想要掩飾自己對於謝綽的過度關注，卻因爲喝得太快，奶泡沾到了唇沿，香蕉的甜在唇齒間彌漫。

她下意識地伸出舌尖要去舔時，靈機一動，突然放緩了動作。

她知道自己的優勢，知道自己最好看的角度是什麼樣的，也知道如何能讓一個男人對自己激起憐愛的情愫。

如同刻意放緩的慢鏡頭，她舔了下唇，將遺落在外的奶泡捲回口中。

明明是一個再平常不過的舉動，卻莫名帶了一絲優雅的蠱惑。

徐羡抿了抿嘴，又泰然自若地喝了一口奶昔。

令她感到意外的是，抬眼時，她發現對方的反應和她預期的不同，目標對象的臉色依然淡如水，目光甚至投向了遠方的山林景致。

試探失敗，徐羡忽然有點氣餒。

明明對方正人君子般的行爲，代表著分界明確，足以讓她更有安全感，可同一時間，那種不服輸的征服慾，也在體內越發膨脹，入侵所有的神經細胞。

——好想讓他對她俯首稱臣。

徐羡不是第一次出現這種念頭，隨著與謝綽接觸次數的上升，這個想法越發具象化。

此時，謝綽的同事突然喊了他的名字，他朝對方應了聲，向徐羡道：「辦好入住手續了，我先去處理……等會兒見？」

徐羨沒把這句話放在心上，在她眼裡那不過就是場面話，度假村這麼遼闊，能不能再見都不知道。

她揚起唇，嘴角的弧度溫煦親和，「嗯，那我們也先走了，再見。」

徐羨知道的是，謝綽在自己的試探之下安之若素，不論風動還是幡動，也不見任何心猿意馬的騷動。可她不知道的是，在她捧著香蕉奶昔跟沈醉走出會館大廳時，身後的男人凝視著她離去的背影，眸色在頃刻間暗了下來。

靜水之下是陣陣狂瀾，某些見不得光的想法伺機而動，潮起潮落都是壓抑多年的妄念，洶湧入懷。

謝綽在腦中描繪著方才的光景，像文物修復師復刻一件藝術品那樣，鉅細靡遺而深情。

奶沫綴在唇上，殷紅處一灘白，微妙又引人遐想。細軟的舌尖探上花瓣似的嘴，輕輕一捲，那奶白色的泡沫便隨之沒入嫣紅的唇裡，葬送在溫熱的口腔中。

謝綽不由得被撩起了一些思緒，一些不可言說又晦暗邪惡的思緒。

他想要讓其他的東西，其他的白，一齊送往櫻桃般溼熱的唇舌中，在她體內融化、湮滅，如殉情一樣。

那一刻，謝綽清楚地知道，那不是風動也不是幡動，僅僅是他單純而熱烈的心動。

✦

徐羨和沈醉大致翻了一下度假村的導覽手冊之後，很有默契地直接往芳療中心前去。

優雅輕盈的純音樂落在空氣中，和特別調製的草本香氛交織成網，溫柔地包覆住她，再加上芳療師力度適中的按摩，徐羨很快地放鬆下來，在暖意薰人的氛圍中墜入夢鄉。

她作了一個好夢，夢中的她穿著一條白色連身裙，裙襬下方縫了一圈可愛的荷葉邊，風輕輕拂過時，撩起的都是清新安逸的少女情懷。

很久沒有這麼鬆弛且毫無顧忌了，以十六歲爲始。

如茵的草地遼遠廣闊，她赤足踩在上頭，柔嫩細密的草莖輕撫腳踝，空氣中飄散著不知名的花香，飾她以華裳，待她回神之際，白淨的裙子上綴滿了星星點點的小花。

後來下了一場雨，清新而溫柔，將她身上的每一寸花瓣給埋進了泥土裡，沖刷洗淨，以一種和平的方式。

雨下完了，徐羨也醒了。

「請問今天的服務還滿意嗎？若身體有哪裡不舒適也可以隨時提出。」芳療師將躺著的她扶起來，關心道。

「很滿意，謝謝妳。」人是醒了，但思緒還在夢境的殘骸中纏綿。她緩了一會兒，輕聲說：「很久沒有睡得這麼好了。」

「太好了。」芳療師笑道，「看到客人來這裡有好好放鬆，那就是從事這份工作最大的意義了。」

徐羨也對她笑了笑，換好衣服後便走出小房間，看到沈醉已經坐在小沙發上吃著這裡提供的紫米紅豆湯。

「親愛的，我的靈魂接受了一場徹頭徹尾的洗滌，感覺離開這裡之後，即便要重回電視臺的茶毒，我也無所畏懼了。」沈醉舀了一匙紫米紅豆湯遞到徐羨嘴邊，「怎麼樣，有沒有好好休息？」

徐羨點點頭，喝下她遞來的紫米紅豆湯，甘甜的滋味在舌尖馳騁，柔軟、富有黏性且溫熱。

「有好好休息了。」她說。

「等一下有想去的地方嗎？」

「還好，我們就沿路隨便走走拍拍照吧，這裡風景這麼好，不多留點紀念太可惜了，晚上再去泡溫泉。」

喝完紫米紅豆湯後，兩人在度假村裡漫無目的地散步，遇到漂亮的景致便逗留片刻，時間觀念在這裡失去了意義，沒有什麼能將她們束縛。

很快的，斜陽傍山，暮靄沉沉，夕曛穿透林間，濃烈的晚霞絢麗恢弘，擁抱每一寸土地。

山上的氣溫降得快，太陽尚未徹底歸於山海，夜色已經提早帶來了寒冷的贈禮，連餘暉都透著淺薄的涼意。

晚風灌進浴衣寬大的衣袖裡，於肌膚鍍上一層冰霜般的顫慄。徐羨見沈醉在發抖，於是道：「我們去吃晚餐吧。」

「走吧走吧，冷死了，高級buffet我來了！」沈醉挽起徐羨的胳膊往前跑，山風揚起髮梢，在最後一瓢夕光中留下了漂亮的弧度。

現在才五點多，餐廳裡頭還沒有什麼客人，兩人挑了一張四人桌後，便拿著餐盤去取餐。

取完餐後，兩人回座。沈醉夾了幾片慢烤櫻桃鴨到她盤裡，「嘗嘗這個。皮脆肉嫩，超好吃。」

徐羨從善如流地將烤鴨送入口中，還沒來得及仔細品味，頭頂上忽然落下一道充滿磁性的嗓音：「介意一起吃飯嗎？」

她疑惑地抬眼，「謝綽？」

沈醉看了兩人一眼，笑道：「謝先生，你也這麼早就來吃晚餐啊？」

謝綽「嗯」了一聲，目光一直都聚焦在徐羨身上，他端著手中已經盛滿餐點的圓盤道：「閒著沒事，看到餐廳五點開始營業就乾脆來了……妳們介意多一個人一起用餐嗎？」

徐羨彎唇，「怎麼會介意，快坐下吧。」

「謝謝，今天一個人待久了……忽然想找人說說話。」謝綽放下餐盤，露出一個略顯靦腆的笑容，透出了幾絲寂寞。

謝綽一直都是清冷疏離的，徐羨沒料到會在這個人臉上看到足以稱之爲「可憐」的模樣，她想起方才在大廳的相遇，心底酸澀，溫聲道：「沒事，我們陪你。」

她指了指一旁埋頭啃醬烤肋排的沈醉，「這個女人很會聊天，從三歲小孩到八十歲老人，沒有一個會被放過。」

莫名其妙就被賣了，沈醉抬首睨了閨密一眼，忍住想翻白眼的慾望。她心想，這男人想聊天的對象根本不是自己好嗎，況且，就上午在大廳打招呼的情況來看，這所謂的「寂寞」，眞假成分也有待商榷。

沈醉頂了頂腮幫子，漫不經心地吸著玻璃杯中的白桃沙瓦，觀察兩人的言行舉止，饒有興致。

「謝先生，你等一下有什麼安排嗎？」沈醉朝他舉杯敬酒。

謝綽不答反問：「妳們呢？」

「我們待會兒應該會去露天溫泉，那邊有很多水療設施。」徐羨秉持著吃飯不沾手的原則，一邊用筷子撥弄天使蝦的殼，一邊回應。

「那我跟妳們去吧。」謝綍點點頭，「聽說這裡的藥浴池很不錯。」

「謝先生不跟你們公司的同事一起嗎？」沈醉有意無意地問。

謝綍平靜地看向她，「他們都攜家帶眷的，我一個外人加入也不太合適。」

沈醉接受了他的答案，笑得風情萬種，「行啊。」

三個人邊吃邊聊，就在沈醉講到演藝圈最近的一個大八卦時，謝綍的肩膀突然被拍了拍，一個理著平頭的男人對著他道：「謝綍，你在這裡啊，你也這麼早來吃飯？」

謝綍仰頭一看，是研發部的同事，不過他們並不熟。

他冷淡地應了一聲，低首要繼續吃燒賣之際，平頭男卻又道：「喲，這兩個美女不是我們公司的吧，你朋友？」

謝綍夾燒賣的筷子一頓，重新抬首看向他後，眸色暗了下來，不自覺地瞇起眼睛，「嗯。」

出於禮貌，徐羨端出了得體的微笑，「你好。」

「有這麼漂亮的朋友也不介紹一下。」男人促狹地說，把目標轉到徐羨身上，「小姐，可以跟妳要個聯絡方式嗎？」

見男人過於直接的搭訕，徐羨的笑容僵在嘴邊，眸底出現一瞬的反感，正想用一貫的話術拒絕他時，一旁的謝綍卻先開口了。

「Andy，我剛剛看到這裡有日本帝王蟹吃到飽，你是不是挺喜歡吃螃蟹的？我帶你去看看吧。」他說，「順便聊聊下一期主要的程式設計？」

謝綍的嗓音沉穩，低磁中摻著些許夜的冷涼。照理來說應該是很好聽的聲音，可現在卻莫名滲出了幾分陰鷙，好似夜裡的寒霜全都聚集於此，凍人徹骨。

Andy平時只覺得謝綽這個人有些孤僻寡言，倒也不算太古怪，還算能正常相處的同僚，可此刻對上那雙深邃漆黑的瞳孔時，他竟感覺到了莫大的威脅，背後甚至析出涔涔冷汗。

深不可測的眸底似乎有什麼正虎視眈眈地蟄伏著，只要一觸到逆鱗，隨時都有可能朝你伸出爪子。

「沒、沒事，我自己去就好了，謝謝你告訴我這個情報。」Andy訕訕道，再次啟唇時聲量都弱了不少，「還有你也太敬業了，我們都來旅遊就別談工作了吧……」

語畢，男人也不等謝綽回答，便逃也似地溜了。

謝綽沒再繼續關注他，見剩下的兩個人很有默契地將眼神定格在自己身上，他拿起刀叉切了一塊牛排，「怎麼了嗎？」

「沒事。」徐羨見他面色如常地吃著牛排，心想方才在他眼底看到的戾氣究竟是不是錯覺。眼前這個舉止從容的男人似乎與陰狠暴戾沾不上邊，可剛才那瞬間噴薄而出的攻擊性卻又那麼真實。

徐羨望向那道被逼退的身影，總覺得那個平頭男也是被嚇到了，要不然他的態度怎麼會轉變得這麼大，甚至可以說是落荒而逃。

所以她並沒有看錯嗎？

可是好不搭啊。

謝綽注意到徐羨的視線正追逐著Andy的背影，他鴉羽般的長睫垂下，掩蓋住眸底翻騰的戾氣，不由自主地握緊手中的刀叉。

他盯著眼前的牛排，在上頭淺淺劃了一刀，有一瞬間，他竟產生了Andy是刀下這塊肉的幻覺，而他正在凌遲擅闖他人領地的不速之客。

幾秒之後，謝綽意識到這種念頭是偏激且病態的，連忙把惡意壓回心底，用力握著刀子的那隻手，指關節都泛起了不健康的白。

沈醉懶洋洋地揀了一塊瑪德蓮吃，目光在默不作聲的兩人之間徘徊了一陣，隨後偏了偏頭，悄無聲息地笑了。

用完餐後，三人回房休息，約好七點半在大眾溫泉SPA區集合。

「My羨，問妳個問題，請如實回答。」沈醉隨手抽起梳妝臺上的原子筆，將它當作一支麥克風，遞到徐羨嘴邊，「謝綽就是那個跟妳一起去吃慶功宴的吧？」

「妳怎麼知道？」徐羨有些意外。

「直覺。」她眨了眨那雙狐狸眼，語氣間有藏不住的驕傲，「記者的直覺。」

「什麼記者，妳改行當偵探算了。」

「當妳的私家偵探嗎？年薪三百萬以上我會考慮一下。」

「那沒辦法了，妳還是繼續當電視臺一枝花吧。」

「妳好沒誠意。」沈醉嗔道。

她打開行李箱，心裡想的是——徐羨這個人吧，處事圓融卻不矯情，看著溫溫柔柔的，可她其實是外熱內冷的類型，表面上跟誰都能聊得熱絡，但內心卻一點都不在乎。點滿的社交技能對她來說是一種工具，一種可以營造形象和鋪路的工具，而一旦有人越了界，她就會毫不留情地斬斷與對方的關係，避免後續不必要的人情壓力與情感糾葛。

可這次，沈醉隱隱覺得徐羨對謝綽好像不太一樣。

她從沒看過徐羨對任何一個男人表現出如此高度的關注，儘管徐羨似乎有意識地在抑制自己的探索慾，可兩人相識多年，她一眼就能看出她的風平浪靜只是偽裝。

沈醉覺得有趣，也不急著戳破，逕自從行李箱裡翻出了兩套泳衣。一套是黑色的斜肩交叉連身泳衣，另一套是酒紅綁帶比基尼。

「親愛的，妳覺得我等一下穿哪套好？」她興致勃勃地問。

徐羨躺在床上百無聊賴地滑手機，連看都沒看一眼，便道：「反正不管哪套都掩飾不了妳平胸的事實。」

沈醉一聽怒了，「靠！妳有禮貌嗎妳，小而美懂嗎？樹大招風！」

徐羨笑著把她往自己臉上丟的酒紅色泳衣給扒下來，扔回她懷裡，「妳穿這件吧，我的是藍的。自古紅藍出CP，我們天生一對。」

「天生一對」這四個字顯然正中了沈醉的好球帶，她裝模作樣地哼了一聲，然後便乖乖地去換衣服了。

徐羨笑得不行，覺得自家閨密太像一點就炸的傲嬌小狐狸。

約定的時間很快就到了，兩人還沒走到大眾池的區域，就在路上遇見謝綽。

謝綽看到女人身上還穿著白天的浴衣時，便鬆了一口氣，淺淺勾唇，「走吧。」

然而，他很快就笑不出來了，畢竟誰泡溫泉能不脫去外衣？

當徐羨以一身灰藍色的連身泳衣出現在大眾視野下時，謝綽抿著的唇繃出了一條凌厲的直線。

若是一般的連身泳衣也就算了，可偏偏兩邊腰側挖了空，露出漂亮的腰線和細膩肌膚，背後亦是做了鏤空設計，脊線連綿，蝴蝶骨的曲線好似要翻飛的翅，讓人總有一種掌握不住的虛幻感。

兩條細肩帶和V型領口中間都綴了金色的圓環以連結布料，三個點在胸前形成了和諧的倒三角，框住的是那白皙的豐潤，以及正中央逐漸沒入布料裡頭的優美軌跡。

謝綽站在兩人身後，白花花的長腿在眼裡蕩漾，他眸色深沉，臉上是一貫的冷淡，可後槽牙卻咬得更緊了，似乎正費力地壓抑著什麼。

這裡除了一般的冷熱溫泉池，還有藥浴池、蒸氣室、烤箱，以及各種SPA，能夠滿足一般顧客對水療的需求。

三人走進距離最近的一個溫泉池，當徐羨踩著石階梯踏入水中時，謝綽看到同一池裡，眾人的目光在頃刻間聚焦於她身上，而後者恍若未覺，神態從容地拉著沈醉的手尋了一處角落坐下，途中因爲移動而掀起的漣漪，如同這些人心底被吹皺的一池春水。

眼底壓著的冷戾堆積成山，他漠然地走到徐羨旁邊坐下，兩人中間隔著一小段距離。

他注意到周遭的男人都看了他一眼，隨後再將眼神移開，佯裝若無其事。他們時不時關注著徐羨和沈醉，某些膽子大的，更是直接大剌剌地將視線定格在她們身上，神情玩味。

同爲男人，謝綽怎能不懂這些人眼裡蠢蠢欲動的東西。那些被他壓制在體內的煩躁瀕臨失控，早已卡在藩籬之前，只消一股壓垮稻草的外力，就會盡數噴薄而出。

僅僅是想到那些不懷好意的目光流連在徐羨身上，反覆沾黏，他的理智便像是被人用刀片一寸一寸削去一般，猙獰地凋零。

好想把他們的眼睛挖出來。挖出來，就再也不能看她了。

他的視線掃過那些下流的臉孔，眸光冷冽，像淬了毒一樣，隱隱有著噬血的瘋狂。蟄伏的暴戾千迴百轉，好似要穿透他們的骨血，然後一爪包攬，殲滅。

謝綽瞟了徐羨一眼，她正同沈醉小聲地聊天，整個人放鬆得很，怡然自得。她那白皙的軀體浸在清澈的溫泉裡，水波輕漾，更顯盈潤。

溼熱的霧氣在夜裡浪遊，她本就柔和的五官因氤氳而變得更加朦朧，像一朵含煙的花，出淤泥而不染，流淌著月色的清冷與雅致。

美人如花隔雲端，讓人萌生出不可褻玩的想法。

是啊，連他都捨不得玷汙，那些人又怎麼配？

如果能把她藏起來就好了，藏在一個沒有人能找到的地方。這樣不管是Andy還是其他男人，都再也沒辦法覬覦她的肉體、她的靈魂、她的一切。

她要麼屬於他，要麼不屬於任何人。

隨後他們又泡了幾個藥浴池和ＳＰＡ，舒舒服服地享受了一場溫泉盛宴後，三人便起身往更衣室走去。

謝綽感知到路人的視線朝他們投來，大多聚焦在徐羨身上，那種因為溫泉好不容易鬆懈下來的神經又緊繃了起來，煩躁的心緒大肆翻騰。

他眸光一冷，手上的動作卻溫和，將大毛巾披上了徐羨的肩，擋住她大半的身軀。

正在跟沈醉說話的徐羨愣了一下，側首看向他，「怎麼了？」

「現在是冬天，溫泉水雖然溫暖，但上來後冷風一吹，容易著涼。」為了掩飾自己的目的，他也遞了一條毛巾給沈醉，就像一個修養良好的紳士，僅此而已。

沈醉笑吟吟地接過，說了聲謝謝。

徐羨見狀，心想這人真是細心。

儘管他時常冷著臉，且透著一種孤僻的氣質，可真正接觸後，她發現他其實挺溫柔的，體貼的同時又不會給人過於壓迫的感覺，分寸得宜。

「對了，你等一下要不要去喝酒？」沈醉探過頭問他，「頂樓有一家酒吧，聽說還不錯，反正現在才九點左右，我和羨羨想去放鬆一下，一起嗎？」

「走吧。」謝綽淡淡道。

三人換好衣服後便往今早辦理入住的那棟建築走去，一樓是遊客中心，再往上的每一層樓，都有不同的設施，如健身房、兒童遊樂室等等，而酒吧就在頂樓。

這裡的酒吧沒有半分喧鬧，空氣中充斥著慵懶的節奏藍調，每一組客人都輕聲細語地聊著天。

徐羨平時不喜歡踏足酒吧、夜店等場所，但這裡明顯是一個很安全且放鬆的空間，只要來杯調酒，再和頻率相合的對象待在一起，便能舒舒服服地開啟一場愜意的談話，爲夜晚寫下安逸的一首詩。

在調酒師將酒送來之前，徐羨接到了呂萍眞打來的電話，這才想起來到度假村後，她忘了跟她報平安。於是她向沈醉和謝綽示意自己去外面講電話，等會兒再回來。

徐羨離開之後，一直在滑社群軟體的沈醉忽然關閉手機螢幕，她眸裡閃著玩味的碎光，直接了當地問道：「謝先生，你跟徐羨是什麼關係？」

謝綽朝她投去不冷不熱的一眼。

沈醉笑了，又問：「或者說……你喜歡她嗎？」

酒吧裡的光線微弱，燈光斜著打在男人臉上，將側邊輪廓勾勒得越發鮮明，五官則淹沒在薄透的明亮中，半明半暗，宛如有兩副面孔。

謝綽沒有回答，只是冷冷地望著她。

「居然需要猶豫？」沈醉笑了笑，稍稍傾身，毫不畏懼對方眼底的冰冷，「你眼光不行啊。」

謝綽挑了挑眉，依然沒說話。

「你知道嗎，大學的時候，幾乎沒有人不喜歡徐羨的。她溫柔又長得好看，大氣謙和，成績也優秀，每隔幾天就能看到她出現在告白板上。除了男人喜歡她之外，同性緣也很好，簡直就是萬眾之花的程度，甚至有別校的稱呼她爲Ｔ大白月光。」沈醉的黑色美甲敲了敲桌沿。她似乎心情很好，上挑的眼尾透出滿溢的興致，「一個人的眼裡如果住了個人，那是藏也藏不住。」

十八歲的徐羨入學沒多久，一張在學校餐廳排隊的側拍照就被放上Ｔ大告白板。她身穿一襲奶白色的棉麻連身長裙，氣質淡雅，如雲間仙子。

當時不只Ｔ大的，連許多外校的學生都來朝聖，後來一個匿名ＩＤ在評論區留了句「誰年少時沒遇過一個驚豔了歲月的白月光」，於是Ｔ大白月光這個外號也就這麼跟著她了。

「妳想說什麼？」謝綽冷聲道。

「謝先生，你眞沒意思。」沈醉啜了口剛送上來的調酒，懶洋洋道。

「妳說的是哪種喜歡？」謝綽同樣飲了一口，卻沒急著咽下，而是含在舌上，直到唇齒間都盈滿了酒液的澀與醇，他才慢悠悠地吞進去，「如果是指朋友的喜歡，當然，就像妳說的，她漂亮、優秀，沒有人會不喜歡她。」

沈醉直勾勾地盯著他，像一隻蟄伏在暗夜中的貓。兩人之間瀰漫著沉默，若有若無的硝煙藏在明滅的光影中。

半晌後，沈醉自知從這個人口中撬不出什麼有用的訊息，於是笑了一聲，不再追問。

與此同時，徐羨站在屏風的後方，眼裡除了酒吧的碎光，還有某些說不清的情緒在湧動著。

方才與母親通完電話後，她便緩緩地走回來，豈料還沒回到座位，便聽到他們正在討論自己。她腳步一頓，默不作聲地站在屏風後方。

由於角落被陰暗包覆，因此沒人發現她躲在這裡，她就這麼一路聽了下去。

雖然她已經猜到謝綽對她沒有興趣，可如今真的聽到對方說出口，心情還是挺複雜的。除了那股因爲征服慾而產生的不服氣，似乎還有一點點的失望。

尤其當男人用四兩撥千斤的方式敷衍過去的時候，更展現出那種毫不在意的態度。不是明白的否定，也不是篤信的肯定，而是悄無聲息地偷換概念，再輕飄飄揭了過去。

但凡有一絲絲的在意，不論喜不喜歡，聽到這種曖昧的問題時，情緒多少都會有點波動。可是謝綽沒有，他依然從容，彷彿沒有任何人事物能夠引起他的興趣。

徐羨微微歛眸，目光追逐著地上晃動的光影。片刻之後，她微笑著踏了出去，神態如常，溫婉大方。

「酒來了啊。」她佯裝驚訝地說，「我講電話講了這麼久？」

「還好，是他做得快。」沈醉笑咪咪地將她拽回座位，端起那杯還沒被動過的調酒，「快喝喝看，我很好奇這個『亞瑟府的沒落』是什麼味道。」

徐羨點了一款名爲「亞瑟府的沒落」的酒，剛才在瀏覽酒單的時候，她一眼就看見了這個。

《亞瑟府的沒落》，愛倫·坡的短篇小說，她以前讀過。

這杯調酒的顏色是淺淺的灰褐色，不知道是不是因爲光線微弱的關係，盛在玻璃高腳杯中的酒液有些混濁，和這篇故事的基調倒是很一致。

徐羨沒直接喝，而是揀起擱在杯口上方的一片黑灰色片狀物，乍看之下很像被削薄的木炭。

她張嘴咬了下去，淺淡的甜伴隨著脆裂的聲音在舌尖蔓延開來，徐羨有些意外，原來是餅乾。

「還挺好吃的。」她不嗜糖，這個甜度對她來說剛剛好。她把咬了一角的餅乾塞到沈醉嘴裡，「妳嘗嘗。」

徐羨舉杯喝了一口酒，而謝綽就這麼安靜地凝視那兩片盈潤的唇瓣銜住杯緣，酒液傾斜，女人的喉頭輕輕一滾，沒入體內。

徐羨舔了舔唇，細細品味調酒的味道。這杯調酒似乎是以琴酒作為基底，可能還有混另一種酒，但她不常接觸酒精飲料，對這些也不是很熟悉，所以只能嘗出個大概。除此之外，裡頭還有綠茶和檸檬汁的味道，以及細微的佛手柑香氣。

這款調酒的味道與它的外表和名稱大相逕庭，它喝起來不會苦，綠茶很好地調和其中味道，再加上檸檬的輔佐，整體口味偏清爽。

然而不知道是因為名字還是顏色的關係，儘管口感討喜，可她總覺得喝下了一腔陰鬱。

亞瑟府的森然、詭譎、分崩離析，彷彿穿越了時空與文字的阻礙，藉由這杯酒，在她體內釀起一場癲狂的盛宴，如同亞瑟府的主人羅德里克死亡那天的暴風雨。

她又喝了一口，好喝，但微妙，說不上來是什麼感覺。

徐羨咂了咂嘴，抬頭時正好碰上謝綽的目光。

看著半身隱在黑暗裡的男人，那一瞬間，她想起了愛倫·坡在故事裡所刻劃的亞瑟府邸和羅德里克。不論是大宅還是人，都透著腐朽的氣息，陰沉、幽深，精神狀態在憂鬱與亢奮中反覆橫跳，如同此刻半暝半亮的畫面。

其實眼前的男人既不死氣沉沉，也不病態，可她不知道為什麼，有那麼幾秒，她把謝綽和這個故事連結起來了。

或者應該說，夢裡的謝綽，那個把她銬起來靜靜觀賞的謝綽。

徐羨拍了拍臉，想要把自己打醒。她想，肯定是酒精混亂了思考能力，她才會有這些奇奇怪怪的思緒。謝綽剛剛在大眾浴池時還幫她披了毛巾，多麼體貼紳士的一個男人。

她把酒杯遞給沈醉，「還不錯，妳喝喝看吧，不是好奇？」

沈醉沒接，直接飲了一口，「嗯，挺好喝的，不過為什麼要叫這個名字啊？喝起來一點都不恐怖，我原本還期待會有什麼獵奇的味道呢。」

是啊，為什麼取了這個名字，喝起來卻這麼平易近人呢？

簡直就像是流於表面的偽裝。

一款調酒都有兩種面向，何況是人，千人千面，有些人你永遠不知道他在想什麼。

謝綽見她低首不語，似是在思忖著什麼，於是道：「怎麼了？」

他沉靜的眉眼是深林裡的湖泊，在月色的親吻下，好似一灘夜裡發光的裂縫，幽微又寧謐。

徐羨抿了一口亞瑟府的沒落，搖搖頭，扯出一抹笑。

就像眼前這個人。

她想，她永遠不知道他在想什麼。

✦

這次和謝綽一起來旅遊的同事，孤家寡人的不多，謝綽是其中一個。

他不喜歡與他人來往，更不用說要和不太熟的同事同房。

正好人數算下來是單數，他也就順勢自己住一間房。

在與徐羨和沈醉分開後，謝綽站在房外的日式小庭院前，望著遠方山嵐攏月，沉默了很久。

直到一陣大風吹來，在骨縫裡種下一場寒潮，他才被顫慄喚回了心神，挪動因爲久站而僵硬的腳。

他沒有回到房裡，而是走回了頂樓的酒吧，往吧檯的方向前進。

調酒師還是剛才那一個，他一眼就認出了謝綽。

「先生，怎麼又回來了，沒過癮嗎？」調酒師擦拭著手中的玻璃杯，笑了笑，「想再喝點什麼？」

「給我來杯亞瑟府的沒落。」

「好，請稍等一下。」

沒多時酒便送上來了，謝綽看著杯口上方的那一片深灰色餅乾，一股想要毀壞它的慾望油然而生，而他也確實這麼做了。

謝綽用手把餅乾掰成兩半，極小的碎屑落了下來。

「怎麼會想附上一片餅乾？」他看過這部作品，但他並不明白調酒師這麼做的用意。

這會兒人少，調酒師做完他的那杯酒後，便倚在吧檯觀察店內的客人們。聽見謝綽的疑問，他轉過身，在見到謝綽手裡一分爲二的餅乾後有些驚喜。

謝綽瞅了一眼手中的餅乾，拿起來咬了一口。很硬，從剛才分成兩半的時候就能感覺到了。

「餅乾破裂的模樣，就像亞瑟府牆壁、天花板的裂縫。」調酒師說，「餅乾從一個完整體變成碎片，代表徹底崩解，呼應小說中崩塌的亞瑟府。」

他指了指謝綍眼前那杯灰褐色的酒，「而這杯酒，象徵的是羅德里克死亡那天的狂風暴雨，承載的也是他陰鬱而癲狂的精神狀態。」

調酒師滿懷興致地分享自己創作調酒的靈感來源，儘管謝綍全程面無表情，默然不語。

「很有趣吧？這是我前陣子看完這篇小說後想到的，愛倫・坡眞是個怪奇的藝術家。」

謝綍「嗯」了一聲，不再多說什麼。調酒師見他沒有要搭理自己的意思，也不惱，反正自己的分享慾已經被滿足了。

謝綍想起徐羨在喝這杯酒時的反應，兩人對上眼後，一股無名的情緒霎時環繞在他們之間。他不知道該怎麼形容，若要用顏色表達，那便是厚重的灰色。

他一邊飲著酒，一邊想像那些酒液經過她的口腔、咽喉，然後順入胃裡，如同現在這些液體進到自己體內一樣，在裡頭留下一捧灼熱，是同款的暖意和沉鬱。

在被酒精侵蝕神經的片段裡，他有些恍惚地想，如果把她藏在亞瑟府那種晦暗陰森的大宅裡似乎也不錯，這樣就沒人敢靠近，沒有人找得到她。他們可以在府邸裡相依爲命，共生共死。

沈醉口中的大學同學們喜歡她，Andy喜歡她，連僅有一面之緣的路人也喜歡她。光想想就讓人心生焦躁。

國高中的時候也是這樣的，她溫柔、優雅、漂亮，成績好，還是市長的女兒。沒有人不喜歡她，哪怕只是成爲在路上打招呼的點頭之交，都會因爲沾上一點光而暗自竊喜。

沒有人不是前仆後繼地想要跟她當朋友，除了他。

當時的他不敢靠近，也不能靠近，只敢躲在暗處觀察她。

兩人距離最近的一次，是國中某一次模擬考，他考了校排第二，而徐羨挨著他，名字落在了下方的第三名。

他注定沒辦法成爲簇擁她的人之一，因爲他是生長在泥濘裡的腐草，不配與鮮花共舞。

更重要的是，他太貪婪了。

他不僅僅是想簇擁她，他還想占有她。

當意識到自己有著這種不堪的想法時，他便只能退回陰暗的角落，壓抑內心瘋狂的騷動。可克制的同時，卻又忍不住偷偷望向她，在很多個她不知道的時候。

年少的他像個卑劣的窺伺者，也因此能很輕易地發現，徐羨不太一樣了。

他回憶起在電梯裡的「初見」，當時的她和顏悅色、溫聲細語，如同學生時期關懷陌生人時的溫柔模樣，可他卻覺得她的那些笑和關心只是浮於表面的工具，並未觸及眞心。

果然是因爲那件事而留下的後遺症嗎？

讓一個總是眞誠待人的女孩，變得不得不安上僞裝，保護自己的眞心。

喝完酒離開的路上，謝綽站在夜風裡，任由寒意將他淋得透澈，卻依然沒能冷卻心底的暴戾。

謝綽從口袋裡翻出小瓶的分裝酒精，狂噴在手上。

很髒，真的很髒。

不論是那些人的眼神，還是大眾浴池的共享，甚至是自己——自己的軀殼、靈魂，都骯髒得如同沼澤畔腐爛的根莖與泥土。

畢竟就本質上來說，他同那些人別無二樣，都不懷好意，只是他比他們更喜歡徐羨罷了。

謝綽陰暗的思緒沒能在夜半的山霧間消弭，反倒被濃郁的酒精給放大。他沒醉，他很清醒，他只是控制不住自己去想她，也控制不住自己病態的強迫行爲。

他還不想回房間，不想回到那個狹小、密閉、只有自己一個人的空間。度假村的設備高級且精緻，可在他眼裡，那只不過是困縛住他的盒子。

謝綽在度假村裡漫無目的地遊蕩，像一名落魄的旅人，找不到下榻的地方。

肩上披星，頭頂戴月，冬末沉沉的冷風是馱著的行裝，而他被壓得喘不過氣。

直到手中的酒精瓶再也噴不出東西，他才如夢初醒，怔怔地望著那不知不覺被自己消耗殆盡的酒精。

良久，他遲疑地抬起頭，發現自己竟走到了露天游泳池邊。

也就是那一瞬間，他聽到身後傳來一道清透的嗓音，呼喊著他，用他的名字劃破這片寒涼的夜色，留下一道裂縫。

謝綽迷茫地旋過身，穿著及膝奶白色帽T裙的身影撞入眼底。

徐羨站在雲氣繚繞的山色中，清冷卻又平易近人。

謝綽迷迷糊糊地想，這究竟是幻覺還是夢境，居然只是單純地想著她，她就立刻出現了。

怎麼可能，哪有這麼好的事。

在過去無數個難捱的夜裡，沒有一次是這樣的。

「謝綽，你怎麼這麼晚了還在外面？」

徐羨站在遮陽椅旁，提步而來時，臉上掛著一貫的溫和淺笑。

看到她走過來，謝綽下意識地將握著酒精瓶的那隻手收到身後。

可惜還是被徐羨注意到了。

「你的手怎麼又脫皮了？」就著月輝的照映，她看見他手上斑駁的龜裂。明明早上在大廳問他的時候還好好的，怎麼才一天不到，現在又開始脫皮了？

「你……」

「抱歉。」謝綽直接截斷了她的話頭，「我沒控制住。」

下一秒，徐羨就見男人伸出藏在後方的手，兩隻手的手心朝上，攤在她面前。他的掌心除了破皮的痕跡，還躺著一罐空蕩蕩的酒精噴霧瓶。

他坦白的模樣，就像一個做錯事的小孩，乖乖地自首請求原諒。

徐羨微怔，沒有想到會從他嘴裡聽到道歉，更何況他根本沒有向她道歉的必要。

這種反差好像有點可愛。

她有點茫然，看著他的手，怔怔地說：「謝綽，你其實不用……」

「妳送了我護手霜，我也答應妳要好好照顧手，最後卻沒做到，是該認錯。」謝綽再次打斷她，把酒精瓶塞進口袋裡，兩隻手交疊摩娑了一下，刮蹭感沿著皮膚注入神經，「其實也不會很痛，就是難看了些。」

不知怎麼的，徐羨突然有些心軟。她覺得此時此刻的謝綽就像一隻外冷內熱的貓，在外高傲，回到主人面前卻變得乖巧溫馴，無論主人說什麼，都會乖乖服從。

不過，她不是他的主人，更不是他的誰，兩人充其量也只是認識不久的朋友而已。

「你回去之後記得擦一下護手霜。」她不是身心科的醫生，無法給出改善強迫行為的具體方法，只好叫他多保養雙手。

「好。」他很淺地勾了一下唇。

「你怎麼這個時間點還在外面？」為了避免讓他感到壓力，徐羨適時地轉移話題。

「睡不著，出來晃晃。」謝綽隨便找了個理由敷衍過去，他反問，「妳呢？」

「沈醉在房間開直播跟粉絲互動，我想說不要干擾她，再加上想吹吹風，就一個人出來散步了。」徐羨笑，「雖然現在已經挺晚的了。」

「開直播？」謝綽疑惑。

「嗯，沈醉是穿搭KOL，她總是喜歡在半夜開直播，而且她的粉絲也總是會買單。」徐羨拿出手機點進社群軟體，滑了一下找到沈醉的社群帳號，遞給他看，「你看，她平常就在網上發些穿搭圖什麼的，有些店家還會找她合作呢。」

謝綽看向她的手機，映入眼底的，是沈醉各式各樣的穿搭照、開箱影片和VLOG，社群動態可謂是多采多姿。

在聽徐羨說話的同時，謝綽忽然看到她身後不遠處出現了一道朦朧的影子，從厚重的林間夜色裡衝出來，伴隨著幾聲吠叫。他瞇了瞇眼，在確定那是一隻阿拉斯加雪橇犬的時候，那隻狗已經失控地朝他們狂奔而來。

謝綽一驚，眼看那隻阿拉斯加就要撞上徐羨，他手一推，讓女人遠離危險。

豈料他自己卻因為重心不穩而踉蹌了幾步，還沒完全站穩，那隻狗便撲向他。腳邊就是游泳池，他一時不察，就這麼直直落了下去。

水花四濺，一人一狗在游泳池裡浸了滿身溼意，謝綽好不容易探出頭呼吸到新鮮空氣，一旁的阿拉斯加又使勁地趴在他身上，讓謝綽一臉無語。

徐羨見到謝綽掉下泳池後也嚇到了，趕緊上前查看，卻在見到一人一狗面面相覷的畫面時，莫名覺得有點滑稽，一不小心笑了出來。

謝綽面無表情地看向她。

徐羨見狀，飛快地閉緊嘴巴，把呼之欲出的笑聲憋回去。

「你沒事吧？」她在泳池畔蹲下身，關切道。

謝綽還沒回答，一道呼喚便先從徐羨身後傳來，隨之而來的還有著急的跑步聲。

「抱歉抱歉，我家的狗突然掙脫繩子了，打擾到你們真是不好意思……」一名二十多歲的女人著急地道歉，在目睹了泳池中一人一狗的狼狽之後，她張了張嘴，錯愕道，「我的天啊……」

整件事過於荒唐，謝綽被這飛來橫禍弄得有點頭疼，一時間也不知道該說什麼，然後就見那女人急得快哭了，「對不起你沒事吧？我以後會管好我家安德魯的，對不起對不起，我真的不是故意的，你有受傷嗎？天氣這麼冷還害你掉進泳池真的很抱歉……這套衣服多少錢，我賠你吧？」

和那隻阿拉斯加大眼瞪小眼了一陣後，謝綽揉了揉太陽穴，淡淡開口：「……沒關係。」

「不行，我得給你賠罪才行，害你大半夜的被狗撞……」

「沒關係，我真的沒事。」雖然謝綽的脾氣不怎麼樣，可這下倒也生不出氣，只覺得荒謬。他甚至破天荒地安慰對方，「不用賠罪，狗失控的時候，人也不一定能招架。」

話音甫落，那隻阿拉斯加的爪子拍了拍水面，再度掀起幾片水花，毛茸茸的腦袋往他手臂上蹭了蹭。

謝綽一愣，聽見徐羨笑著說：「牠好像喜歡你。」

謝綽從小到大就沒什麼動物緣，也不感興趣，因此他從來都不知道該怎麼跟貓貓狗狗互動。這會兒被狗撞進水裡，再聽到徐羨說牠喜歡他，他唯一的感受只有不可思議。

見他僵住了，徐羨樂道：「你摸摸牠，撓撓牠下巴之類的，牠可能想跟你玩。」

阿拉斯加的主人也在一旁點頭附和：「對，牠喜歡你。」

在她倆的指導下，謝綽就這麼在泳池中跟阿拉斯加互動了起來。生活過得枯燥乏味的他，從未想過自己的人生中會出現這樣的畫面。

大約五分鐘後，女人才把狗狗拽上岸，扣好狗繩。她不好意思地對他們說：「眞的很抱歉啊，原本想說這個時間外面應該沒什麼人，才把牠帶出來走走的，沒想到還是闖禍了。」

「沒關係。」徐羨代謝綽回道，戳了戳阿拉斯加的腮幫子，「安德魯挺可愛的，照顧大型犬應該挺費心的吧。」

「還好，牠平常很乖的，今天不知道爲什麼特別興奮，可能是很久沒有到大自然活動了，畢竟平時住在都市，很少會有大片的土地給牠跑。」

「狗狗果然還是要多釋放能量才行，希望妳跟安德魯在這裡玩得開心，不用太介意把他撞下水的事，他不是會記仇的人，而且他後來也和安德魯玩得很開心。」徐羨怕她太緊張，又安撫了幾句。

「謝謝，你們眞好。」女人赧然，「好人一生平安，祝你們永遠幸福。」

她牽著狗要回房，離開前對徐羨笑了笑，「你們是我近期見過最配的情侶了。」

聞聲，徐羨呆愣在原地，好半晌才想起要否認，但女人已經跟狗狗走遠了。

「她是不是誤會了什麼……」徐羨嘀咕著，轉身卻見謝綽泡在泳池裡，表情坦然，似乎沒聽到她們兩個的對話。

她因爲避開了尷尬的情況而鬆一口氣，可下一秒又感到有些遺憾，她忽然想知道，若是謝綽聽到了那番話，會有什麼樣的反應？

「需要拉你一把嗎？」徐羨再次蹲下身，望著水中的他。此時的謝綽，完全沒有平時乾淨整齊的模樣，大片大片的水將他淋得透徹，髮絲凌亂，半透明的衣服皺巴巴地黏在肌膚上，有水珠沿著刀削般的下顎線緩緩滴落。

在見到他的手浸泡在水裡之際，徐羨倏地想起了什麼，行動先於思考，她反射性地抓起他的手。

謝綽凝視著她，猶有不解。

「啊，抱歉。」徐羨扣著他的手腕，也覺得自己魔怔了，「我只是想說……你的手脫皮得這麼嚴重，這些裂痕碰到水會疼的吧。」

謝綽沒有回答，只是看著女人的面容。皎潔的月色將她的肌膚染得清透，微微上挑的瑞鳳眼，蘊含著對他的擔憂，美得令人失神。

他手掌向上朝她平伸而去，任由她抓著自己，以一種犯人伏法上銬的姿態。

他把目光從她身上轉移到自己因脫皮而裂痕交錯的手，不由得想起故事裡那些牆壁上的細微裂縫。

半晌，他緩緩啟唇：「《亞瑟府的沒落》裡，主角在進入亞瑟府的第一時間，便察覺到那棟建築的古怪氣氛和天花板的裂縫，但依然留在府邸裡陪伴患有精神病的羅德里克。最後，主角因爲羅德里克的癲狂和死亡而嚇得逃了出去，隨後亞瑟府便由那道裂縫爲起點，硬生生地裂開，然後崩塌。」

徐羨不知道他爲什麼毫無預兆地講起《亞瑟府的沒落》，她沉默地看進他眼底，裡頭除了比夜色更深沉的黑，其餘什麼都捕捉不到。

「明明一開始就知道亞瑟府和它的主人都不正常、不安全，主角卻還是留下來了。」謝綽的聲音很輕，落在空氣中，「妳呢？如果妳在第一時間就看見了裂縫，妳會逃嗎？」

徐羨知道他口中的裂縫不僅僅是建築物上的裂縫，同樣也包括了一個人的裂縫。畢竟在她看來，亞瑟府和羅德里克是一體的，它的崩塌象徵著一個人的軀殼、精神世界的支離破碎。

夜闌人靜，山中的夜半清冷且寂寥，兩人一個在岸上，一個在水中，卻同樣一言不發地望著彼此。他們偶爾能聽到遠方傳來不易察覺的鳴叫聲，那幽微的聲響反而襯得山野更加空曠遼闊，也更寂靜。

徐羨原先扣住他手腕的手不由自主地向上移了些，指腹覆蓋住他掌心的裂紋，很輕很輕地摩娑了下。

那細膩的觸感沿著神經末梢渡到心臟，化爲一灘滾燙的酥麻，謝綽心下一顫，聽見她的回答。

「不會。有裂縫才是完整的人生，沒有裂縫的話，光要怎麼透進來？」她道，「主角選擇留下來，或許是想要嘗試拯救羅德里克，他想要試著讓他的朋友感受到光。」

一陣風拂了過來，吹皺泳池平靜的水面，也在某些人心底撩起一絲波瀾。

「同樣的，如果我在乎一個人，那麼我也會盡自己所能讓光線照進他的裂縫中，不求拯救他，但求他在這個人世間能不那麼無助或孤獨，這樣就好了。」徐羨望著他的眼神很堅定，語調溫柔和緩，猶如頂上月光，「每個人都有各自的裂縫，不用因爲自己的裂縫而感到自卑、羞愧。」

「裂縫也是構建成一個完整個體的一部分，或許我們終其一生都在學習如何與它和平共處，如何坦然接納它。不必急著修補裂縫，偶爾留有一些缺憾，生命才會有更多的期待。」話畢，她衝他笑了笑，「你說對嗎？」

頃刻間，謝綽感覺有什麼衝進體內，直達生命的核心，四濺的熱度將骨骼熨得發燙，血肉都在共振。

好似眞的有一束光照進了那道深深的裂縫中，在晦暗苟且的地方落下暖意，只消一點點，就能喚醒沉睡在泥濘深處的靈魂。

與此同時，他貪婪地想要擁有更多的光。

他咬緊了後槽牙，不知道過了多久，才很慢很慢地蹦出一個字：「對。」

「是吧。」徐羨鬆開他的手，「不過你該起來了，溫度這麼低，泡在水裡這麼久會著涼的，趕緊回房沖一下熱水澡吧。」

謝綽「嗯」了一聲，雙手以岸上的地板爲支撐點，把自己的身子撐了起來，卻沒有順利翻身上岸，因爲他正好對上了徐羨的臉。

徐羨沒想到他會在下一秒就動身，她還蹲在岸邊，來不及起身。

兩人平視著對方，眼裡刻著彼此的面容。

距離很近，鼻尖幾乎要碰到鼻尖，他們能清楚感受到對方呼出的熱氣，潮溼又溫暖。

時間彷彿在這一瞬間停止流動，只聞彼此交纏的鼻息，還有隱密卻轟然的心跳。

過度越界的距離讓徐羨嚇了一跳，心下震盪不已。理智上告訴她要快點起身遠離，好讓謝綽上岸，要不然這麼撐下去，久了手臂會痠痛的。

可她的身體卻不知怎麼的動不了，就這樣與謝綽沉默地相望，在萬籟俱寂的夜裡，以這種詭異卻曖昧的姿勢。

徐羨覺得腦子有點暈。

然後，她鬼使神差地往前了一點，在月亮和星海的注視下，忽地吻上了他。

冬末的寒氣途經人間，在肌膚掀起一些顫慄的疙瘩。

可徐羨只覺熱得發燙。她就這麼跪在岸邊的地上，吻了眼前的男人。

很軟、很暖，原來也不是全身上下都冷的。

雙唇相貼，很輕很輕的一個吻，所有吐息柔軟地糾纏起來，宛如搖曳的綠枝條，掃過的卻不是春日的清和，而是不合時宜的夏，烘得人靈魂都發顫。

潮溼的風呼嘯過林間。

下一秒，徐羨驟然回神。

她飛快地離開他的唇，下意識地往後仰，拉開彼此之間糟糕的距離。

她方寸大亂，心臟劇烈地跳動，所有思緒都成了死結，沒有一個能解開。

她帶著想要征服謝綽的心態去試探，去推拉，誰知道最後不但沒有勾引到謝綽，她自己反而先淪陷了。

徐羨心神恍惚，滿腦子都是方才謝綽近在咫尺的模樣，很冷的一張臉，五官單看不算銳利，可組合起來卻讓人心底發怵。

可也是這樣一張臉，在清透的月光下顯得乾淨，那些陰沉和晦暗似乎都因月華而消融了，殘留在肌膚上的水光泛著細微的閃，整個人莫名流露出一絲少年感。

溼意淋漓，在朦朧的夜色中，有幾分不可言說的性感。

她把原因歸結為氣氛太好、荷爾蒙作祟。

謝綽雙手撐在岸邊，看到她眼底的震盪。有慌張，有驚恐，有迷惑，有懊惱，也有對自己失去理智的後悔。

他涼涼地瞟向方才那張吻了自己的唇，緩慢地瞇起眼。

謝綽施力翻身上岸後，聽到女人唇齒翕動，咕噥了句什麼。

「抱歉，一時衝動。」徐羨不敢看他，她甚至不知道自己現在在說什麼，「成年人應該不會在意區區一個吻吧？」

她擱在背後的手攥得很緊，指甲嵌入肌理，想要用痛覺喚醒自己。

是啊，成年人才不會在意這麼一個吻，她是成年人了，她絕對不會在意。

親吻前那一瞬的怦然只是錯覺，只是被多巴胺支配的錯覺。當下的氛圍太好了，換作是任何一個人都會有這種衝動，她不是特例，造次的不僅僅只有她。

或許是鬼迷心竅，或許是其他什麼原因，反正不可能是心動。

就當腦袋被砸了一下就好，正常情況下的她不可能會做出這種事。理性已死，在那一瞬間，僅此而已。

「徐羨，妳很不自在嗎？」謝綽面無表情，彷彿剛才被強吻的不是自己。

「怎麼……可能。」徐羨閉了閉眼，從牙縫中心虛地擠出四個字。

「那妳爲什麼不看我？」

語聲落下，徐羨心尖一顫，感受到身旁一股壓力傾倒而來，接著一隻手扣住了她的下巴，將她的腦袋直接扳了過去。

她看見謝綽的眸底好像有什麼在瘋狂湧動著，潮起潮落都是晦澀與陰暗，比夜色下的沼澤還要混濁，而他似乎正努力地壓制那些即將竄逃而出的東西。

謝綽感覺體內的惡念快要衝破樊籠了。

「徐羨，妳剛剛說什麼？」他的聲音很沉，透著夜的冷涼，「看著我的眼睛再說一遍。」

又是那種動彈不得的感覺，徐羨心想。

男人的氣場太過強大，她被他的手禁錮著，哪裡都逃不了，只能被迫直視他的雙眼。她咬著牙，一股不服輸的想法探出了頭。強吻他人的尷尬羞恥都被拋到腦後，她看著眼前的男人，此時竟只有一個念頭。

征服他，去征服他。

讓他知道沒有人能控制她，她的心緒，她的思維，她的一切意志，都不可能被旁人左右。

只有她能主宰她自己。

謝綽看到徐羨面上的驚慌在眨眼間一掃而空，她彎了彎眼，笑得溫婉輕鬆，「謝綽，成年人應該不會在意區區一個吻吧？」

聞言，他眸色漸深，手上的力道也越發大了，像是要穿破肌膚與她的骨骼緊密勾纏，弄得她吃痛地蹙了蹙眉。

啊，就是這個表情，真漂亮。她現在被他箍在手裡，只有他能剝去她的疼痛，只有他能解救她。

謝綽凝視著徐羨氣定神閒的模樣，半晌後突然輕笑了一聲。

「妳說得對，成年人當然不會在意區區一個吻。」

徐羨被他捏得發疼，卻忍不住想，她究竟是想聽到他承認，還是想聽到他否認呢？若她想得到的答案是肯定，那麼一切都好辦得多，沒有人會難堪，也不會發展出其他糾葛，畢竟只是一個連三秒都不到的衝動產物。

可是在聽到他同意這個說法之後，她居然再次產生了失望的感覺。

果然，果然還是毫不在乎，就算被強吻了也依然無動於衷，慌亂的自始至終只有她。

就連這種親密行爲都不能打動他，那怕是一星半點。

感受到對方手上的力道越來越大，疼痛打破了思考，徐羨有些受不住了，艱難地啟唇：「謝綽，你先放開我……」

謝綽放是放開了，可下一秒，徐羨就被他壓倒在地。

她的背脊磕著冷硬的地面，很涼。謝綽的手撐在她的頰邊，居高臨下地望著她，陰影籠罩，氣勢盛大，壓迫感源源不斷地壓制她。

「你……」

所有疑問和控訴來不及竄逃，便盡數被封緘在嘴裡，謝綽扣著徐羨的雙肩，俯身吻上了她。

很重很重的吻，和方才那個完全不一樣，他含著她的唇瓣吮吸、舔拭，舌尖破開齒關，在她口中溼潤地攪動，纏著她沉淪。

曾經的從容和淡漠從他身上剝離，此時的謝綽像一個躁進的狩獵者，粗暴直接，一舉就要將獵物收進囊中，勢在必得。

徐羨迷迷糊糊地想，在被制伏的前一剎那，她好像看見了他翹起的唇角。

明明是笑，在濃重的夜色下卻顯得格外懾人。

那個畫面在混沌的腦中一閃而過，徐羨想抓住，卻徒勞無功。

她被親得什麼都不能想，也不敢想。只要稍稍一分心，身上的男人就會立即察覺，然後用更殘忍的方式勾弄她。

徐羨在舌尖嘗到了一絲鐵鏽味，嘴唇似乎被咬破了。

好瘋的一個人。

謝綽的氣息混著淡淡的血味將她淹沒，徐羡被吻得渾身發軟，荷爾蒙再次耀武揚威，本能擊敗了理智，她也被拖著陷溺，卻是心甘情願。

以後的事以後再說，現在的她只想好好感受這個男人。徐羡仰了仰頭，開始有意識地去回應他。

至此，兩人之間一直以來的微妙平衡徹底被打破，雙方都各懷鬼胎，誰也不算無辜。

謝綽感受到女人的手逐漸環上自己的脖頸，骨子裡的躁動便越發翻騰，在見到她情不自禁地拱了拱身，貼近自己後，所有理智在頃刻間崩塌。

他更熱烈地與她接吻。

不能怪他。

從頭到尾都是她主動撩撥的，是她先在自己面前舔拭純白的奶泡，是她穿著風情萬種的泳衣出現在他的視野中，是她先吻他的。

不能怪他。

是她非要在他被打的時候，像個救世主一樣出現在小巷中，是她在他被不良少年用菸頭燙的時候拯救了他，也是她不請自來，在他無數個夜夢中占地為王。

不能怪他，這一切怎麼能怪他。都是她的錯，若不是她，他也不會變得如此失控。

山風滲透肌理，雜揉了潮溼的冷意與夜霧，兩人卻絲毫感受不到寒冷，只活在彼此的呼吸中，任由滾燙的慾念將他們滅頂。

直到徐羡喘不過氣了，謝綽才終於放開了她。

她的膚色本就白皙，這會兒躺在月光下，更像一件光滑的羊脂白玉。嘴角一點紅沾染其上，不但不汙穢，反而平添一股妖冶的美。

謝綽的指腹貼上她的唇角，將殘留的血漬抹去，平靜地凝視著她。

他說：「一吻還一吻，誰也不欠誰。」

第三章　不可言說

後來兩人都很有默契地不再提到那晚的事，該幹麼就幹麼。就連善於觀察的沈醉，隔天醒來後，也沒察覺他們之間的暗流湧動。

從度假村回去之後，徐羨和謝綽沒再見面，他們各自待在這座城市的一隅，誰也不打擾誰。

就好像那個夜晚只是一場荒唐夢。

徐羨偶爾會在看到皎潔明月之際，不由自主地想起在度假村泳池的那一夜。

眞是一隻瘋狗。

她也不過就是吻了他一下，三秒都不到，結果他反過來把她壓在岸邊的地板，對她予取予求，像是要把她吞進體內，與骨肉共生一般。

可也正因如此，她對他更感興趣了。

誰想得到陰沉又寡淡的謝綽會有這樣的一面，他隱藏起來的瘋狂，只有她看到了。

而在這麼激烈的親吻過後，他依然能端著那張帶了疏離感的臉，冷靜自持地同她對話。彷彿過程中侵略和喘息的，都是另一個人格，轉換回主人格後，便不認帳了，像個無情的渣男。

徐羨彎了彎唇，在茶水間泡了杯咖啡，見吳樂廷也進來了，便隨手把手中的那杯遞給他，「來喝咖啡的嗎？這杯給你吧。」

吳樂廷確實是來泡咖啡的，但他被徐羨突如其來的舉動弄得有些懵，不明所以地接過來，疑惑道：「徐羨姐，妳今天心情很好？」

「還行，怎麼了？」徐羨又泡了一杯。

吳樂廷看著她臉上溫和的淺笑，心想這位前輩平時似乎也是這樣，總是笑臉迎人，溫溫柔柔的，方才在她眼底看到的興奮，或許只是一瞬間的錯覺。

「對了，姐妳今天下班是不是要跟珊姐他們去應酬？」受人恩惠，吳樂廷也不好意思就這麼走了，看著她泡好另一杯咖啡後，才隨她走出茶水間。

「嗯啊，怎麼了嗎？」徐羨抿了一口咖啡，舌尖被燙得刺麻。

「我剛剛聽到珊姐說這次的客戶似乎不太……」

「不太怎樣？」

「……不太老實。」吳樂廷猶豫了一下，「雖然這不是我一個小實習生該管的，而且只是小道消息，但妳還是小心些……」

徐羨覺得這個大男孩可眞有意思，善良得很，讓人久違地感受到了職場上的暖意，「爲什麼會想提醒我？」

「因爲妳之前幫我很多，而且妳很漂亮，漂亮的人容易碰上麻煩。」吳樂廷很認眞地回答，像是在對一個課題進行分析，「妳的性格也好，很招人喜歡。其實可以感受到公司裡有很多前輩對妳抱有好感，只是妳又有一種只可遠觀的氣質，所以大多數的前輩可能都沒有明顯地表現出來，不敢輕易越界。」

徐羨挑了挑眉，看來吳樂廷不只善良，觀察力還很好。

「樂廷，」她說，「謝謝你啊。」

「沒有……姐妳那麼照顧我，這都是應該的。」吳樂廷又不好意思了，靦腆地撓了撓頭髮。

徐羨覺得他可愛、單純又友善，出社會後，她就很少遇見這種人了。

感激歸感激，可徐羨沒有特別把吳樂廷的提醒放在心上，畢竟應酬多了，什麼妖魔鬼怪都見過，不差這一次。

那是一場不大不小的飯局，徐羨本無意出席，可對方是剛敲定合作的客戶，不好輕易得罪。

況且，對方老闆也親自赴約，說是要交流感情，順便談談更進一步的行銷方向，除此之外，同爲企劃組的王郁珊也會來，所以她若是不出現，似乎有些不近人情。

一進到包廂，徐羨便和一個男人對上視線，她淡淡地笑了下以示招呼，接著逕自走向角落的位子。

傳杯換盞，人聲鼎沸。

徐羨喝著麥茶，她今天興致不高，不想碰酒，也懶得開啟社交模式，大多時候她都在聽別人談話，想從中得到有利的資訊，不過一聽才發現，他們談論的內容，都是一些沒有意義的閒聊。

比起說是工作上的應酬，這場飯局更像是一場聯誼。

徐羨面色柔和，心下卻已經開始感到不耐煩了，盤算著要找個時機溜出去時，就聽到剛剛和她對上視線的那個男人提到了自己。

「徐小姐這麼安靜，是不是身體不舒服啊？」

「沒有。」徐羨彎唇。

「既然如此，那喝一杯吧？提前慶祝一下合作愉快。」男人斟了一杯啤酒，遞給她，「大家都喝了，就妳沒喝，不夠意思啊。」

王郁珊坐在她旁邊，跟著附和道：「對呀對呀，羨羨妳平常很會喝的，今天怎麼這麼反常，是不是不高興啊？」

這話就很耐人尋味了，為什麼不高興，因為這場飯局太無聊？還是因為合作方不合心意？

徐羨在心底默默翻了個白眼，心想她和王郁珊平時關係也沒多好，叫什麼小名，裝得那麼親暱。

「謝謝黃總。」徐羨勾了勾唇，假裝沒注意到王郁珊話裡的陰陽怪氣，接過男人手中的酒杯，一口氣把杯裡的酒液喝個精光。

「就欣賞徐小姐這種個性，爽快。」黃昇笑著也灌了一杯，「有些女人寧願百般拒絕死撐著，滿口『我不會喝』，惹得雙方都難看，不知道在裝什麼，真以為男人都喜歡這種的嗎？不過就區區一杯酒，喝了又不會少條命。」

他又幫徐羨倒了一杯，「妳說對吧，徐小姐？」

徐羨笑了笑，沒說話，仰頭將杯中酒一飲而盡，敷衍地結束這個話題。

酒桌文化的陋習已是常態，甲方或上司要你喝，你不能不喝，不喝就是不給面子，不給面子就是不尊重，不尊重就是瞧不起，而哪個權力階層的高位人士能夠忍受這番屈辱。

隱藏在觥籌交錯底下的，是階級意識與掌權者的支配慾。

許多在職場上打滾的人，都能把酒杯轉換成社交工具，保護自己的同時，也拓展人脈。

道理她都懂，可懂歸懂，討厭也是真的討厭。

徐羨酒量不差，但一向不喜歡在這種場合上喝酒，這會兒聽到男人此番話，心下更顯煩躁。

他字裡行間帶有赤裸裸的大男人主義，話裡滿是站在制高點上對女性的偏見和貶低，在他眼裡，女性只是玩物。

不喝酒就是做作？可笑。

女人的價值什麼時候需要男人來定義了，不喜歡正好，省得礙眼。

即使腦子裡跑過幾個罵人的字眼，徐羨的行爲舉止卻依然得體，端著微笑和人打交道。

幾杯酒下肚後，酒精影響思考，再加上她本就意興闌珊，因此逐漸有些坐不住了。

徐羨尋了個由頭走出包廂，去了一趟洗手間。

她不想回到那個令人窒息的空間，打理完儀容後，便走出餐廳，打算去吹吹風、透透氣。

徐羨打了通電話給沈醉，這樣若是被其他人發現自己溜出來，還能用講電話敷衍過去。

她望著遠方半掩在流雲後方的月亮，不知怎麼又想起了那晚泳池旁的謝綽。

電話接通後，她對沈醉說：「妳不用管我，做自己的事就好了，只是打個掩護。」

這種事不是第一次了，沈醉早已習慣。

初春晚風拂面，徐羨整個人舒爽了不少，過了一陣子，她聽著話筒對面的鍵盤敲擊聲，道：「我差不多該回去了，別熬夜到太晚，晚安。」

「晚安！」就算是加班，沈醉也依然有活力。

徐羨眼底浮上些許笑意，豈料轉身要進去餐廳時，卻見黃昇捏了根菸正好走了出來，他似乎不意外她會出現在這裡。

「徐小姐。」捕捉到她眸中未褪的笑意後，黃昇調侃道，「這麼開心啊？剛剛在跟誰講電話，男朋友？」

一上來就打探隱私，也算是二度踩雷了，徐羨端起毫無靈魂的微笑，「不是，只是朋友。」

「那徐小姐有沒有男朋友？」黃昇拋出問題後，也不等她回答，兀自掏出手機，「不管有沒有，我們都加個聯繫方式吧？」

「公事透過郵件交流即可，貴公司的負責人今天已經與我們聯絡了，黃總，不勞您費心。」徐羨內心的嫌惡快要滿溢而出，她用最後的意志力撐著笑臉道，「我突然想到家裡還有點事沒處理，可能要提早離開了。」

語畢，徐羨提步就要走。

「徐小姐是真聽不懂還是假聽不懂？」黃昇在她轉身到一半時扣住她的手腕，笑咪咪地道，「我的意思是，我對妳很有好感，想要跟妳交換私人聯繫方式。」

黃昇的手鬆開了些，卻沒有完全放開，指腹沿著她的手腕內側徐徐滑下，像在用手指品嘗一份甜膩的奶酪，最後甚至下流地挑了一把。

「徐小姐，妳看怎麼樣？」

吳樂廷說的果然沒錯，是她大意了。

她看著那隻在自己的肌膚上遊走的手，粗糙的觸感引起浪潮般的顫慄，使她忍不住感到反胃，喉頭被什麼堵著，上不來又下不去。

「黃總。」徐羨撐起微笑，拉開他的手，溫聲道，「謝謝您的青睞，但我現階段沒有要談戀愛的打算，可能要讓您失望了。」

聞言，黃昇似是被逗樂了，笑得不行，「青睞？妳總是這麼正經的嗎？」

他俯身而下，大片陰影瞬間籠罩徐羨。

徐羨見狀，眉頭染上幾不可察的摺痕。

「不想談戀愛也不要緊，不是還有其他關係可以嘗試嗎？」黃昇又道。

徐羨望著逐漸逼近的男人，攥著手機的手握得更緊了。

炮友？還是包養？徐羨在心底冷笑一聲。

或許是因為狀況荒唐到了極致，她忽然冷靜了不少，開始不動聲色地分析眼下情況，以及該如何順利脫身。

這裡是公共場所，這人再怎麼別有用心，也不可能做出什麼出格的事。何況現在才八點多，還早，外頭車水馬龍，都是剛下班的人潮，若是引起了騷動，必然會成為注目的焦點。

豈料徐羨才剛分析完，男人的手便攬上她的腰，將兩人的距離徹底收縮為零。

「考慮一下吧，徐小姐？」他說，「我不會虧待妳。」

這下徐羨也沒能維持鎮定了，她眞沒想到這人可以不要臉成這副德行，居然在大庭廣眾之下直接上手。

她原先還因為對方是剛簽約的合作對象，不敢太過放肆地反抗，要是上頭發難，她的處境可就不好過了。

可這會兒對方明目張膽地摟腰，讓她再也忍不下去。

徐羨凝視男人那張輕浮的笑臉，眼睫一顫，面上流露出顯而易見的慌張，踩著七公分高跟鞋的腳稍稍抬起，似是因受到驚嚇而踉蹌，緊接著，細長的鞋跟直直往黃昇的腳上踩了下去。

與此同時，手機鈴聲也響了起來。

「啊，抱歉抱歉，黃總您沒事吧，會不會很疼？我不是故意的……」徐羨掙脫他的懷抱，作勢要查看他的腳，滿目歉意。

男人盯了她一陣，瞇了瞇眼，意味不明地笑了聲，朝她擺了擺手，「妳先回去吧，我接個電話。」

徐羨又接連道了幾次歉，最後在男人接起電話後徹底解放了，轉身的那一刻，她翻了一個巨大的白眼。

她很少翻白眼，也幾乎不罵人，頂多就在腦子裡罵一遍發洩一下。從小到大的教養讓她不允許自己做出不禮貌的行爲，可這會兒她實在憋不住，莫名其妙被帶到一場毫無意義的飯局，還被臭男人騷擾，眞的是見鬼了。

她甚至還可以聽到背後傳來的男人不禮貌的言論。

「怎麼這麼慢才接？喔，正在泡一個妞。」

「漂不漂亮？可好看了，美得要命。」

「泡到了嗎？沒，哪這麼好騙到手，還踩了我一腳，也是沒在留情。」

「沒事，會反抗的才帶勁。」

男人的聲音越來越小，逐漸淹沒在長長的廊道中。

徐羨面無表情地走回了包廂。

徐羨回到家之後，呂萍眞難得還沒睡。

見女兒面色不佳，她關心道：「羨羨，怎麼了嗎？」

徐羨脫掉藕粉色的西裝外套，整個人陷進鬆軟的沙發裡，感覺全身的疲憊稍稍被稀釋了一些。她淡淡開口：「沒事，就是被騷擾了。」

「怎麼會這樣？」呂萍眞擔憂地瞪大雙眼，拍了拍她的肩，「是今天應酬的對象嗎？還好嗎？」

「嗯，還好，我踩了他一腳，稍微出點氣了。」

呂萍眞眼裡滿是關切，繼續問道：「那……對方有沒有怎麼樣？這樁合作會受到影響嗎？上頭不會責怪妳吧？」

「媽媽，沒事。」徐羨嘆了口氣，「眞的沒事，各方面的。」

呂萍眞摸了摸她的頭，「那就好，下回記得再謹愼些，別動手動腳的，總有其他更妥當的處理方法。」

徐羨半垂著眼簾，纖長的睫毛在下眼瞼掃出一層影，她的目光定格在不遠處窗臺上的桔梗花，花瓣瑩潤，沾染半片月光。

半晌，她一言不發地起身，臨到了臥室門口才說了句：「媽媽，晚安。」

她連頭也沒轉，就這麼直接進了房間。

徐羨心下有些煩躁。她知道呂萍眞所謂的「更妥當的處理方法」是什麼，無非是忍氣吞聲，等對方轉移目標。

她可以理解母親的想法，只是理解歸理解，但在聽到她那番話時，多少還是有些心寒的。

兩代的價值觀或多或少受到了大環境的影響，母親那代追求的是果腹、生存，很多人為了活下去，所以努力打拚，就算遇到了委屈，也只會咬咬牙吞下去，就怕失去了賴以維生的工作。

但到了他們這一代，因為有了父母輩拚下的江山，基本上衣食無憂。根據馬斯洛的需求層次理論，生存需求一旦被滿足了，便會開始追求其他事物，所以他們看重的是尊嚴、自我價值，因此一旦被人觸犯了原則，自然而然會想要反抗。

徐羨知道，除了價值觀之外，母親之所以會有息事寧人的想法，也與當年的那件事有關。

徐羨高中時，她身為市長的父親在選舉前被爆出貪汙、收賄的醜聞，經過調查後坐實了罪名，他們家在一夕之間從天堂掉到了地獄。

父親鋃鐺入獄，親朋好友全都避之唯恐不及，沒有人願意與他們有所牽連，就怕惹上麻煩。

事發之後，呂萍眞帶著徐羨從K市搬到了T市。她從一個大氣雍容的貴婦，變成了為生活奔走的平凡婦女。

一開始，她因為無法適應艱辛的職場環境，所以總是被責難，一天到晚灰頭土臉的，可為了保住飯碗，她依然忍氣呑聲努力工作學習，只為照顧徐羨，供她繼續上學。

因為體會過從高處摔下來的絕望，也嘗過那段隨時有可能被老闆開除的辛苦，呂萍眞對於物質的重視遠大於其他。她希望她們母女倆能好好地過生活，不求回到過去奢華的日子，但至少衣食無憂得以溫飽。

因此，她自然會期望自家女兒不要惹上麻煩，不要丟了這份得來不易的工作，忍一時風平浪靜，退一步海闊天空。

呂萍眞的想法，徐羨都明白，所以當呂萍眞表現出「妳要忍住而不是保護自己」的時候，徐羨並不是很意外。她看過母親獨自照顧自己的辛酸，於是得以理解她的思考模式。也或許母親所謂的忍耐，便是保護自己的手段，不過是在另一個層面罷了。

兩代人的價值觀衝突，不是一朝一夕能磨合的，可她不想跟呂萍眞吵，因為她知道呂萍眞到底還是怕她受委屈的，只是關懷的方式並不是她想要的。

徐羨忽地想找個人說說話，隨便說什麼都好，轉移點注意力，她也不至於這麼難受。

可是沈醉在趕採訪稿……那謝綽呢？他現在在忙嗎？

徐羨怔了怔，沒有想到腦海裡跳出的下一個名字會是謝綽。她望著雲間的月亮，感覺自己不太對勁。

最後，她誰也沒聯絡，在陽臺吹了一會兒風，直到混亂的心緒漸漸平息下來，才回房洗澡休息。

✦

過了幾天，與黃總那邊的工作進展得很順利，那晚的事沒有造成合作上的阻礙，看到對方沒找碴，徐羨暗地裡鬆了一口氣。

雖然是男人手腳不乾淨，可她多少還是會擔心因爲個人問題而造成團隊的不幸。

最後幾套方案評估下來，徐羨他們組的提案又被選上了。

以往她的企劃被選上，總是可以帶給她莫大的成就感，可這回她卻提不太起勁，或許是因爲被黃總非禮過，她並不是很想與這次的合作方有更進一步的接觸。

這次合作的，是間挺有規模的公司，徐羨的提案被選上，無疑是對她極大的肯定，因此下班後跟她比較要好的幾個同事紛紛來恭喜她。

徐羨一一應付過去。

離開公司前，她去了一趟洗手間，想著下班後要和沈醉一起玩，便打算去補妝。誰知在進到化妝室的前一刻，她聽到裡頭傳來了一陣對話聲，而內容好巧不巧，就是在討論她的。

「郁珊，妳不會不服氣嗎？這次的項目又被一組搶了。」

「不會啊，我為什麼要嫉妒一個靠關係的婊子？」

「什麼意思？」

「欸，妳沒聽說嗎？」王郁珊笑了笑，語氣輕鬆，「徐羨跟黃總有一腿啊。」

隔天，徐羨進到辦公室，明顯感受到了來自四面八方的側目，不用想也知道是誰幹的好事。

雖然公司的企劃部分為兩組，她是一組組長，王郁珊則是二組組長，但並不是每個合作案都是以兩組競爭的方式，決定案子要交給哪一組。平時大多是上頭分派案子下來，各自負責各自的項目，除非客戶特別要求提出多個方案進行評估，不然不會讓兩組都花時間去構思，畢竟每個人都忙。

而好巧不巧，近期的兩次競爭都是徐羨贏了，王郁珊身為和徐羨同時期入職的企劃，不止一次輸給徐羨，多少會有些不服氣。

一直以來，徐羨都有感受到王郁珊對自己若有若無的敵意，而這份敵意，在謝綽那次的案子之後，開始變得具體。這次的案子最後選擇使用徐羨的提案，更是再次點燃了王郁珊的不滿。

只是她沒想到王郁珊會用這種下三濫的手段對付她。

造謠？眞是可笑。

究竟要多自卑才會選擇這般卑鄙的方法，自己的實力比不過，就妄想透過大眾輿論力量讓她難堪。嫉妒心讓一個人的靈魂變得醜惡，也讓一個人的腦子變得愚昧。

而熱衷於吃瓜的人們，自然不會放過這種刺激的八卦，人類的劣根性只消一點點的煽動就能探出頭，大家在看戲的時候並不會思考事件的眞實性，只要足夠勁爆，就能讓這些冷漠的旁觀者獲得一些樂趣。

然後一傳十，十傳百，在眾人的眼光與議論之下，一個鮮活的生命或許就從此蒙上了灰塵，再也見不到光。

造謠是一場最低成本的謀殺。

徐羨怕嗎？她當然不怕。

又不是沒有經歷過被輿論淹沒的時候，十六歲那年她跌入閒言閒語的泥淖，那些狠毒的話語，來自陌生人，來自旁觀者，甚至是來自至親好友。

他們把她父親的惡行強加在她身上，從此她成了大家口中罪犯的孩子。

「她爸爸貪汙款，你說她之後會不會也貪贓枉法？」

「市長的女兒在學校這麼風光，家境這麼好，原來都是因爲幹了違法的勾當。」

「什麼樣的家長教出什麼樣的孩子，徐羨看起來這麼乖，其實也是個僞善者吧，背底裡不知道會做出什麼事。」

捕風捉影的惡意言論將她吞噬，一夕之間所有人都離她而去。人們透過否定他人來彰顯自己的品德，只有這樣劃分，才算肯定了自己，肯定自己是個擁有正確價值觀、良好品性的人，是不會同流合汙的高潔靈魂。

徐羨一度因爲人們的言行而滅頂，可她後來看清了人的本性，他們自私自利、損人利己。自此之後，她便自輿論的地獄裡重生，從此刀槍不入。

有人希望她墜到谷底沾得滿身泥濘，那她偏要觸底反擊，活得光鮮亮麗，欣賞凶手反被凌遲的下場。

午休時，徐羨經過茶水間，恰巧聽到同事在討論這件事。

「……不過是怎麼知道徐羨跟黃總有一腿的啊？」

「聽說是那天聚餐的時候，有人看到她和黃總在門口摟摟抱抱，才有了這個傳聞。」

「不過徐羨看起來也不像是這種人，條件這麼好，何必糟蹋自己。」

「難說啊，說不定是爲了搶下這次的案子？畢竟靠關係總比自己拚得要死要活還什麼都沒有的好吧，而且我還聽說過她跟之前那個科技公司的工程師私底下一起吃飯呢，後來案子同樣被她拿下了。」

「眞的假的啊，人不可貌相啊……」

徐羨面無表情地走過去，兩人恰巧從茶水間走出來，這會兒撞見她，臉上都有些尷尬。

徐羨不以爲意，在繞過一個轉角時看到手機跳出來自主管的訊息，說是要請她去辦公室聊一下。

她在心裡嘆了口氣，快樂的午餐時間看來是要沒了。

徐羨到了主管辦公室前，正要敲門時，門卻先一步被打開了。只見王郁珊眼底帶著未褪的笑意，唇瓣紅潤，許是今天使用的唇膏顏色格外豔麗。

王郁珊見到徐羨後也沒有感到意外，隨手稍稍理了理領口。

徐羨視線掃過她染上皺褶的衣襟，衣領下方的肌膚有淺淡的紅痕若隱若現，她看著朝自己微笑示意的王郁珊，在心底冷笑一聲。

從前她不計較，不代表可以任由別人爬到她頭上來。

主管是個三十幾歲的男人，叫作張添，看著溫和敦厚與世無爭，可實際上，他是個機智果斷的人，並對市場有著極高的敏銳度，徐羨也算是他一手帶起來的，平時與他關係並不差。

「徐羨。」桌子上有兩杯熱茶，張添坐在小沙發上，拍了拍身旁的空位，「坐吧。」

「老大。」徐羨應了聲，坐到他的身邊。

「妳應該知道我找妳來是爲了什麼事。」張添說，「今天辦公室討論一個早上了。」

「嗯。」徐羨點頭，面色如常。

「說實話，我不相信妳是會做出這種事的人，妳的能力大家有目共睹，不需要爲了一個項目出賣自己，妳肯定也不屑。」

徐羨笑了聲，「老大你信我就好了，悠悠之口無法杜絕，等過一陣子，沒料挖了，自然就會平息。」

「但妳或許會因此被貼上不好的標籤。需不需要我出面幫忙？」

「信者恆信，不信者恆不信，澄清有什麼用呢？只要他認定了你是這樣的一個人，那麼就算再怎麼勸說，對方也不會改變想法。」徐羨泰然自若地道，「放心，我不會因此被擊垮。有些人想看我被打到谷底，我又怎麼會讓那人稱心如意？」

張添抿了口茶，心道這女孩子年紀不大，心態倒是很好。

徐羨最後還是沒告訴張添她和黃總之間的事，雖然被害者是她，可她不希望讓無關緊要的事成爲大家關注的焦點，何況合作還在進行中，不好輕舉妄動。

徐羨笑了笑，「謝謝老大關心。」

臨走前，張添再次叫住她：「我聽說那黃總不太老實，如果遇上什麼事，儘管找我幫忙，總之能不碰面就不碰面啊。」

「那當然。」徐羨彎唇，在心裡已經把那臭男人給千刀萬剮了，「我會保護好自己，別擔心。」

下班出了公司後，徐羨的面色一點一點地暗下來。

她想到方才離開辦公室，在電梯裡遇到王郁珊時，對方衝她笑得燦爛，卻在她踏出電梯的那一刻，在背後用大家都能聽到的音量說了句：「有些人啊就是喜歡投機取巧，眞下賤。」

隨後是一陣此起彼落的笑聲。

徐羨想拿塊抹布堵上那張臭嘴。

思來想去實在氣不過，回到家後也無須再裝，這會兒可以盡情地釋放情緒，她決定打電話給自家閨密，毫無顧忌地傾吐一番。

她叼了片切好的蘋果，點起能寧神放鬆的快樂鼠尾草香氛蠟燭，直接一個電話就打到沈醉那裡。

電話響了幾聲後才被接起，徐羨想她可能在忙，也不多說廢話，開門見山就把應酬被非禮，以及被同僚造謠的破事一股腦兒全倒了出來。

「好了就是這樣，我說完了，舒服多了，親愛的妳還忙的話就快去吧，別擔心我。」徐羨揚起唇角，在薰香營造的柔和氛圍裡，語氣放得很輕，猶如呢喃，「反正我遲早弄死那個賤人。」

豈料下一秒，她聽見一聲低笑從話筒裡傳來，沉沉的嗓音夾雜著電磁波渡進耳裡，在心下濺起一灘水花。

「不忙。」熟悉的聲音滾入耳膜，一字一句道，「親愛的。」

徐羨茫然地看著自己手機螢幕上顯示的通話者。

不是，她明明是打給沈醉，爲什麼這會兒出現的會是謝綧？

所以她剛剛那些瘋言瘋語全進謝綧的耳裡了？

徐羨想死的心都有了。她仰躺在床上，聽著被丟在一旁的手機傳出男人疑惑的呼喊，開始思考咬舌頭和跳樓，哪一個的可行性比較高。

直到男人呼喊的內容從她的名字又變回「親愛的」後，徐羨才一個激靈，從床上跳起來，撈過手機訕訕道：「……謝綧。」

「所以妳想好哪種自殺方式比較有立竿見影的效果了嗎？」就連開玩笑，他的聲音也依然帶著冷淡的刻薄。

誰能想得到那夜過後再次聯絡會是這副光景，徐羨絕望地開口：「抱歉啊，我原本是要打給沈醉的，沒想到打擾到你，還讓你看笑話……」

「沒事。」謝綧倒是淡定，「妳說妳應酬的時候被騷擾了？」

「嗯，還被藉機拿來造謠了，可能最近水逆。」徐羨見謝綧似乎沒有介意她的失態，尷尬也逐漸消弭了，便如同和朋友對話那樣，跟他聊起天來。

「應酬的對象是誰？哪間公司的？」

徐羨當他是隨口一問，也就把合作方的公司名稱和黃總的名字報了出來。

「徐羨，妳想要怎麼辦？」

男人的聲音變得比往常更加低沉、冰冷，但徐羨沒有發現。

她微怔，沒想到謝綽會跟她討論起應對方法，她忽然就想聽聽謝綽的想法。

「你呢？換作是你被欺負了，你會怎麼處理？」

對面沉吟了一會兒，不答反問：「徐羨，妳覺得傷害一個人需要理由嗎？」

徐羨沒有說話。

謝綽又道：「那妳覺得霸凌一個人需要理由嗎？」

徐羨握著手機的手抓得更緊了，心臟不知爲何跳得有些快。

「不論是校園霸凌、職場霸凌，還是什麼霸凌，只要對方想霸凌妳，什麼都可以是理由。」

男人的語調平緩，像一縷絲線慢慢地滑過沉寂的暮色，在雲靄中破開一道淺淺的足跡。

那些加害者自以爲輕描淡寫的辱罵和攻擊，在被害者的人生軌道中，留下的卻是深刻的痕跡。

「他們可以因爲嫉妒，可以因爲看你不順眼，可以因爲你多看了他們一眼、多說一句話，也可以因爲你成績好、成績不好，甚至可以因爲你跟他們使用相同的手機型號，或使用不同的手機型號，就對你施予暴力。」謝綽說，「只要想傷害一個人，什麼都可以是理由。」

就像當年他被那群人毆打的時候，對方的理由是他不借考卷給他們抄，可他知道，就算他當初給他們考卷，總有一天，他們也會用其他理由來找他麻煩。

「加害者都不把被害者放在眼裡了，那麼被害者又爲什麼要在乎對方的感受？」

他的思緒驟然回到十五歲那年的小巷。

他是被救了，被一個大家都喜歡的女孩救了，可那不是終點，等著他的遠遠不只是那些。

隔天到了學校後，謝綽明顯感受到每個人看他的眼光都變了。

他性格陰沉，不愛說話，每天都自顧自地窩在座位上寫題目、讀書，在學校說得上話的也只有某些成績好的同學，可話題也僅僅圍繞在課業上，稱不上多交心。

他也不在乎，反正他不需要朋友，他一個人也可以過得很好。

然而，那天過後，連那些平常找他討論功課的同學，也都不再願意與他有所交集了。

直到他走進教室，回到位子上，看見自己的課桌椅充滿了塗鴉和不堪入目的詞彙，他才隱約知道是怎麼回事。

謝綽從地上撿起本該在抽屜裡，但此時已經被撕得支離破碎的課本、講義，一言不發地將它們疊好，無視桌上那些謾罵的詞語，攤開作業簿，旁若無人地寫起作業。

「欸，那就是你們班那個私生子嗎？怎麼長得這麼晦氣。」

「聽說他媽媽跑去當小三，結果後來被踹了，現在只能靠賣淫維生欸。」

「哇靠，那你說他的爸爸會是誰啊，畢竟給那麼多人睡過，說不定不是原來那一個的啊。」

「誰知道啊，第一名是婊子生的，那些老師還想叫我們把他當模範嗎？」

「噁心死了，媽媽這麼賤，兒子肯定也好不到哪裡去。」

每逢下課，謝綽就像一隻被關在牢籠裡的動物，被大家圍觀，被指指點點。好像藉由貶低他，他們就能獲得至高無上的優越感。

過不久，整個校園的人都知道他媽媽是妓女，是別人家的小三，而他是私生子，是見不得人的雜種。

國中生大多口無遮攔，不會有人覺得自己隨口說出的一句話，對一個人將造成多大的傷害，也不認爲投去的那些異樣眼光，會成爲攻擊一個人的無形刀刃。

大家開始疏遠謝綽，排擠他，其一是對於他身世的反感，其二是深怕自己被找麻煩。

每個人都知道年級老大充哥最近的新樂子是欺負這位成績很好的書呆子，因此沒有人敢幫謝綽說話，也沒有人敢接近他，同學們全都以一個旁觀者兼共犯的立場去面對他，避免下一個被找麻煩的人就是自己。

謝綽也知道，這些謠言大抵都是充哥散播出去的。

不，或許也不能說是謠言，因爲的確是事實。他確實是私生子，他母親也確實是別人家的小三，是妓女。

他從小生長在破爛髒亂的小公寓裡，家裡經濟條件不好，常常有一餐沒一餐的。他不知道他的父親是誰，母親也經常不在家，就算回家了，濃妝豔抹的女人也只會歇斯底里地朝他大吼，說他是拖油瓶，是來討債的催命鬼。

他不意外充哥會知道這些事，畢竟對方家世顯赫，也不把校規、師長放在眼裡。

他只是好奇，究竟是什麼讓充哥對他這種不起眼的書呆子產生了興趣。不借考卷可能只是單一事件，可之後接二連三的變本加厲，甚至散播關於他身世的不堪傳聞，就不可能只是單純的找樂子了。

直到某一天，他又受到了少女的幫助，才知道自己被充哥找麻煩的眞正原因。

那天，他的考卷飛到走廊，徐羨恰巧經過，幫他撿了起來，而隔天放學，他就被充哥他們拖到校園裡最少人使用的廁所裡。

他們將他壓在地上，不堪入耳的話如大雨般落下，未熄的菸頭燙上身子，烙下一點一點的痕跡。

至此，他終於確定了源頭，原來是徐羨。

是啊，也只能是徐羨了。

充哥喜歡徐羨，而徐羨那天在小巷中幫了他，那幫人怎麼能不記恨。

神奇的是，徐羨不知怎麼回事，竟出現在廁所門口，以一個路人的姿態。她優雅地走入煙霧繚繞又悶溼的廁所，讓不良少年們少抽點菸，以免傷身。

徐羨從頭到尾都沒有看謝綽一眼，也沒有幫他說話，可她離開了之後，他們便收手了。

誰都聽得懂她隱晦的警告。

充哥喜歡她，再加上市長女兒的身分，沒有人會想站在徐羨的對立面，他們反而更願意順從她。因此，即使她阻止他們的行爲，也沒有人會對此感到不滿。

充哥踢了一腳倒在地上的謝綽，冷笑道：「算你撿回一條命，徐羨可眞是你的救世主啊。」

謝綽垂著頭，沒有說話。

充哥走到了門口，又突然返回用力地捏住他的下巴，強迫他抬起頭。他的力氣極大，骨骼在他掌中好似要擠壓變形，「少去招惹徐羨，也不看看自己什麼賤樣，要是被我抓到，到時候連徐羨都救不了你。」

當時的謝綽面無表情地望著一行人走出狹小骯髒的廁所，心裡想的是——是啊，徐羨是救世主，他一個人的救世主。

少女就像一把雙面刃，帶給他光明的同時，又替他招來了更多的黑暗。

他在黑暗中匍匐前行的時候，倚靠的全是那微弱的光芒，就算她替他招來更多的不幸那又怎樣，若不是她，他或許連光是什麼樣子都不知道。

他被打、被辱罵、被霸凌，在泥濘中翻滾的時候，只因她的存在，他才對這個世界抱有一點留戀。

充哥走後沒多久，徐羨又回來了。良好的品德讓她不允許自己對落難者視而不見，於是她去保健室借了燒燙傷的藥膏。

他們並不熟，她也只是把藥膏遞給他，便頭也不回地走了。

臨走之前，她看著他手臂上一點一點被菸頭燙傷的痕跡，蹙了蹙眉，對遍體鱗傷的他說：「你唯一能做的就是還手，不還手他們就會覺得你好欺負，會更肆無忌憚地傷害你，人都是欺善怕惡的。」

徐羨的這一段話，謝綍謹記在心，儘管後來依然逃不過被充哥那幫人霸凌的命運，可他終於不再如一條生無可戀的死魚般，任由對方將他打得稀爛。

她的話總是會在他想放棄的那一刻跑出來，提醒他要爲自己多爭取一點，哪怕一點就好。只要反抗，就有機會成功。

而現在立場顚倒，曾經的救世主被流言攻擊，被同事霸凌，正在經歷他當初所遭遇的事。

「徐羨，妳唯一能做的就是還手。」謝綍低低的嗓音響在耳畔，「去打擊她，去報復她，加害者永遠不知道自己的言行究竟會帶給他人多大的傷害，唯有讓她遭受同樣的待遇，她才會明白，這世上不是只有她能操縱人心。讓她知道，她自以爲精心設計了一盤好局，可到頭來，她也不過是其中的一枚棋子罷了。」

「以牙還牙，以眼還眼。競爭是常態，沒有能耐的人活該被淘汰。」他彎唇，語氣格外溫柔，「妳說對嗎，徐羨？」

✦

結束通話後，謝綽鬆了鬆領帶，解開襯衫最上方的兩顆鈕扣，長吁一口氣。

他甫到家就接到了她的來電，站在玄關講完電話，這會兒才終於進到客廳。

通話結束之後，耳邊沒了女人的嗓音，謝綽有些恍神，忽覺此刻有點過於安靜了。於是他隨手打開電視，讓人爲的聲音干擾這方寧謐，打破那猝然浮現的，只此一人的孤寂感。

電視上正好在播放一齣連續劇，謝綽從不關注演藝圈，但這部劇實在太紅了，討論度很高，他也曾聽同事們聊過。

螢幕上那名男演員風度翩翩，英俊逼人，是他少數認得的藝人之一，影帝喬喻。

喬喻飾演一名貴族學校的教師。日暮已至，他站在校門口，前方夕色潑天，是熔金般的燦然，而與此相反的是，他身後的景象——教學大樓的長廊，恰好被一片樹影遮蔽，日光穿不過去，只餘深不見底的昏暗。

謝綽本無意再看，反正一開始也只是爲了不讓家裡這麼安靜，才打開電視的，豈料鏡頭一轉，暖亮的夕照被切割開來，畫面沿著教學大樓晦暗的長廊綿延，最終停在最角落的一間閒置教室前。

會知道是閒置教室，是因爲裡頭堆滿了廢棄的課桌椅，黑板上滿是學生們惡作劇的塗鴉，講桌也積了厚厚的一層灰。

但裡面並非沒有人，相反的，有很多人。

一名長髮少女被壓在黑板上，髮絲凌亂，制服衣襟也皺得不行，五六個同年齡的學生將她團團包圍，有男有女。

站在她正前方的短髮少女抬起她的下巴，左右扳了扳，一邊打量一邊笑咪咪地說：「好久沒一起玩了，最近段考，都沒時間來找妳，有沒有想我啊？」

被圍住的女孩子面露驚恐，短髮少女假惺惺地抹了抹眼角，故作泫然地道：「好傷心啊，怎麼露出這種表情，我可想死妳了。」

短髮少女似喜似悲地笑著，「來玩吧。」

話音方落，她便拿起預熱好的離子夾，往眼前人的手臂上夾。

「啊——」

撕心裂肺的痛哭聲在空氣中炸響，絕望的氣息伴隨著尖叫、哭喊、笑鬧、奚落，高溫金屬與皮肉接觸的「滋滋」聲異常清晰。螢幕上的少年少女見到她的慘況，不斷拍手叫好，宛如正在欣賞一齣精彩絕倫的好戲。

混亂的聲音一齊湧入耳裡，謝綽瞳孔急遽緊縮。

皮膚上似乎燃起了灼燒的疼，火星子般的燙意滾過皮層，細細密密的刺痛感跨越了十年光陰，重新回歸體內，隨著神經傳遞輸送到身體的每一寸。

那時候也是這樣。

不只菸頭，還有其他的灼燙也曾在這副軀體上流竄過。

某一個冬日午休，謝綽被充哥那夥人拽到學校垃圾場旁邊的偏僻小樹林。

充哥不知道從哪裡變出了一把攜帶式的熨斗，「這兩天寒流來，你這麼窮，家裡也沒幾個破錢，只能穿這身薄到快被洗破的制服襯衫，肯定很冷吧？」

謝綽被他的跟班們架住，動彈不得，只能面無表情地盯著他，眼神陰鷙。

「喲，充哥問你話呢，啞巴啊？」

「人家自閉症啦，自閉兒都不說話的，你也知道，他們腦子怪怪的，搞不好哪天會住進精神病院欸……」

「幹！神經病會不會傳染啊，好可怕哦，不要靠近我！」

對於謝綽的緘默不言，充哥不置可否，他露出駭人的笑容，格外親切地道：「沒事，寒流來不用怕，我們是好朋友嘛，我這不就來幫你了？」

跟班們一得到充哥的指示，便將謝綽的褲子一把扯下來。

寒風吹透樹林，呼嘯著纏上裸露的肌膚。

可此刻被冬意浸泡的骨骼，遠遠不及謝綽心底發涼的悚然。

充哥掂了掂手中的熨斗，嘴邊的笑意更加擴大了，他浮誇的表情擠壓著面部肌肉，看起來猥瑣又扭曲。

「天氣這麼冷，我來幫你暖暖身吧。」

語聲落下，發熱的熨斗便直接貼上他光裸的大腿，一百多度的金屬面板與皮肉相黏，劇烈的灼痛迸發，觸電一般直衝腦髓。

生理性的眼淚被激出來，他掙扎著想要脫身，卻被身旁的兩人架得更牢了。

謝綽發瘋似地瞪著眼前人，眸光陰沉而癲狂，嘴角溢出痛苦的低吼，被冷風捲起帶走，飄向無人可聞的遠方。

「左腳暖完了，換右腳吧。」充哥稍稍拿開熨斗，下一瞬又狠狠地往他的另一條腿上燙，「兩邊都兼顧，是不是很貼心，嗯？」

沸騰的痛覺燎過肌理，高溫凌遲著感官，無數細胞在尖叫。

灼傷的不只是身體，還有百孔千瘡的生命軌跡。

謝綽的靈魂險些死在那一片野火中，只是有個少女的溫婉聲音從遠方破風而入，輕柔又強勢地告訴他——你唯一能做的就是還手，不還手他們就會覺得你好欺負，會更肆無忌憚地傷害你，人都是欺善怕惡的。

在充哥打算再一次把熨斗往謝綽身上燙的時候，他猛地掙脫了桎梏。兩個跟班怎麼也想不到這營養不良的瘦弱少年會有這般大的力氣，一時間愣住了，充哥也有一剎那的分神，緊接著他手中的熨斗便被迅速奪走了。

謝綽大吼一聲，用力地將充哥撲倒在地，毫不猶豫地把手上的熨斗往充哥臉上按，淒厲的嘶喊迴盪在這方僻靜的小樹林中。

不待充哥等人反應，爆發的腎上腺素讓謝綽不顧疼痛迅速起身，抱著器具頭也不回地跑了。

當日最後一節課，謝綽低頭從書包中翻找講義時，一桶冰水兜頭而下，大把冰塊隨之墜落，一顆一顆地磕在他身上，堅硬而冰寒。

不只是自己，所有書本、考卷也都被潑溼，擱在大腿上的書包因爲開口朝上，裡頭早已積了一灘水。

周遭一陣驚呼，充哥也不在意，在眾目睽睽之下，居高臨下地望著他，凶狠而暴戾。

「剛才幫你暖身子暖太過了，怕你熱到，現在幫你降個溫吧。」語畢，又一桶水倒下來。

謝綽在眾人的視線中，抬眼直視充哥，邃黑的眸子裡全是清晰而冰涼的戾氣。

充哥一凜，正想要把人掄起來揍時，便聽到了高跟鞋踩在地上的聲響，應該是老師的腳步聲。

他動作頓了頓，上下掃了少年幾眼，而後冷笑一聲，「算你好運。」

臨走前他踢翻謝綽的桌子，溼透的考卷散落一地，滿地狼藉。

任課老師一進來便嚇到了，連忙問這是怎麼了。

謝綽平淡地回道：「不小心把水打翻了。」

什麼水能不小心打翻到把自己從頭到腳都淋溼？任課老師看著少年額髮上，一滴一滴墜下的水珠，再看了看同學們有口難言的表情，不想沾上麻煩的逃避心理作祟，她沉默了幾秒，沒有深究下去，只讓謝綽自行去打理，便開始講課了。

謝綽扶起自己的桌子，簡單收拾殘局，紙張因溼透而破裂、爛掉，很難回復原狀。

他神情鎮靜，轉頭看向坐在角落的充哥，捕捉到他臉頰上那一片燙傷的痕跡時，眼底的嘲諷與愉悅大肆生長，化成嘴角一抹冷漠又滿足的弧。

那是他的第一次反抗。

徐羨說得對，要反抗才會有生機，縱然會被變本加厲地對待，但他不在乎。

他受的苦難，那些人勢必也要嘗嘗。

如今，徐羨被惡意造謠、職場霸凌，甚至被非禮，她受的那些痛楚，必然也得回到那些加害者身上。

謝綽望著電視螢幕裡那名被霸凌的女孩子，她終於再也忍受不了，憤而拿起水果刀往短髮女同學肚子上捅。

他狹長的眸眯了眯，陰沉而冷戾。以牙還牙，以眼還眼……

鬼知道當年將熨斗印在充哥的臉上時，他的心裡究竟有多麼暢快。

幾天後的傍晚，徐羨攔了輛車，前往西區的一家日料店。

今天沈醉生日，愛熱鬧的她自然是開了個包廂邀請一眾好友來慶祝。

這家日料店味道好，食材高級，隱私性足，特別適合她和那群富二代朋友們聚餐玩樂。

徐羨雖然和那群富二代不算熟稔，但作爲沈醉的至親好友，她和他們也多少有過一面之緣。

一打開包廂門，徐羨就見幾個人還沒開飯便已經喝了起來，她毫不意外，面色如常地走了進去。

「哥，怎麼不是任哥？」有一位看起來已經喝醉了，抬眼看了下門口，又趴回桌上嚷嚷，「我好想任哥啊，任哥你想不想我——」

「任平生他忙著在家顧老婆，誰有空想你！」沈醉把那個男人推到一旁，轉向徐羨，「羨羨，我叫了妳喜歡的焦糖炙燒鮭魚，妳看看還有什麼想吃的嗎？」

「沒關係，妳點就好了。」徐羨好奇道，「任律師不來嗎？」

「結了婚的男人等同於失去自由身……雖然他樂在其中，顧老師想把自由還他，他都不要。」想到那位妻奴，沈醉就樂了，「妳今天怎麼對他這麼有興趣？」

「因爲在妳的狐朋狗友裡面，他是我少數記得的人。」也是這群富二代中少數靠自己獲得一定成就的人。

徐羨向來尊敬有才華、有能力的人，無能的人在她眼裡一向沒什麼存在感。

「什麼狐朋狗友……」沈醉看了一眼周遭鬧得沒形象的幾個人，抽了抽嘴角，沒法反駁，「好吧，確實是狐朋狗友。」

身爲沈家的掌上明珠，沈醉也曾經想把徐羨拉進上流社會的社交圈裡頭，可徐羨不願意，先不說階級差距這種膚淺的問題，光是他們那種財大氣粗、揮霍玩樂的觀念，就跟她極度不合，儘管曾經的她也是這個圈子裡的人。

「沒關係，妳今天不會無聊，猜猜我還請了誰過來？」

「誰？」

「喲，說人人就到。」

徐羨循著她的目光往包廂門看去，只見謝綽披著外頭的夜色走了進來，替滿室喧囂注入了一絲冷涼。

然後她看見他幾不可察地蹙了蹙眉頭。

徐羨忽然有點想笑。謝綽一看就不是會喜歡這種場合的人，今天對他來說大概是一種折磨。

自從上回通完電話之後，他們便沒有再聊過天，不過那場對話倒是讓徐羨意識到，原來兩人的價值觀還挺合的。

他讓她以牙還牙，以眼還眼，巧了，她本來就打算這麼做。王郁珊想借流言蜚語將她淹沒，她何不借力使力，把刀刃轉移到對方的致命之處。

徐羨微笑著跟謝綽打了招呼。

謝綽誰也不認識，自然而然地在她旁邊坐下。

「你怎麼會來？」徐羨問，「你不像是會喜歡這種場合的人。」

「正好有空。」謝綽不欲多答，替自己倒了一杯冷麥茶。

餐點很快就上來了，這群富二代鬧起來總是毫無顧忌，而壽星本人沈醉身為主角，自然是被他們「照顧」得很好。

徐羡和謝綽坐在餐桌一隅，像是兩個格格不入的靈魂，在喧鬧中孤守著一方清靜。一個從頭到尾埋頭吃飯，一個自始至終安靜喝茶。

切完了蛋糕，酒酣耳熱之際，徐羡見自家閨密臉上被塗滿了奶油，她笑著幫她拍了張照片作紀念後，便決定去一趟洗手間。

豈料走出包廂，拐了一個彎後，就見一道熟悉的身影朝自己的方向走來。

徐羡心道不妙，想抓緊時間離開時，對方便已眼尖地捕捉到她。

「喲，這不是徐小姐嗎？」男人笑著朝她走去，「相逢即是有緣，跑什麼呢，我又不會吃了妳。」

徐羡僵硬地扯了扯唇，「黃總。」

這裡是轉角，她背靠牆壁，男人的氣息傾壓而來，帶著明顯的酒意，徐羡下意識地別開了臉。

這個動作似乎戳到了黃昇的什麼點，他瞇了瞇眼，將兩人之間的距離縮短幾分，「徐小姐，妳這就不厚道了啊，我又不會傷害妳，怎麼搞得像是我要欺負妳一樣呢？」

徐羡陪笑道：「沒有，黃總您眞愛說笑……」

「我多喜歡妳啊。」男人靠了上來，在她耳邊噴灑溫熱的酒精氣味，還有語焉不詳的邀約，「我們一起去玩吧？」

身子緊貼著身子，沒有分寸的話語兜頭滾落，徐羡無所適從。

她是眞的生氣了，再也不想為了情面裝傻賣笑。她冷著臉推開黃昇，「您自己去玩吧，恕我無法奉陪。」

男人被徐羨轉身離開的舉動激怒，一把攥住她的手臂，她白皙的肌膚瞬間暈出一圈紅痕。

「放開。」

徐羨生起氣來不會大吼大叫，被抓住了也不掙扎，只冷著一張臉直視對方。黃昇覺得有意思，見一旁的包廂是空的，直接把人給帶了進去。

他把徐羨摔到環形的沙發上。

背脊「砰」的一聲撞上，徐羨吃痛地咬了咬下唇，下一秒就見男人單腳半跪在她兩膝之間，一隻手撐著椅背，傾身而下，「若我偏不呢？」

徐羨瞪著他，揚手就要往他臉上揮，「那就等著進警局吧。」

可惜她的手在半空中便被攫住，黃總非但不氣惱，反而被她這副模樣逗樂了，另一隻手撫上她臉龐，順著流暢的輪廓線一路向下，沿著頸項，最終停在鎖骨上。

粗糙的觸感引得徐羨渾身發顫，她心下恐慌，面上卻鎮定，盤算著要怎麼把路人引來這裡。這個包廂的位置比較隱密，若不是要去洗手間，或許根本不會有人經過這裡。

由於手被控制住動不了，她只能忍著噁心，厲聲道：「請把你的手拿開。」

從小到大的良好教養讓她說不出太難聽的話，連在如此危急的狀況下，她一句髒話也沒說出口。

男人覺得自己抓到了一塊漂亮、優雅的美玉。他眼底滑過一絲興奮，擱在她鎖骨處的手不僅沒放開，反而隱隱約約地要繼續往下。

徐羨扭著身子想要避開他貼上來的唇。

「這才對嘛，果然還是反抗才帶勁，增加刺激感。妳也別跟我裝清高了，成年人的世界圖個一夜良宵又沒什麼，說不定妳表現好了，我還會在妳老闆面前美言幾句呢？」

「我想要什麼我會自己爭取……放開我！」

見黃昇的手要往自己的衣服裡鑽，徐羡眞的慌了，她猶如一隻困獸在他身下抗爭，男女體型差的懸殊讓她的掙扎變得如蚍蜉撼樹一樣可笑。

男人捏住她的下巴，以毫不憐香惜玉的手法，將她擰得生疼。

「怎麼還這麼天眞？眞可愛。」他笑，「這世界若是靠努力就能得到應得的東西，就不會有這麼多人還在底層打滾了。徐羨，我知道妳是個有野心的女人，但有野心和有能力也不足以讓妳成功。眞正成功的人都懂得把握機會……想要晉升需要門路，而我就是那個門路。」

男人那張帶著酒臭的嘴貼近她耳畔，低聲道：「跟了我吧，我能給妳的遠比妳想得到的更多……」

徐羨被那味道薰得嗆鼻，聞言，卻突然頓了頓，漸漸不再掙扎。

見她不抵抗了，黃昇挑了挑眉，半是疑惑又半是自以爲瞭然地問：「想開了？」

徐羨平靜而冷淡地望著他，半晌忽地笑了聲，輕勾嘴角，「是啊，想開了。」

「我想要的很多，我想了想，只靠我一個人的能力肯定不夠……」她低聲呢喃，放在黃昇耳裡倒像是情人間溫柔親暱的耳語。徐羨雙手包裹住男人兩隻手腕，將其合併貼在一起，而後擱在自己胸前，動作溫婉，笑得風情萬種，「不要辜負我啊……黃總。」

見狀，黃昇只覺氣血上湧，根本沒有餘力思考女人態度的迅速轉變，手下的柔軟那樣誘人，使他的腦子暈乎乎的，心跳急速奔馳。

這樣漂亮的女人，終於也臣服於自己的身下。

徐羨將身子稍稍往上挪，接著抬起腳，把雙腿順理成章地搭在他肩上。

這樣的姿勢太出格，也太有某方面的暗示。

黃昇被這個動作勾引得狠了，見白花花的美腿包夾著自己，女人的香氣曖昧縈繞，酒精與慾望使思考能力下降，思想也開始往不可描述的下流地帶飄去。

這女人一舉一動都是蠱惑人的餌，釣著他的心、他的靈魂，就算前方是陷阱那又怎樣，只要能共赴良宵，他也會心甘情願地跳下去。

見黃昇徹底鬆懈下來，徐羨嘴上欲拒還推，腦中卻飛快地運轉著脫身步驟。

接著只要將對方的雙手握牢，再用雙膝夾緊他的脖頸、肘臂，而後抬臀整個人往另一側滾動，男人就會往反方向被甩出去。黃昇在頭部、脖子被包夾的情況下被拖曳著，一時間也沒辦法還手，她便得以掙脫他的壓制。

屆時再跑出去，喊工作人員來協助處理，至少就算順利脫身了。

就在徐羨準備行動時，包廂門卻「砰」的一聲被踢開。

謝綽闖了進來，看到被壓在沙發上的徐羨。

那樣皎潔如月的女人，從雲端上被拽下來，拽到這灘混濁的紅塵泥濘中，被玷汙，被印上骯髒的氣味，毫無還手之力。

謝綽的理智在看到徐羨衣服領口被扒到肩膀下方，露出一大片白膩的肌膚時，徹底崩裂。

他原先只是疑惑她怎麼離開這麼久，便決定前往洗手間，看看她需不需要幫忙。路途中，他聽到這間包廂裡傳出混亂的拉扯聲，若是平時的他，肯定不會多管閒事，可直覺告訴他，這回可不能就這麼走掉，幸好門板留了一道縫隙沒關好，他才能直接闖進來。

然後就看到他視若珍寶的人正被禽獸撕咬著。

怎麼能呢？

這怎麼能？

他都捨不得碰她，其他人又膽敢去破壞她。

戾氣衝破樊籠，骨子裡的惡念放肆出行，將所有世俗規範碾得粉碎。

謝綽眸中似有千軍萬馬奔騰而來，四起的硝煙被凍成了冰刃，一刀又一刀，準確地落在男人身上，劃出的都是噬血的痕跡。

「謝綽！」徐羨有些意外他會找到這裡來，可還來不及驚訝，她身上的男人就被拽了起來。

下一秒，「砰」的一聲被摔向邊角的牆，伴隨著桌子被撞歪的嘎吱聲，炸出了震天的響。

黃昇的背脊狠狠撞上堅硬的牆壁，手臂被桌角捅了一下，正疼得倒抽一口氣，可他還沒來得及查看自己的傷勢，眼前又一道陰影來襲，將他牢牢地困在角落。

黃昇仰頭看著謝綽那雙闃黑的眼睛，沒來由地滲起了冷汗，彷彿自己是被鎖定的獵物，是刀俎上的魚肉，也許下一秒就會被撕碎。

他驚恐地看著眼前的男子從口袋中拿出一把小刀，銀色刀面流淌著漂亮的冷光，像精緻的收藏品。

「我不想浪費時間，很累。」

謝綽把玩著手中的刀，姿態優雅，「你碰了她哪裡？」小刀在他手中轉了一個流暢的弧，「說話。」

黃昇怕歸怕，可他也不會承認自己騷擾徐羨，於是他怒聲道：「關你屁事？你誰啊，倒楣死了，正要爽呢，壞了老子好事……」

話沒說完，謝綽便一腳踩上他的臉。

「我讓你問了嗎？」他的目光滿是陰鷙，聲線很涼，語調中帶著不容置喙的壓迫，「我發問，你答題，懂？」

「唔……唔……」黃昇掙扎著，五官在謝綽的鞋底下，被踩得話不成句。

謝綽笑了一聲，聲音在轉瞬間柔軟起來：「羨羨，他碰了妳哪裡？」

徐羨在見到小刀時也愣住了，這會兒才被那聲「羨羨」喚回了思緒。

謝綽從來沒有這樣叫過她，冷冷的嗓音以及柔和的語氣，很是矛盾，帶了一種別樣的妖異感。

「他回答不了，妳幫他回答。」

徐羨還沒從這詭怪的狀況中緩過來，下意識地答：「腰……」

下一秒，她就看到謝綽毫不猶豫踹上黃昇的腰，惹得對方乾嘔一聲。

「還有呢？」

「肩膀……」

徐羨就這麼看著謝綽往她報的每一個部位踩上去，不多時，先前那個還在跟她對峙的男人已經被踹得鼻青臉腫、渾身是傷。

謝綽蹲下身，伸手掐上他的脖頸。男人臉色頓時變得鐵青，像隻缺氧的魚在謝綽的手裡翻騰。

「難受嗎？」謝綽問，上揚的語尾都是愉悅的韻律。

黃昇嗚嗚咽咽，努力想扒下謝綽的手，卻怎麼樣也扒不開。

謝綽瞇了瞇眼，想到方才女人在這人身下的模樣，手上力氣本能地加大，儼然有把人往死裡送的架勢。

徐羨見黃昇的面色逐漸蒼白，眼球有上翻的趨勢，連忙從沙發上起來，喊道：「謝綽、謝綽！」

這一聲終於把謝綽的理智給拉了回來，他鬆開手，任由男人大口大口地喘息，以狼狽的姿態慶祝自己的劫後餘生。

謝綽拿著小刀，平滑的刀面貼上黃昇的臉頰，激得他一陣顫慄，驚恐地望向謝綽。謝綽的神情冷靜，猶如一位八風吹不動的得道者，狹長的眼眸中沒有半分笑意，只有陰沉沉的晦暗，以及幽深的瘋狂。

刀尖最終停留在頸間動脈的地方，只消輕輕一動，刀子便會破開薄薄的一層皮膚，邀來一場盛大的血液狂歡。

「別抖啊，再抖一不小心就劃破了。」謝綽聲嗓極盡溫柔，溫柔得令人感到毛骨悚然，接著他轉向徐羨，「羨羨，他是用哪隻手摸妳的？」

「什麼？」徐羨不解。

「左手還是右手？」

徐羨茫然地看著謝綽。她怎麼會知道，誰在那種情況下還會注意侵犯自己的是哪隻手，反抗都來不及了。

「不記得了嗎？」謝綽笑，轉而面向黃昇，語氣忽而放輕了些，「沒關係，您的慣用手是右手對吧？」

情緒瞬間收斂，連詞彙的選擇上都尊敬了些，可黃昇心底的恐懼卻越發滋長，噤若寒蟬。

這個男人太深不可測了。明明看著斯文，可一被他用那雙銳利的眼睛淺淺一瞟，體內原始的敬畏感便會迸發而出，總感覺自己死在哪裡都不知道。

「我就當是了。」謝綽舉起他的右手，小刀終於離開脖頸，可黃昇還沒鬆口氣，下一句話便讓他產生更巨大的恐慌，「知道被挑斷手筋會怎麼樣嗎？」

小刀抵在男人的右手上，邊緣泛著冷森森的光，如同謝綽眼底呼之欲出的暴戾。

他薄唇輕勾，「可就廢了呢。」

黃昇眞的怕了，他看著謝綽嘴邊那抹笑，語無倫次地開口：「你、你……我勸你別亂來……你……我……會有報應的！」

徐羨想，挑斷手筋似乎有些超過了，黃總已傷痕累累，方才的教訓大概夠了，況且她的身體也沒有具體的損傷，最多就是性侵未遂。

徐羨有股預感，她覺得要是不阻止謝綽的話，他似乎眞的會做出挑手筋這檔事。

她還沒出聲，門口便突然傳來一道女聲：「什麼報應？」

沈醉推開包廂門，拿著手機施施然地走了進來，把鏡頭對著黃昇，眨著那雙狐狸眼，笑咪咪地說：「對啊，做壞事都會有報應，您看您這報應來得還挺快。」

黃昇見那鏡頭鎖定了自己落魄的樣子，慌張道：「妳幹什麼！放下妳的手機！」

「欸，我是記者啊，但凡我有點職業使命在身上，就不能錯過這種天大的新聞。」沈醉吹了聲口哨，唯恐天下不亂似的，「近期勢頭正猛的XX公司高層，在光天化日之下騷擾女性……或者說性侵未遂？多勁爆的素材啊。你說，我要把你放在明天的晨間頭條，還是今晚就找個媒體在社群平臺上曝光呢？」

「妳！妳以爲妳想報就能報嗎？也不看看我是誰！就一個小小記者還……」

「爲什麼不能報？」沈醉歪了歪頭，看起來十分疑惑，「S視是我們家的，我爲什麼不能報？」

聞言，黃昇大驚。

他今天來這家日料店，就是聽說了沈家千金要在這裡慶祝生日，本想說來碰碰運氣，看能不能攀上關係，誰知道關係沒攀上，反倒是先得罪了。

這下什麼酒意都被沖沒了，他清醒得害怕，開始後悔自己藉著醉意去搭訕徐羨，甚至因爲被拒絕而惱羞想性侵她。

他原以爲徐羨只是行銷公司的一個小小職員，誰知道她背後還有這層關係……

「你、你們……你們不能這麼做。這是犯罪，這是傷害罪！我跟她是你情我願……對，對，是你情我願，你們……」

徐羨因自家閨密猛地出現而愣了一會兒，這時才稍微冷靜了下來。她走到謝綽身邊，一齊望著黃昇。

「犯罪？黃總，您看看是性侵未遂比較嚴重，還是正當防衛比較嚴重？」徐羨理了理自己散亂的衣襟，冷眼以待，「黃總，一次就算了，這還來第二次，就別怪我不顧合作情面了。」

「而且誰跟您你情我願。」徐羨從裙子的暗袋裡抽出手機，露出錄音中的畫面，與方才勾引人時一樣，笑得風情萬種，嘴角彎著的弧線卻沒有半分溫度，「全程我都錄下來了，再加上沈醉的影片，您逃不掉的。」

「妳、妳！什麼時候錄音的……妳！」黃昇震驚無比，沒想到在方才那樣混亂的情況下，這女人還能留有一手。

原來她當時所謂的「想開了」和主動撩撥，全都是障眼法，就等著他色慾薰心，栽進她一手布好的陷阱裡。

「羨羨，妳想怎麼做？」見徐羨走了過來，謝綽的理智回歸了一些，收起小刀，深怕不小心傷到她。

「已經夠了，謝謝你。」看著縮在角落，身上沒有半分完好的男人，徐羨縱然心下有千百種陰狠的想法，最終也只是冷靜地提出最適宜的解決方式，「不過在這之前……」

徐羨再次舉起手機，對著他拍了幾張照，「黃總，您不希望您的夫人和孩子知道您是這種不入流的垃圾吧？」

媒體界的霸主沈家勢力擺在那裡，男人自知敵不過，心灰意冷地癱在地上，點了點頭。

「那您應該知道接下來要怎麼做了。」徐羨拿著手機，在他面前晃了晃，「我們隨時都能曝光您，希望您識時務點，不要傷了兩家公司的和氣。」

徐羨不想把事情鬧大，加上她覺得自己沒有受到實質的傷害，所以沒報警。走法律程序太麻煩了，浪費時間還浪費心力，反正黃昇也得到教訓了，他們手裡也握有他的把柄。

見黃昇跌跌撞撞地離開，徐羨心想，至少有達到警告效果了。

「抱歉啊，把這裡弄成這樣……」徐羨見眼前一片狼藉，對著來收拾殘局的服務生道。

「沒事沒事，道什麼歉，要道歉也是剛剛那個垃圾東西道歉。」沈醉把徐羨推出包廂，「這間店我們家有投資，不擔心啊，盡量搞。」

徐羨無語。今天也是被資本家照顧得妥妥當當的一天。

「你們兩個就先回去吧，再待下去也不合適。」沈醉一邊說一邊檢查徐羨的狀況，將她仔仔細細地打理了一番，恨不得把自己身上的衣服脫下來給她穿，「可憐我家寶貝要遭受這種對待，這種人眞是不要臉，竟然想在公共場所直接幹點什麼，只會用下半身思考的死猴子。」

「沒事了，我這不好好的嗎？」徐羨反過來安慰沈醉，抱了抱她，「那我就先走了，生日快樂，妳好好跟他們玩，改天再請妳一頓好的。」

待徐羨話說完，沈醉便見站在一旁的謝綽朝自己頷首，將徐羨給拉出了店門。

徐羨跟謝綽上了車。

夜景斑斕，繁華市街喧囂，車內的氣氛卻沉悶，一股濃厚的晦澀被壓抑著。霓虹光影掠過眼底，兩人全程未置一詞。

車子駛向地下停車場，謝綽解開門鎖，冷淡地道：「下車。」

徐羨發覺這人好像不太對勁。

他整個人好似被一層混濁的霧氣籠罩，眸裡是無盡的黑，平時的從容不迫被蒸發掉了，隱隱的焦躁埋藏在他的體內，想要釋放，卻又礙於某種原因，而不能徹底宣洩。

他此刻的神情與方才對付黃昇時如出一轍，只差手中的一把小刀。

徐羨不想探究爲什麼他會隨身攜帶刀子這種危險物品，每個人都有自己的習慣跟癖好，只要不影響到其他人就好。

她剛剛確實有些害怕，她從未見過那樣的謝綽。男人始終冷淡且帶有疏離感，對於任何事都沒有太大的情緒波動，好像人世間沒什麼事能入得了他的眼。

可剛剛的謝綽就像一名冷酷的暴君，他擺出高高在上的姿態，毫不留情地對黃昇施暴，甚至連掐他脖子時，似乎都是奔著索命去的。

但最可怕的是什麼？

最可怕的是他從頭到尾沒有露出半分猙獰，甚至可以說是溫文的。

那種看不清底牌的神祕感，讓人心生畏懼。

人類總是對未知感到恐懼，而謝綽就像深不見底的海，你永遠不知道他在想什麼。

徐羨跟著他進到室內，在昏暗的客廳於一瞬間大亮之後，她才恍然回神，意識到自己走進謝綽家了。

她站在玄關，觀察了一會兒，發現家中的每一個擺設，都被陳列得整整齊齊，給人一種一旦稍微弄亂了某一角，便是犯罪的感覺。

她趁著謝綽去廚房的時候，又看了看這裡的裝潢和布置。

簡約的裝潢設計，一絲不苟的家具置放，連書櫃上的書都是按照顏色和作者一本一本排好的，一切井然有序，工整得宛如精密計算好的世界，每一個細節都展現出主人高度控制的傾向。

徐羨這才想起，強迫症患者對於物品的擺放，有一套不能撼動的規則。

她忽然間就變得小心翼翼了起來，怕會不小心破壞他整齊劃一的私人空間。

謝綽端了杯水出來，似是感受到了她的緊繃，淡聲道：「妳不用緊張，擺設只是習慣而已，既然我放妳進來了，就不怕會被弄亂。」

「我……不會破壞的。」徐羨接過他遞來的水杯，抿了一口，「我就安分地坐在這裡。」

徐羨正要坐下來時，謝綽卻忽地在半空中攥住她的手臂，杯中的水險些躍出杯緣。

徐羨不解，「謝綽？」

謝綽一言不發地盯著徐羨，好半晌，他才撇開視線，手指嵌入髮縫，胡亂地抓了一把，有些挫敗地說：「我能抱妳一下嗎？」

「……什麼？」

徐羨還未反應過來，就猛地被拉向前，撞入一個溫熱的懷抱。

她的臉貼在謝綽的胸膛上，感受男人清晰的心跳，一下又一下，透過肌膚的傳導渡到自己身上。她好像受到了影響，兩顆心臟被一根隱形的絲線繫著，頻率漸趨於一致，最終相疊，合而為一。

此刻，她聽不到外頭的車水馬龍，聽不到夜晚的風聲掠過枝頭，更聽不到社區中那隻夜鶯的吟唱。

唯一能打入耳膜的，只有彼此相擊的心跳，還有那近在咫尺的呼吸聲。

她被謝綽緊緊地抱在懷中，以一種禁錮的姿勢。

她忽地感受到了他的顫抖。

「謝綽……」徐羨試探性地出聲。

「我怕了。」謝綽的下頜抵著她的頭頂，「我剛剛是真的怕了，徐羨。」

徐羨在謝綽看不見的地方瞪大了雙眼，感覺有什麼擊中了靈魂。

「看到妳被他壓在身下的時候，看到妳衣衫不整的時候，還有看到妳臉上帶著恐慌卻仍是努力維持鎮定的時候。」他的嗓音很沉，帶著一股說不上來的溫度，像是終於入世一樣，多了幾分人氣，「我後來一直在想，如果我再遲了一點呢？如果我沒有離開包廂去找妳呢？如果我……妳會不會就這樣被他傷害，就這樣被他玷汙了。」

徐羨第一次聽到謝綽一口氣講這麼多話，她被他的坦率嚇著了，以致於忽略了他那些微妙的舉動，怔怔地舉起手輕拍他的背，「沒事，我不是會坐以待斃的人，而且你看我這不是……挺好的嗎？」

「妳不會明白的，妳不會明白妳對我……」謝綽搖頭，頓了頓，呼之欲出的情緒再次被硬生生地吞了回去，環著她的手卻收得更緊了，「如果妳沒阻止我的話，我真的有可能會把他掐死。」

徐羨心一驚，安撫的動作緩了下來，「謝綽，你……」

「別說話，妳讓我抱抱就好。」

現在的謝綽在失控邊緣，靠僅存的一絲理智死命地壓制蠢蠢欲動的本能，深怕自己會做出什麼不理性的事，再嚇到她。

在看到自己心愛的女人暴露在危險之下後，他只想緊緊抓住她，確定她就在他的身旁。他渴望她的溫度，他想擁抱她，去汲取那足以支撐他度過寒冬的暖意，確認她完好無損地站在自己面前。

他一直都知道自己的心底究竟有多少邪念，也知道病態的占有慾見不得人，因此平常都很冷靜地克制住了。可方才沒辦法，一想到徐羨被那種禽獸困在身下侵犯，他所有的理性便灰飛湮滅。

他當下只有一個念頭——想讓他死，他只想讓他死。

越想，他就越無法控制自己。

剛才那凌亂的畫面在腦中重複播放，他不可控地去想像更多，想像更多她有可能被傷害的模樣，怒氣和暴戾再次翻騰而上，叫囂著想要出逃。

一幀又一幀，截斷了腦中那根弦，恐懼化爲偏執的行爲，他朝她伸出了手。

「哪裡被碰了？」

「什麼？」

謝綽把腦袋埋進她的頸間，嘴唇輕觸那塊薄薄的皮膚，熱氣噴灑在她耳畔，「這裡嗎？」

過於親密的接觸讓徐羨一個激靈，潮水般的顫慄感從尾椎一路蜿蜒而上，穿過心臟，在大腦皮層炸開來。

她驚訝地發現自己不排斥，可同時又有一股怪異感不斷湧現。

她不明白。

她不否認自己對謝綽有著出乎尋常的關注，甚至有著探索慾和征服慾，但她一直都摸不清他的想法。

兩人現在分明什麼關係也不是，上回在泳池旁的吻只是衝動作祟，而在那件事之前，他的態度始終平淡如水，保持著一個恰到好處的距離感。

然而，在看到她被騷擾後，一般朋友最多就是擔心，沒道理會像他反應這麼大。

他到底……是怎麼看待她的？

「謝綽……」她下意識地去推他。

謝綽抓住了她的手，薄唇更用力地吻上她頸間的肌膚，溼熱吐息柔軟似春日草莖，他緩慢地在她側頸落下一個又一個的吻，如同在春泥裡種下溫柔的雨。

徐羨心下發麻。

她的手從想要推開他，變成了攥緊他的手，像是本能地尋求一個依靠。

在無數個吻之後，她看見他抬起頭，纖長睫毛終於不再遮擋他的目光，而她一不小心便掉進那雙深沉邃黑的眸子裡。

「羨羨。」她聽見他說，「這是在消毒。」

他的眼神近乎偏執，卻又虔誠得讓人不禁嘆息。

徐羨說不出話，內心充斥著混亂與掙扎，在沒有人看見的地方獨自拉扯。

謝綽在她的眼底看見困惑、驚訝，卻沒有在複雜的情緒洪流中找到半分畏懼。

「羨羨。」他雙手捧著她的臉，喚她小名的聲音很柔和，卻又帶著隱隱的詫異，「妳不怕嗎？」

被那雙深邃的瞳孔凝視著，徐羡莫名感到一絲緊張，「怕什麼？」

謝綽低頭吻了她的唇角，那裡有殷紅的凹陷，總像在勾人一般，勾得他心癢。

「怕我。」

徐羡心下一顫，「……爲什麼要怕你？」

謝綽沒有回答，他帶著她往沙發的方向走，讓女人半靠在沙發上，黑灰色的沙發皮襯得她膚白勝雪。謝綽眸色深沉，高大的身軀在她身上落下一片影。

「他還碰了妳哪裡？」他傾身，卻沒再吻她的脖頸，轉而向下，掌心貼上那曲線優美的腰肢，他曾經見過布料底下的雪白，「這裡對吧？」

徐羡懵了一瞬，在意識到他要做什麼時，謝綽已經將她的衣服下襬掀了起來，小幅度的，剛好夠一隻手探進。

肌膚相貼，男人的手很是冰涼，一股寒意渡過來，一併被送來的還有層層顫慄。

徐羡抖著手想要制止，「謝綽，你……」

「繼續消毒。」

他抬首，明明是強勢的舉動，聲音也帶著不容拒絕的冷硬，仰望的姿態卻又讓他顯得卑微，徐羡忽然間不想推拒了，被誘惑似的。

於是她就這麼看著他跪在面前，低首吻上自己的腰間，極細膩的，柔軟又綿長。她不知道原來那樣清冷的人，雙唇還可以這麼熾熱，途經之處好似種下了連綿的火苗，燃燒著神經末梢。

她覺得荒唐，卻又忍不住沉溺。

夜還很長，而她終究還是屈服於本能之下。

「謝綽。」徐羡五指沒入他的髮間，稍稍施力，強迫他看向自己。這種角度和姿勢，讓她萌生出一種可以掌握的感覺，無論是男人，還是此刻的節奏，「這裡，夠了吧。」

謝綽正舔著她的腰線，抬眼時舌尖尚未完全收回，就這麼仰頭看向她，那張禁慾的臉被空氣中的溼熱烘托，平添幾分色氣。

徐羡感覺被什麼擊中了，在心裡忍不住唾棄自己的定力。

謝綽在聽到她話的瞬間，有幾分脆弱從眼底閃過，像是示好被拒絕的可憐小狗，但緊接著，隨之而來的是濃厚的陰霾，他聲音驟然低沉：「夠了嗎？」

他仰視著她，眸光在她眉目間逡巡，深刻而銳利，「那個垃圾摸了妳多久，這樣就夠了嗎？」

僞裝在頃刻之間破碎，謝綽突然變得很急躁。

「這怎麼夠？這樣就能蓋掉他的氣息了嗎？還有多少地方是被他汙染的？妳不需要我了嗎？」

徐羡不知道他爲什麼忽然失態，就像她不知道他爲什麼開始越過界線叫她「羡羡」一樣。

儘管疑惑如同厚重的迷霧漫在兩人之間，徐羡也能明顯感受到他的不安。她擱在他髮間的手緩緩下移，指尖沿著臉龐的輪廓線，抵達他的唇，拇指腹在嘴角摩娑，透出了幾分繾綣，她說：「嘴唇呢？」

謝綽愣了一下。

「嘴唇不消毒嗎？」徐羡彎身，鼻尖抵著他的，所有距離都被壓得粉碎。她的聲音很輕，「謝綽，你也幫我消毒一下嘴唇吧。」

謝綽心想，明明是那樣一張清純的臉，卻擁有著妖姬般致命的蠱惑力，一字一句都如海上塞蓮的歌聲，勾引著他，使他輕而易舉地隨之沉淪。

腦內的最後一根弦終究還是被浪濤捲進了大海，成爲理智的陪葬品。

謝綍扣住她的手腕，起身將人壓進沙發裡，在光影錯落之下，直接吻上了她。

唇瓣柔軟相貼，他的動作卻近乎粗暴。他肆意掠奪，帶著收不攏的野性，連咬字都是滾燙的。

謝綍掐著她的後頸，逼迫她更加貼近自己，「徐羡，這是妳自找的。」

「謝綍。」徐羡雙臂勾住他的脖頸，舔了一下他的下唇，接著稍稍拉開了距離，嬌媚一笑，「你很想吻我吧？別忍了。」

回應她的，是更重更深的親吻。她被禁錮在謝綍的臂膀之中，承受男人瘋狂的侵略。彼此的氣息相互繚繞，他們在對方的呼吸裡嘗到了酣暢淋漓的慾念。

謝綍咬著她，舌尖頂開齒關，去勾她的軟舌。

夜色很深，徐羡被拖著一同墜落，迎接她的不是華燈初上的斑斕，而是深不見底的渴求。

舌被吮得發麻，可眼前的男人顯然不想就這麼放過她，他在她口中攪弄掃蕩，舔過每一寸縫隙，彷彿眞的在貫徹「消毒」的初衷，不留餘地。

「唔……」氧氣在溼潤的糾纏中漸漸蒸發，徐羡大口大口地喘息，手上卻緊緊地擁住他，像個溺水的受難者，只能抱著那塊唯一的浮木，「謝綍……我會死的……」

謝綍撫上她的臉頰，她發燙的肌膚如同烙鐵，狠狠地銘刻在他的手心上，教他至死也記住這夢寐以求的溫度。

「妳不會死。」他把氧氣用唇舌渡給她，「徐羡，我會救妳。」

十六歲妳身陷困境的那次救不了，但之後的每次我都會救妳。

就像今天，還有之後的每一天。

誰敢碰妳，我就殺了他。

一想到那個人渣強吻她的模樣，謝綽又暴躁了起來，壓制不住體內的戾氣，憤怒、嫉妒、厭惡、心疼、占有慾……所有強烈的情感都在向外發散，又被鎖在胸腔裡交織成團，唯一的出口是那張嘴，那張可以吻她的嘴。

徐羨被吻得渾身發軟，意志全被他的氣息牽著走，總覺得體內有什麼被制約了，一邊被填滿的同時卻又一邊流失，空虛感與滿足感交錯著，與她矛盾的情感，以及日積月累卻沒察覺的渴望相同。

嘴角一痛，鐵鏽味於唇齒間漾開，徐羨被拖拽回現實，意識到自己的嘴巴又被他咬破了。

「謝綽，你是狗嗎？」徐羨吃痛道。

他沒回答，只是舔著她的唇瓣，舔去那豔紅的血珠。每一寸的舔拭緩慢而綿長，像在用心品嘗一份甘甜的點心那樣。

怎麼連血都是甜的，他想。

兩人不知交纏了多久，空氣中彌漫著淫靡又熾熱的痕跡，月亮掩在陰暗的雲層之後，羞於見證人間的痴狂。

徐羨胸前起伏，喘了兩口氣，把環繞在他頸上的手放下，卻在抽開的瞬間被謝綽抓住了。

他拽著徐羨的手，將她的掌心貼上自己的頰側，像一隻大型犬那樣蹭了蹭。

「羨羨。」他直勾勾地盯著她，語調溫柔，「我想了想，沒殺了他還是挺可惜的。」

徐羨當然知道「他」是誰，她望著那雙狹長的眼眸，在衝動和情慾逐漸消散後，後知後覺地感受到了恐懼。

殺人犯法，而謝綽的眼神不像是在開玩笑。

謝綽捕捉到她眼裡一閃即逝的異狀，有如當頭棒喝，所有理性盡數回歸。

終究還是怕的，怎麼可能不怕呢？

剛剛不怕只是因爲還沒完全看到他的本性，若是他那種病態的占有慾和沒有道德約束的偏激思想，全數顯露在她的面前，她不可能不怕。

謝綽在心底暗罵自己的失控，輕輕放下她的手，溫聲道：「妳嘴角破皮了，我去拿藥。」

目送男人前往臥房的背影，徐羨抬手碰了碰自己被咬到受傷的唇角。

徐羨想，謝綽對她這麼好，儘管言行舉止偏激了些，卻處處都在保護她，她沒理由要怕他。

那些偶爾冒出的詭譎和可怖，在他對她的溫柔面前，其實是可以忽略的。

啊，不想試探了。

徐羨看著他走回來，往棉棒上擠了點藥膏，再往她滲血的唇角抹上，神情冷淡，動作小心翼翼，全然沒有方才的躁狂。

空氣很靜，時間彷彿停止了流逝。

「騙你的。」她冷不防地開口，「黃總沒有親我的嘴。」

謝綽塗藥的手猛然一頓。

「他想親，但我避開了。」

謝綽怔怔地看向她，眸底盛滿驚愕。

「謝綽。」這回換她直接了當地攫取他目光，「你是不是對我有什麼不可言說的想法？」

話音一落，謝綽徹底僵在原地，拿著棉棒的手停滯在空中。

他像一隻被抓到尾巴的貓，軟肋被拿捏，瞳孔劇烈收縮，有些不可置信地看著她。

空氣中猶有未散的繾綣，黏膩的曖昧還殘留在他們之間，牽絲似的。

謝綽小心翼翼地收藏這難得的氛圍，深怕一不小心就碎了，畢竟以後可能就沒這種好事了……他其實再清楚不過，徐羨願意親近他，全是因為荷爾蒙作祟。

若非他就著她脆弱的時刻趁虛而入，她也不會這麼輕易向他妥協。

他想要珍藏這份得來不易的、綺麗的氛圍，用以延續往後孤獨的癮，在夜深人靜時分以此安慰，咀嚼曾經短暫實現過的美夢。

可他沒想到，徐羨會直接捅破這層窗紙。

徐羨很快地捕捉到謝綽眼裡的慌張，心想，穩了。

隨之而來的便是他低低的一聲「嗯」。

徐羨彎了彎唇，男人平日過於安靜，疏離感太重，從不輕易表露情感，她總摸不清他在想什麼，也曾因為他對自己的試探無動於衷感到氣餒。而今天他的舉動實在反常，情緒起伏也很大，像是被壓抑了很久之後，終於捂不住的爆發，她潛意識裡覺得不能放過這次機會，於是她直接了當，也如願以償。

這會兒他承認了，徐羨便期待聽見更多轟轟烈烈的回答。

謝綽卻沒說話，把沒塗完的藥重新沾上她的嘴角。

他將她的反應盡收眼底，包含眸中那簇自以為隱藏得很好的碎光。

那是期待。

謝綽看出來了，但他不確定她眼裡的期待意味著什麼。透過重逢之後的相處，他隱約知道她喜歡掌控一切的感覺。

他想，她那麼優秀，合該凌駕於他人之上。這並不妨礙他心底的歡喜悄悄滋生，縱然是高高在上的支配慾也好，他依舊有種得償所願的感覺，這代表她在乎他。

既然如此，那他願意當她的狗。

想得太深入，謝綽稍稍分了神，手上的力道不小心大了，棉棒戳到傷口的中心，女人吃痛地「嘶」了一聲。

用力過猛了，他想。

如果這麼快就坦白，會不會哪一天他也會因爲得意忘形而用力過猛？他的醜態，他病態的占有慾，他對她那些不可言說的邪念和妄想……若是這些都因爲沉浸在幸福中而一點一點暴露在她面前，她會不會覺得他可怕？會不會想要擺脫他？

他沒有自信能永遠隱藏好，畢竟她總是會讓他失控。

謝綽單手捧著她的臉輕聲道歉，指腹緩慢摩娑，透著愧疚和安撫。他把棉棒丟到垃圾桶，將醫藥箱收好。

不行，果然不能這麼快坦承。

他得讓徐羨心甘情願地愛他，不只是源於單純的征服慾。

他可以爲她臣服，可前提是她得愛他。她得愛他愛到不能失去他。

必須在目睹他的陰暗面和病態心理後，依然不會拋下他離去。

他沒辦法接受得到她後又失去她，太痛苦了。如果要放她走，還不如從未擁有過。

當謝綽對上她的目光時，她沒有看到期望的欲言又止，只見他面色寧靜如月光下止息的海平面，毫無一絲浪紋掀起。

不知道過了多久，久到徐羨都想再做些什麼刺激他時，他才緩緩開口：「我想跟妳一起喝紅酒。」

徐羨放在腿邊微微抬起的手驟然停止動作，她沒料到會聽到這種答案，整個人都懵了。

好半晌，她才憋出三個字：「……就這樣？」

謝綍彎唇，笑得意味不明，重複一遍：「對，我想跟妳一起喝紅酒。」

他牽起她的手，將掌心貼上自己的唇，印下一個不深不淺的吻。

「我有一支勃根地夜丘的黑皮諾，不過今天不太適合，下次再來我家喝？」

手心的觸感柔軟溫和，混著那低緩的邀請，徐羨還沒從意外中回過神，迷迷糊糊地應了一聲。

直到被謝綍送回自家社區樓下，她看著揚長而去的車影，才想起來剛剛忘了問他，爲什麼是紅酒。

回到家後，謝綍從酒櫃中拿出那支來自夜丘的紅酒，往玻璃高腳杯裡倒了一點。

他望向窗外滿城夜色，搖晃著杯中酒，光線折射其上，酒紅色的液體盛在透明的玻璃中，凝出混濁又清澈的光點。

他沒騙她，他的確想跟她喝紅酒。

從十六歲那年想到現在，快十年了，那股渴望非但沒有隨時間消磨，反而在再次見到她後越發熱烈，如同越陳越醇的佳釀。

他果然還是很想跟她一起品嘗紅酒。

謝綍想到方才女人錯愕的模樣，淺淺抿了一口，黑皮諾的酸甜在口中漾開，漫出清新的香醇。

然而也只有他知道，後面沒有說出口的那句話——他還想將紅酒淋在她身上，用吻一寸一寸地，飲下那池曼妙的甘甜。

因爲喝了紅酒，謝綽這晚又夢到徐羨了。

好像每次只要喝了酒，他就會夢到十六歲的那個晚上。

那個黯淡無一絲星光的晚上。

那時剛過午夜，謝綽被噪音從夢中拉扯出來。房門外傳出凌亂的腳步聲，伴隨時不時的碰撞聲，光是聽聲音便能想像外面那人走路該有多不穩，才會走沒幾步就撞到一次東西。

腳步聲持續了一會兒，便隨著巨大的關門聲消失。

大概是那女人回來了。

謝綽本就淺眠，被吵醒後很難再入睡。他走出房間，在進入那已經看膩的斑駁壁癌和堆滿雜物的客廳前，劇烈的酒味就先撲面而來，全是那女人經過時留下的痕跡。

他忽然深感煩躁。

望向那扇緊閉的房門，眸光向下，門前的地板上躺著一隻紅色高跟鞋，他好看的眉宇瞬間蹙起。

她竟醉到連要在玄關脫鞋都忘了。

那女人是有婦之夫的情婦，也是大家口中的婊子，被他所謂的「父親」踹了之後，帶著年幼的他來到這幢破爛的小公寓。她每天都在外鬼混，縱情聲色或是接客，隨便，反正就是靠賣淫維生。

她平時很少回家，回家了也總是帶著一身酒氣，倒頭就睡。若謝綍不幸地遇上她，輕則被她冷嘲熱諷，重則被她拿東西砸。小時候的他被打了不少次，長大之後便懂得避開「母親」了。

唯一能證明那女人的良心還沒全然被狗啃的，是她偶爾會在出門前，往那雜亂的茶几上丟下幾張皺爛不堪的鈔票，當作給他的生活費。

她家境不好，長大後又只爲男人而活，什麼都不會，被拋棄了之後，便出賣身體以生存下去。謝綍看著這樣的她，沒有感到絲毫同情，只覺得她又蠢又瘋。

被擾亂睡眠並不好受，加上滿屋子的酒臭，謝綍眉間的摺痕更深了。他不想與她待在同一個空間，撈起鑰匙直接出了門。

外頭夜色傾倒，月亮隱在厚重的雲層後，沒有半點星子。滿城寂靜，所有的白日喧囂全都消失得不見蹤影。

謝綍拖著步伐穿過無人的窄巷，走出這片破舊的住宅區後，開始漫無目的地在街上亂逛。

這樣很好，沒有人的街道，清靜、安寧，無人打攪，好像整座城市都是他的所有物。

他的陰沉，他的厭煩，他泥濘不堪、遭人唾棄的靈魂，至少在此時此刻，得以自由地釋放。

他就這樣走著，不知不覺便走到了學校附近，在轉過一個街口時，看到一抹坐在路邊花臺上的身影。

她的身上暈著街燈模糊的光影，背後是滿叢不知名的白色小花。即便是隨意地坐在路邊，她身上也有著一股尋常人難以企及的優雅。

就連抬手拎起酒瓶往嘴裡灌酒的姿勢，都是極清麗的。

是徐羨。

謝綽腳步一頓，而對方望了過來。

少女頭一歪，把手中的紅酒瓶朝他的方向遞了遞，「要喝嗎？」

謝綽沒有想過會遇到徐羨，市長家的千金家教優良，不該在這種時刻出現在這裡，也不該未成年飲酒。

下一秒，他想，不對，她已經不是市長家的千金了。形象親民良好的K市市長徐列，不久前被爆出貪汙的負面消息，經過調查後罪證確鑿，一條條罪名板上釘釘，百口莫辯。風光無限的徐家在一夕之間家道中落，鬧得滿城風雨。

身爲市長的女兒，徐羨在學校自然也是受盡了側目與議論。

那些平時跟她要好的，爭著想要與她沾上關係的，也在頃刻間同她保持距離，深怕被牽連。

好一點的緘默不言，賤一點的反踩、造謠。人性如此，從神壇上掉下來，活該被唾棄。

各種陰謀論和謠言甚囂塵上，甚至連人身攻擊都出來了，大家已經忘了先前是如何讚美徐羨有多優秀、多善良、多友好，也忘了自己是如何仰慕她的。

如今，他們一個個擺出高風亮節的姿態，指著她的鼻子大聲批評、譏諷，只因她爸爸貪汙入獄。

他們認爲她是罪犯的女兒，她應當被貼上標籤，被眾人當成射擊的靶子。

謝綽在學校聽了好幾天的流言，卻沒有能力能夠爲她做些什麼，甚至連爲她說一句話都做不到，因爲逆風的觀點只消一探出頭，便會瞬間被更多的主流言論扼殺在風口。

他看著那如白月光般皎潔的少女，在短時間內惹上了無數塵埃，形容憔悴，眼裡再也沒有光。

他痛恨自己的無能爲力。

國中被霸凌時，是她像救世主般拯救了滿身爛泥的他，可現在換她墜落了，他卻沒有辦法接住她。

別說幫助她了，他那破敗不堪的家庭狀況，使他連自己都顧不好，又何嘗能拯救他人？

一直以來他都只能躲在暗處窺視她、仰望她，他沒有想到今天會在深夜的大街上遇到她。

尤其上了高中之後兩人就再無交集，他沒有再被不良少年找碴，她依然是萬眾之花。他知道自己不配，於是只能悄無聲息地關注著，這回還是第一次正面相遇。

謝綽看著眼前的少女，抿了抿唇，低聲開口：「妳認識我嗎？」

徐羨瞇起眼，腦袋一晃，如瀑布般的長髮順著風聲劃出流暢的弧，她的聲音也被吹進夜闌之處，透著淺淡的酒意。

「我應該認識嗎？」

聞言，謝綽無聲地笑了一下。

她無非就是幫了他幾次，而她身邊總是圍繞著很多人，不記得也正常。

「不認識也沒關係，要不要一起喝酒？我從家裡偷來的，我爸的收藏品。」說罷，她忽然扯了扯唇，語帶嘲諷，「大概是用人民的納稅錢搞來的吧。」

徐羨再次舉起酒瓶。在昏暗的光線下，謝綽看到瓶身的酒標。他看不懂，可一看就知價值不菲。

「徐羨，一個人在外面挺危險的。」他放軟了語氣。

「啊，原來你認識我。」她又灌了一口，許是有點醉了，這會兒沒對準，酒紅色的液體順著她的嘴角滑下來，襯著那白皙的膚色，格外勾人。

謝綽下意識地嚥了嚥口水。

徐羨不以爲意，舌尖輕輕舔掉酒液，眼神半是清醒半是迷離，「你也是來看我笑話的嗎？或者羞辱我？」

徐羨一向端莊得體，從不做出格的事，與眼前大半夜在路邊豪飲高級紅酒的少女，似乎是截然不同的兩人。

她背著那良好的家世，在外時刻謹記不要讓徐家丟臉，不要讓身爲市長的父親丟臉，可誰會知道，最後是她那高高在上的市長父親，讓她丟臉。

這是謝綽第一次看見徐羨失態，他的心裡有些難受。

「不是，我路過而已。」他實話實說。

夜越來越深，淹沒了不期而遇的少年少女，吞噬了在深夜中不能自癒的兩個靈魂。

那天謝綽拒絕了她的紅酒邀請，以討厭酒的名義。

他討厭酒，討厭總是盈滿混濁酒臭的母親與小公寓，也討厭那個害徐羨只能借酒澆愁、失去自我的世界，更討厭沾染了一身酒氣，什麼都不能做的自己。

可要是他知道那是他學生時期裡，與徐羨的最後一次相見，他就不會拒絕她的邀約。

那天之後，徐羨再也沒有去過學校，同時徹底地從他的世界中消失。

第四章　共鳴

那天沒有問出想要的答案，徐羨有點失落。

她不是第一次在謝綽身上碰壁了，可這回的挫折感不知為何特別大，以往頂多就是氣餒，這回除了空虛，還覺得心口有些悶。

他明明看起來就對她有意思，為什麼又四兩撥千斤地帶過呢？

喝紅酒又是什麼意思？為什麼偏偏是紅酒？

徐羨心緒煩亂，卻又無法可解，唯一能解的那個人，自從那天之後就沒有聯繫她了。

說好的下次邀她去他家喝紅酒呢？

她都記著呢，上好的夜丘黑皮諾，不准信口開河啊。

徐羨躺在沙發上看著那毫無動靜的對話框，瞅了半天還是沒等來任何消息，她嘆了口氣，覺得自己這副眼巴巴等別人訊息的模樣很蠢，活像是獨守空閨的寂寞嬪妃。

手機在這時響起，徐羨被嚇了一跳，眸裡的期待倏忽而過，連忙接起通話，卻在聽到對面傳來的聲音時沉默了。

「親愛的，要不要一起吃晚餐？有家新開的韓式感覺超好吃。」

「噢……嗯。」

「我怎麼感覺妳好像挺失望的啊？」

「沒，跟妳吃飯怎麼可能會失望。」徐羨敷衍地回道。和沈醉約好時間與地點後，她掛掉通話，咀嚼了一下方才聽到沈醉嗓音時一瞬間的遺憾，才意識到原來自己眞的很希望那通電話是謝綽打的。

她甩開滿腦子的紛亂，感覺自己都不像自己了。

到了韓式料理店後，早已落坐的沈醉朝徐羨招手，徐羨面上沒了先前的失落，含笑走過去。

「My羨，想吃什麼？」沈醉翻著菜單，「聽說這裡的馬鈴薯辣牛腩湯很好吃。」

「好，點吧。」徐羨說，「還有泡菜煎餅。」

沈醉在這兩個品項後打了勾，又挑了一道辣炒年糕，「還有嗎？」

「叫幾瓶燒酒吧。」

沈醉以爲自己聽錯了，猛地抬頭，「燒酒？妳平常不是不愛喝？」

「就……突然想喝。」徐羨狀作無意地研究菜單，「而且韓國燒酒不是很有名嗎？我看韓劇他們吃這些都要配酒。」

沈醉瞇了瞇眼，起身去櫃檯點餐。

徐羨鬆了口氣。

沈醉點完餐，一轉身就看到自家閨密盯著手機螢幕看，沒兩秒又放了下來，眼簾微垂，頭頂上的燈光打下來，將她半面身子攏進白光中，另一半陷進陰影裡，看上去有幾分失意的模樣。

沈醉挑了挑眉，沒表示什麼，泰然自若地回到座位。

後來她發現，在吃飯的過程中，徐羨三不五時就會看看手機，她一度好奇地用餘光瞟了一眼，然而螢幕上什麼都沒有。接著她就會看到徐羨面無表情地關掉螢幕，假裝什麼事都沒發生，繼續跟她聊天，如此反覆。

在徐羨第八次點開螢幕時，沈醉忍不住了，她拿起自己的筷子，夾住徐羨正往嘴裡送的煎餅。

徐羨怔了怔，「怎麼了？」

「我說徐羨同學，跟我吃飯就這麼無聊嗎？」

「什麼？」

「不然妳一直看手機是在等誰的訊息呢？」

徐羨手一僵，煎餅硬生生地落到碗裡。

「我沒……」人在被抓包時總是會下意識地反駁。

「妳有。」沈醉毫不留情，「讓我猜猜，是哪位情郎？」

「什麼哪位，講得好像很多一樣，也只有一位——」話說到一半，徐羨驟然頓住，發現自己不小心落入了沈醉的圈套中。

沈醉彎著她的狐狸眼，笑得沒心沒肺，看著就像一隻狡猾的小狐狸，「一位，誰呢？」

見徐羨沒說話，沈醉嘴邊的弧度更大了，「讓我猜猜，不會是謝綍吧？」

徐羨無語了半晌，自知難敵記者的敏銳度和直覺，尤其這女人跟她好了這麼多年，對於彼此知根知底，即使現在蒙混過去，日後還是會被抓包，不如就實話實說：「……對。」

徐羨喝了一口冰水，想要掩飾那份尷尬。

承認自己在意一個人，對於她這種驕傲的性子來說，似乎真的有點艱難。

「親愛的，妳跟他在一起了？」

「沒。」

「那妳幹麼這麼迫切地想要收到他的訊息？」

「他說了要約我，但都沒有任何消息。」

「寶。」沈醉摸了摸徐羨的臉頰，深情款款，「妳知道妳現在看起來就像個得不到寵幸的深閨怨婦嗎？」

徐羨閉了閉眼，「……我不知道我像不像深閨怨婦，但妳看起來像討打的宦官。」

「哎！反正都沒帶把，勉強也是同類。」沈醉笑嘻嘻地收回手，雙手交疊擱在胸前，慈愛地感嘆，「白月光要下凡嘍，我們羨羨終於情竇初開了。」

「什麼情竇初開……」徐羨慌亂駁斥，四個字講出來後卻像是被什麼打中了，倏然停滯。

她眨了眨眼，不說話了。

沈醉見她這樣也懵了，跟著眨了眨眼，好一會兒才小心翼翼地開口：「我說……妳不會不知道自己喜歡他吧？」

一頓飯吃得稀里糊塗，徐羨回家後倒在沙發上，滿腦子都是自家閨密方才那句。

不是吧？

她喜歡他？

她喜歡謝綽？

徐羨拿起手機，鬼使神差地打開通訊軟體，點進那黑色頭像。

一個禮拜了，他們之間沒有任何交流。

那天在他家的失控如同一場夢境，兩人分開後便夢醒了，夢境的碎片也隨之湮滅，再也沒人提起。

徐羨看著那許久沒有動靜的對話紀錄，襯著夜色的寒涼，心下空虛越發茁壯，近乎要撐破她的臨界點。

她忽然有些難過。

會不會在她惦念著他，因爲他而糾結的時候，他卻根本沒把心思放在她身上？

曾幾何時自己也這麼卑微了，果然先在意的人就輸了吧。

在輸入欄裡打上幾個字，最終卻還是全刪了，半個字都沒有發出去。

被追求、搭訕慣了，再加上平時在交際場合都是不觸及眞心的虛與委蛇，她這才發現，自己竟然不知道該如何在私下跟一個格外在意的人主動搭話。

盯著那空蕩蕩的對話框，她任由神思發散，什麼亂七八糟的都有，沒有刻意，卻全是關於他。當她不由自主地想到謝綽以後還會去相親，或是與其他女人交好，而她未來或許會和謝綽漸行漸遠後，終於有些慌了。

從未有過的陌生情緒從心底深處蜿蜒而上，如爬藤植物般纏繞住她，漸漸地越收越緊，使她逐漸無法呼吸。

胸腔被鬱悶塞滿，而心下卻是那麼的荒蕪。

徐羨後知後覺意識到了什麼。

原來她早已在不知不覺間開了一扇門，放任謝綽踏進自己的領域，縱容他悄無聲息地占據她的生活，然後看著他在那片堡壘上插旗，宣告他的入侵成功。

而她這種領地意識過強的人，甚至沒有想要逼退他的意思。

徐羨想起他們之間經歷的種種，那些因爲試探無回音而萌生的失落、挫敗，以及因爲和他待在一起而產生的舒適與安心，還有偶爾罕見的心顫、緊張，甚至是那天在泳池畔難以言表的吻。

最後，她的思緒定格在不久前沈醉生日的那個晚上。男人失控的情緒和反常的行爲，以及她毫無底線的任由他觸碰、親吻，後來，她甚至還主動勾引了他。

之前都把那些異樣的情感歸咎於征服慾和衝動，以合理化她對他的過度關注，還有她那些非理性的舉止。可原來那股受挫感不是因爲好勝心，而是因爲她對他有著超乎友情的占有慾和在意。

其實她早就已經心動了，才會在一次又一次的欲擒故縱失敗後，感到巨大無比的空虛。

原來她……喜歡他啊。

在意識到這份情感後，第一個躍上心頭的不是謝綽沒聯絡她的苦惱，反而是平時互動間他進退有度的溫柔。

紳士的，細膩的，不著痕跡的溫柔。

徐羨茫然地盯著天花板，而後抬手用小臂遮住自己的眉眼，良久，忽地笑了聲。

她告訴自己——徐羨，妳完蛋了。

✦

徐羨揣著滿腹心事，又作了那個夢。

夢中的她依然被銬在椅子上，而謝綽也依然坐在對面冷冷地看著她。

眸色深沉，面如冠玉，他慵懶地翹著腿，雙手交疊，指尖有一下沒一下地敲著膝蓋，彷彿正在打量一件美好的藝術品。

最後他像是欣賞夠了，起身走到她面前，小幅度地彎了彎唇，抬手扣住她的下巴。低沉聲嗓如撒旦的低語，轟鳴在耳畔：「徐羨，妳永遠都別想逃離我身邊。」

下一秒，徐羨被嚇醒了。

她懵了半晌，然後眨了眨眼，心想不至於吧，這才剛認清自己的心意，立刻就來上演一齣強制愛？

她又不是抖M，太刺激了，暫時承受不起。

徐羨受到的衝擊不小，覺得自己瘋魔了，在床上發了好久的呆，直到鬧鐘響起，將她從獵奇的氛圍裡拽出來，提醒她該洗漱上班了。

因為沒睡好，徐羨在進公司前到樓下咖啡廳買了杯黑咖啡，進到辦公室時，感受到氣氛不太對。儘管大家依舊如往常般做著自己的事，可那種空氣間的凝滯和微妙騙不了人，有一股山雨欲來的窒息感。

她一向不是喜歡聊八卦的人，因此沒有向其他人打聽發生了什麼，只抿了口咖啡，坐下來抽出便條紙，把這週的工作事項都條列下來。

這時一組的Sally過來找她，是個剛入職不久的女孩子，她有些猶疑地問：「徐羨姐，那個……十分鐘後和二組的會議還要開嗎？」

徐羨打開電腦，問道：「不是上禮拜就安排好了嗎，怎麼了？二組有狀況？」

此話一出，Sally的面色浮現一絲古怪。

此時徐羨點開了工作信箱，打算檢查有沒有客戶的信件或合作邀約，在看到信件匣裡最上方的新郵件時，她挑了挑眉。

郵件標題是——主管婚內出軌員工，小心渣男賤女就在你身邊！

寄件者是匿名信箱。

這麼搏人眼球的標題，大多出現在垃圾郵件裡的廣告，而人類都是八卦的，總會有人閒著沒事點進去，接著一傳十、十傳百。

「可是二組組長……呃……珊姐她可能……來不了。」Sally怯弱的聲音響在徐羨耳邊。

徐羨點進郵件，裡頭沒有半點文字內容，倒是有一堆照片。

照片中的一男一女互動親暱，在車前接吻的，在地鐵站擁抱的，從旅館裡並肩出來的，一起牽手逛街的……儼然是一對感情深厚、和諧美滿的情侶。

照片上的男女主角，別人不一定認識，但他們部門的人絕對都認識，因爲照片上的，正是部門的主管張添和企劃二組組長王郁珊。

辦公室戀情沒什麼，可張添是眾所周知的好丈夫、好父親，他跟大學初戀的妻子結婚後，生下一男一女的雙胞胎，時不時便在社群平臺上分享家庭日常，整個辦公室都知道他們的美好愛情故事。

徐羨粗略地掃過每張照片，問Sally：「妳也收到了？」

Sally尷尬道：「整間公司都收到了。」

這時隔壁的同事聽到她們的對話，也湊進來，「不知道是得罪誰了，一早進公司就給我們這種驚嚇，沒睡醒的都被嚇醒了。」

確實驚嚇，而狠就狠在寄件者是群發，整間公司的人都會收到這封匿名信件。

不久後，有人開始公然討論起這件事，大家像是憋太久終於能解放似的，陸陸續續加入話題。

「不過我也是沒想到，郁珊她居然……」

「老大也挺噁心的，平時塑造那種愛妻的模樣，鬼知道還搞外遇啊。」

「都不是什麼好人，一個婚內出軌，一個明知對方有家室還這麼做，破鍋配爛蓋。」

「靠，這麼一想其實有跡可循啊，我就說王郁珊爲什麼開始頻繁進出老大的辦公室，原本還以爲是要討論公事，現在看來是去談情說愛的吧。」

「不是，這就挺搞笑的，王郁珊之前還諷刺徐羨跟黃總有一腿，結果現在自己出事……欸那個，徐羨我不是針對妳啊，我知道妳不會做出這種事。」

「這照片簡直是罪證確鑿，連想要辯駁的餘地都沒有。」

「老大他老婆跟孩子知道這件事後，心理陰影會有多大……唉，太可憐了。」

「我之前居然還覺得老大是好男人……嘔。」

「別說了，我剛進來那陣子還想過要追王郁珊……」

「我操，是你瘋了還是你瘋了？」

「所以王郁珊去哪了？」

「老大也不見了。」

「聽說一大早兩人就被叫去Boss那裡了，刺激。」

整間辦公室嘈雜不斷，全都在討論這個熱騰騰的八卦。徐羨同他們閒聊幾句後，把電子信箱關掉，跟Sally說：「會議照常進行，二組組長不在，正事還是要繼續。」

Sally看著收拾資料往小會議室走去的徐羨，心想仙女不愧是仙女，遇到這種事還能這麼冷靜，連半點驚訝都沒有流露，依然端莊、大氣。

開完會後，徐羨一出小會議室就見到剛回來的王郁珊。她形容憔悴，一臉鐵青。在最落魄難堪的時候與徐羨正面相迎，她用那陰鷙的眼神狠狠剜了徐羨一眼，頂著眾人好奇、鄙視的視線回到座位。

徐羨無辜地眨了眨眼，她站在小會議室門前，望著同事們對王郁珊的探詢目光，心想，當初她被王郁珊造謠的時候也是這樣的。

同樣的關注，不同的對象。

那些赤裸裸的眼神毫無顧忌，像淬了毒的針，從四面八方扎到身上。

徐羨在心底冷笑一聲，去茶水間倒了一杯水後，便回到座位心無旁騖地開始工作。

所以說人言爲什麼可畏，隨便一點資訊砸過來，大家便開始評判、選邊站，然後散播言論，以訛傳訛，一人一句，最終把一個人埋進輿論的墓地裡。

這些人不在乎被討論的對象下場爲何，反正他們只是看看戲，爲生活增加點樂趣，只要不波及到自己就好。

人啊，大多都是自私的動物，這點她在十六歲那年就深刻體會過了。

這一天辦公室裡的氣氛異常微妙，徐羨卻不受半點影響，甚至工作進度超前，時間一到，準時下班。

她踏出公司的那一刻，一直暗著的手機螢幕突然亮了起來。

天邊斜陽殘照，暮色四合，落霞是漲潮的浪，淹沒了滿城高樓大廈。

徐羨站在燃燒的夕暉中，看著那給自己發訊息的名字，嘴邊的弧度怎麼壓也壓不下來。

謝綽：下班了嗎？

徐羨：剛下班。

三個字甫發送出去，對面就立刻已讀了，下一秒，一通電話直接打了過來。

徐羡沒料到會有這齣，她記得謝綽曾經在閒聊時說過他不太喜歡講電話。

她心下一顫，連忙接了起來，「謝……綽？」

「徐羡，抬頭。」

徐羡照做了，一抬首就見到正在和她通話的人站在不遠處，於盛放的落日下，於洶湧的人群中，舉著手機，笑著看向她。

她感覺體內有什麼死撐著的東西瓦解了，順著崩解的碎片滲透進來的，是如浪般的怦然，恰似天邊那抹夕曛，溫熱而勾人心弦。

摧毀那最後一道防線的罪魁禍首，穿過潮水般的人流，朝她緩緩走來。

一週未見，謝綽神情依然很淡，他收起手機，「吃晚餐了嗎？」

徐羡嘴邊抿著來不及放下的弧度，搖頭，「一起吃嗎？」

「走吧。」氣氛太好，謝綽下意識地想去牽她的手，理智卻讓他在出手前的那一刻懸崖勒馬，提醒他現在還不是時候，不要得寸進尺。

他插在口袋裡的手指蜷了蜷。

徐羡沒注意到他心虛的小動作，只是問道：「怎麼來了？」

謝綽沉默了，而徐羡便在這樣安靜的氛圍中，直勾勾地盯著他。

夕陽在男人身後緩緩沉沒，交織的光影於他沒什麼表情的臉上擾動出波紋。半晌，他有些無奈地提了下唇角，嗓音低低的：「不知道，可能就只是想見妳。」

一瞬顫動，徐羡下意識地屏息，心跳好似被暮光托起，溫成了暖融融的絢麗。

「所以下了飛機，回過神就在這裡了。」謝綽若無其事地道。

「你剛下飛機？」徐羡有些驚訝。

「嗯，這幾天去日本出差。」

徐羨步伐驟停，怔怔地望向他。

所以這一週都沒聯繫她，是因爲出差了？而他才剛回國，就立刻來找她了？

徐羨感覺方才崩解過的東西又再一次粉碎了，這回散成了齏粉，隨風遠去，教她別再妄想於心裡築「禁止進入」的高牆。

謝綽走了幾步發現身旁的人沒跟上來，回頭一看，見女人站在原地發怔。

難得能在她臉上見到這種赤裸而直接的情緒，謝綽覺得很有意思，同時，他也從她的反應中捕捉到了什麼。

她在乎他。

謝綽忍不住勾了勾唇，走回她身邊，「我這幾天不是故意不聯絡妳的，只是太忙了，幾乎沒有時間看手機。」

被看透了心思，徐羨多少有些赧然，眼神不自然地游移到一旁的廣告看板，故作自然地說：「辛苦了，出差肯定很忙。」

謝綽那雙總是沉寂的眸裡笑意漸深，他轉了轉腕錶，「忙到飯都沒來得及吃，平均一天只吃一餐。」

語聲落下，徐羨微蹙那漂亮的水彎眉，淺淺地瞇起眼，「再怎麼忙還是要好好吃飯，傷胃了怎麼辦？」

她在擔心他。

「嗯。」意識到這個事實後，謝綽再也繃不住，眉眼染上斑爛碎光，感覺心情許久沒有這麼好了，「所以帶我去吃點好吃的吧，羨羨。」

聽到最後兩個字，徐羨耳尖一熱，慶幸自己今天沒綁頭髮，垂落的髮絲恰好蓋住了耳朵，把泛紅的少女心事捂得嚴實。

兩人沿著大街一路向前，下班時段路上車水馬龍，那些喧囂卻好似與他們無關。

徐羨再次想到了那句話——我明明身在人群中，但他們的一切又好似與我無關。

可這回謝綽不是一個人了，有她陪著他。

最後他們走進一間公司附近的中式餐館，徐羨之前來了不少次，與總是坐在櫃檯招呼客人的老闆娘相熟。

「哎！今天不是一個人啊？」

徐羨從她手裡接過菜單，笑道：「嗯，帶朋友來給您捧場。」

「還以爲是男朋友，滿配的。」老闆娘樂呵呵的，瞧了謝綽兩眼，不禁感嘆，「人模人樣的，帥。」

「難不成還能人模狗樣的？」徐羨忍俊不禁，拿筆頭戳了戳身旁一直不吭聲的某人，「誇你呢。」

謝綽不喜與生人打交道，以往總是沉著眉眼，該吃飯吃飯，該辦事辦事，連看一眼都不願意。可如今徐羨在場，他總得裝一下，於是有些僵硬地扯了扯唇，搬出萬用的場面話：「您過譽了。」

確實過譽了，他想。要是見過他內心深處不可言說的邪念，說不定下回再開口就眞成了人模狗樣。

「他比較內斂。」徐羨知道他不喜歡社交，便笑著敷衍過去，輕車熟路地領著他去靠窗的位子。

「想吃什麼？」

「都行。」

「有忌口的嗎？」

「沒，妳隨意點吧。」

徐羨抿了一口熱茶，好氣又好笑地望著對面的男人，「謝先生，配合一下吧。」

謝綽漫不經心地翻看菜單，聞言後便抬起頭，「嗯？」

「我在找機會了解你。」徐羨直接了當。既然認清自己的心意，那也不用反覆試探了，她本來就是目的型選手，看準了，就出擊。

聞言，謝綽翻菜單的手一滯，只覺不可思議。半晌，他彎了彎唇，「好吧，配合妳一下。」

彼此心照不宣，徐羨笑出了聲。

最後謝綽從琳瑯滿目的品項中選了蝦肉紅油抄手和口水雞，徐羨心道原來他喜歡吃辣的，自己看了看，點了招牌小籠湯包、干貝辣醬蛋炒飯和一份乾煸四季豆。

「要來份甜點嗎？」她說，「這裡的紅豆鬆糕挺好吃的。」

謝綽頷首，反正不管她提什麼，他大概都會說好。

兩人邊吃邊聊，多日未見，卻也不顯急躁，氣氛很舒服閒適，像山澗細流，不用刻意去濺起水花，就足夠吸引人。

「這幾天過得還好嗎？」謝綽夾了一筷子的四季豆，「公司忙嗎？」

「跟平常差不多。」徐羨咬破小籠湯包的皮，鮮美的湯汁從一角流出來，口齒盈香，「不過今天倒是發生了不少事。」

「嗯？」

「你記得王郁珊嗎？你第一次來我們公司開會，就是我跟她分別提案的。」

謝綽當時意外與徐羨久別重逢，滿心滿眼都是她，說實話並不記得什麼王什麼珊，不過經她提醒後，便從腦海裡翻出了模糊的印象，但也僅僅是作爲「那個提案沒有被選上的徐羨同事」罷了。

「啊，前陣子被造謠也是因爲她。」徐羨見他沒什麼印象的樣子，又道。

此話一出，謝綽想起當初她因爲打錯電話，而和他訴說的那些事，關於輿論、傷害以及職場霸凌，罪魁禍首似乎就是這個王郁珊。

他眸色驟暗，在內心冷笑了一聲。

可他還沒想好要怎麼報復那個女人時，就聽到徐羨說：「她大概要完蛋了。」

謝綽有些訝異地挑眉，洗耳恭聽。

徐羨彎了彎唇，弧度裡都是嘲諷，她跟他分享王郁珊和張添搞婚外情的事，以及那封全公司都收到的匿名郵件。

「以王郁珊那愛面子的性格，大概要辭職了吧。」

謝綽點了點頭，他對亂七八糟的八卦毫無興趣，卻也願意耐著性子聽她說。原以爲這話題會就這樣過了，可他低頭吃了兩口炒飯後忽覺不對。徐羨也不是喜歡說八卦的人，兩人都對流言蜚語沒有太大的興趣，可這回她卻主動提起了這件事。

他抬眸，只見對面的女人慢條斯理地喝著茶，宛如古時知書達禮的大家閨秀，她溫柔的氣質在時光的淘洗下不減反增，是與生俱來的涵養。

那雙眼尾輕翹的瑞鳳眼中，卻有隱隱流動的心機。

他筷子一頓，瞇了瞇眼，「是妳做的？」

徐羨就像事先料到他會看穿一樣，從容地放下茶杯，「我也不過就是小小參與一下而已。」

頭頂剛好有一盞燈，光線直落而下，打在她的五官上。周遭此起彼落的聲音混著飯菜香氣蒸騰而上，她輕聲開口：「外遇的是張添，當小三的是王郁珊，我也只是找人幫忙拍了幾張照，再順勢跟大家分享罷了……畢竟這麼有趣的話題，可不能只有我私藏。如果他們不想被揭發，就不該明目張膽地在辦公室裡偷情，還被我發現端倪，你說是吧？」

「謠言止於智者，可惜這世上的智者並不多，那就只能以其人之道還治其人之身了。以牙還牙，以眼還眼。競爭是常態，沒有能耐的人活該被淘汰。」她把當初他在電話裡對她說的那句話還給他，「你說對嗎，謝綽？」

謝綽曾經聽徐羨提起過張添，對他的印象是一名手腕不錯，懂得適時提拔新人的主管，徐羨剛入職時就是被他帶起來的。

「你一定想說，為了報復王郁珊，我不惜拖提拔我的主管下水，好狠的心。」徐羨指尖敲了敲木桌，笑吟吟地迎上他的目光，「可張添他搞婚外情，對不起老婆和孩子，理應為他做出的選擇買單。」

何況徐羨隱約能感受到，張添對她好的同時，卻也在忌憚著她。他怕她超越他，所以一邊培養，一邊壓制，只要張添在的一天，她便很難有發揮的空間。

徐羨對事業的野心讓她不甘止步於此，既然有機會，那提前為自己開拓出一條路，也不失為一個好選擇。

「是不是對我很失望？」徐羨笑，「我好像也不是大家想像中的那麼好。」

謝綽舀了一顆抄手到碗裡，垂眼淡道：「我挺想誇妳的。」

徐羨一愣，「什麼？」

「對他人不夠狠，別人就會反過來對妳狠。」筷子尖端在抄手的薄皮上戳了戳，挑掉一粒鮮紅的辣椒，他說，「妳很聰明，知道怎麼用最小的成本去導出最大的效益，對方完了，而妳片葉不沾身。」

沒料到會收到這樣的回應，徐羨有些怔忡。她原本只是想要知道，如果謝綽看到她的另一面，會不會改變心意？畢竟經歷過那些事情後，她清楚大多數的人只喜歡她光鮮亮麗的外表，至於她的內心、靈魂，她實際上是個什麼樣的人，他們根本不在乎。一旦稍有失足，沒有價值了，那些人跑得比誰都還要快。

從前的她是眞心善待每個人，可從高處掉下來後，她看盡了眾人的冷眼旁觀，自此，她柔軟的心也逐漸裝上堅硬的外殼，而包裹在裡頭的，還有她隱藏的銳利和冷漠。

她不喜歡示弱，更不喜歡在他人面前暴露本性，這回她將自己最眞實的模樣挖出來，是因爲難得遇到了一個想要抓住的人，而她想試著去相信他。

她將自己最私人的一面當作籌碼，賭一個不會放手的結局。

事實證明她賭對了，而且對方的回應甚至比預想的還要好。

徐羨感覺整個人都有些飄飄然，像是坐在雲端，一顆心高懸於天，如夢似幻。

她面上卻是不動聲色，只夾了片雞肉放進他盤裡，笑問：「那你想要怎麼誇我？」

謝綽夾起那片肉，放入口中，口水雞酸辣清爽的滋味在口中漾開，他吞下去後假意沉吟了一陣，便道：「我手上有兩張弦樂團的演奏會，想去看嗎？」

「什麼時候？」

「今天。」

徐羨又笑了，「你這是不給我反悔的機會。」

「即時兌現才不會讓對方因爲患得患失而感到不安。」

「我發現你這人歪理挺多的啊。」

「彼此彼此。」

演奏會的時間是晚上七點，吃完晚餐正好。兩人走進國家音樂廳，徐羨平時沒有聽演奏會的嗜好，這是第一次來。

「你平常有聽演奏會的習慣？」

「沒有，這票是同事給的。」謝綽說，「我沒有什麼特別的愛好，我這人挺無趣的。」

徐羨想起當時他跟李堂約釣魚時，也說過類似的話。

兩人依循票根上的編號找到位子，她瞥了他一眼，道：「也還好。」

謝綽失笑，「妳少安慰我。」

「無趣倒無所謂，跟你待在一起挺放鬆的。」徐羨直視前方，在整廳燈光暗下來的那一刻開口，「我很喜歡。」

謝綽的心臟隨著光線湮滅而缺氧，在黑暗中劇烈騷動。

布幕緩緩升起，舞臺被攏進一片明亮中，樂曲聲瀰漫整個音樂廳。

悠揚的音樂沒有平息謝綽內心的躁動，反而拉扯著他每一條神經，他的體內彷彿也安了琴弦，靈魂被一下一下地撩動。謝綽狀作無意地覷徐羨，而後者正專注地盯著舞臺上的演奏者。

好像不管做什麼事都很認眞，他想。

沉浸在樂音中的時光過得特別快，時間隨著音符流逝，最後一曲奏畢時，徐羨鼓掌，發自內心地敬佩這些藝術家。

很久沒有像這樣心無旁騖地偷閒了，拋開世俗的一切，讓自己徹底沉醉在交織的樂曲中。徐羨走出國家音樂廳時，回頭看了眼這幢氣派的建築，然後說：「謝謝你今天邀我來聽演奏會，感覺整個人都被治癒了。」

謝綽「嗯」了一聲，沒有多說話。他方才的心思根本不在演奏會上，全程都在關注著身旁的那位，他用眼角餘光捕捉她的一舉一動，每個驚嘆和沉醉的表情，甚至連呼吸，他都想要好好收藏。

「你呢？你有特別喜歡剛剛的哪一首曲目嗎？」

「都挺好的。」謝綽回答。

「確實。」徐羨沒有發現他的心虛，兩人並肩走進地鐵站，「我還挺喜歡中間那場小提琴獨奏的，〈泰伊思冥想曲〉，很細膩。」

謝綽沒有好好聽演奏，可〈泰伊思冥想曲〉他倒是知道。這是法國作曲家馬斯奈的歌劇《泰伊思》的一段間奏曲。他就讀大學期間，曾修了一堂音樂鑑賞的通識課，課堂上，老師介紹過這部作品，還要求他們寫一份心得報告。

這部歌劇描述的是一名修道士和風塵女子的故事。

交際花泰伊思成天尋歡作樂，過著紙醉金迷的生活，而修道士爲了將她從縱情享樂的紅塵中拯救出來，苦苦勸告泰伊思歸信宗教。泰伊思後來被感化了，開始在修道院生活，可修道士卻被她的美麗所打動，情不自禁愛上了她。爲了拯救泰伊思，他反而陷入愛慾中。在上帝與愛情間的掙扎令修道士十分痛苦，於是他決心離去，可最後他實在按捺不住對泰伊思的思念，再次回到了她身旁，然而此時的泰伊思已然病入膏肓。

在她彌留之際，修道士匍匐在愛情的腳下，成爲了背叛上帝的罪人，而原先的罪人泰伊思，卻因爲信仰上帝，靈魂進入了天堂。

這是一部對於信仰與人性思辨的作品，而這首〈泰伊思冥想曲〉，透過旋律勾勒出泰伊思糾結的過程。樂曲第一段寧靜祥和，是少女虔誠祈求上帝的寬恕；第二段的轉調，描述泰伊思內心對於信仰與世俗的矛盾掙扎；最後一段又恢復了平穩，泰伊思虔誠的祈禱，使她的靈魂被淨化而進入了天堂。

「這首挺好的。」謝綽附和，卻又話鋒一轉，「不過我不認同修道士的做法。」

此時地鐵駛入月臺，繁華都市裡九點多的車廂依然人擠人。謝綽讓徐羨先上車，而他再自然地擋在她身前，讓她可以安穩地靠在扶手旁，避免被人群推擠。

他們面對面，距離很近，徐羨仰首看他，「爲什麼？」

謝綽抬手捋平方才她在外邊被夜風蹭亂的髮，低聲道：「反正最後都要成爲罪人，那麼我從一開始就不會放開泰伊思。」

兩人在同一站下車，快到徐羨住的社區時，她的步伐越來越慢，最終直接停下。

謝綽疑惑地看向她。

徐羨站在昏黃街燈下，光影於白淨的臉龐上交錯，正是春夏之交，豐富的花期已近，有不知名的花香勾纏在彼此之間。

她說：「謝綽，紅酒的邀約還算數嗎？」

謝綽呼吸輕滯，而後唇線繃成了一條僵直的線，似是在極力壓抑著什麼，「明天還要上班。」

是隱晦的提醒，也是留給她最後一畝逃亡的餘地。

「沒關係。」徐羨難得任性，「我現在挺想喝點酒的，助眠。」

謝綽緊閉著唇，他怕他一張口，那些奮力抑制的念頭就會衝出樊籠，張牙舞爪地吞噬彼此。

最終他仍敵不過本能，在心底嘆了口氣，「來吧。」

徐羨跟著謝綽回到他家，這是她第二次來了，這裡依舊整潔如昔，井井有條。

她轉身關上門的那一瞬，身後的男人突然將她束縛在懷中，以背後擁抱的姿態。

「羨羨，今天的演奏還合心意嗎？」

徐羨嚇了一跳，她看不到他的面孔，感覺到男人的下巴靠在她肩頭，呼出的氣息捲刮著耳梢，種下一片酥癢。

她故作鎮定，「嗯，我很喜歡小提琴，弦動的聲音很好聽。」

「喜歡琴弦啊。」他的聲嗓很沉，透著春末夜晚的黏稠與冷，「那妳還記得《亞瑟府的沒落》開篇第一句話是什麼嗎？」

——他的心是一把懸掛的琴，只消輕輕一撥，就會產生共鳴。

「妳呢，妳對我產生共鳴了嗎？」

徐羨被禁錮在男人與門板之間，身後的體溫壓上來，布料摩擦著發出細微的聲響，每一下都在挑動著她的神經，她卻動彈不得。

她不正面回答，反而問：「謝綽，你爲什麼喜歡我？」

謝綽的唇湊到她頸邊，輕蹭著。這裡的皮膚那麼薄、那麼嫩，又是那樣的脆弱，讓人升起想要一口咬下去的念頭。

最終他只是吻了吻，「我喜歡妳的自信，妳的大方，妳的氣質，妳的優秀，還有妳的漂亮與溫柔。」

聞言，曖昧的氛圍破開了一個口，徐羨原先還熨著熱意的心驟然一涼。

她以爲他和那些人不同，可說到底本質還是一樣的，都只喜歡她的附加價值，以及她刻意呈現出來的另一個自己。

徐羨正想嘲笑自己的天眞時，身後的男人又開口了：「別人喜歡的妳的模樣我都喜歡，別人不喜歡的我也喜歡。」

徐羨下墜的心又倏然被拖住，像是墜崖時分抓住了一線生機，大起大落。

「我喜歡妳掩藏在親切之下的疏離感，我喜歡妳不及眞心的微笑，我喜歡妳燃燒的野心，我喜歡妳聰明甚至有點心機的生存之道，我喜歡妳的利己主義。」他說，「我還喜歡妳的乖張，妳的要強，妳的驕矜，妳高傲的掌控慾。」

「我喜歡妳的外在，也喜歡妳的靈魂。」

他環抱著她，親暱地在她耳邊吐息，聲音是那樣的低，那樣的緩，像是情人夜裡深情的呢喃。

「妳的墜落與重生，那些不欲人知的眞實，我全部都喜歡。」

破開的口慢慢地塡補回去，在懸崖搖搖欲墜的花被徹底捧住了，那人的掌心溫暖而輕柔，正搭著她的腰，訴說那些抑止不了的愛意，叫她別想再往崖下跳。

徐羨有種劫後餘生的暢快，卻也同時感受到一股說不上來的微妙。

謝綽的表白給了她所嚮往的，那種從裡到外的理解與包容，可他言語間對她的透澈了解，並不像是一個才認識半年的人就能擁有的。

「我喜歡妳十年了。」好似看穿了她的想法，謝綽輕聲道，輕飄飄地揭露了自己多年以來不可言說的心思，「妳知道嗎？電梯故障的那天，並不是我們的第一次見面。」

徐羨一愣。

「電梯那天確實是偶然，可後來全是我的蓄謀已久。」他啄了啄她的脖頸，若徐羨此時轉過頭，就會看到那雙本陰沉、無溫度的雙眸，流露極盡迷戀的模樣，「距離妳消失已經過了九年，上天既然讓我再次遇見妳，那我說什麼也不會錯過。」

「作爲幕後研發人員，代替同事臨時開會是意外，跟你們公司的合作後續我本可以拒絕接觸，可爲什麼我還是跟進了，因爲那裡有妳。」

「我討厭相親，可在前輩給我看了照片之後，我什麼也沒想就答應了，因爲照片上的是妳。」

「我厭惡一切不必要的交際，可我還是去了沈醉的生日會，因為妳是她朋友，妳肯定也會去。」

謝綽坦承得過分，不同於平常的悶不吭聲和避重就輕，這會兒直接且坦然地把所有心思都倒出來，沒有任何猶豫。

徐羡那晚期待他不顧一切、轟轟烈烈的回答，現在終於聽見了，然而，她卻沒有得到想像中征服的成就感，一顆心臟反而顫巍巍的，被那些埋藏在光陰罅隙裡的心跡所震撼。

原來她從未有過勝利，因為在征服前，他就已經為她俯首稱臣。

「謝綽，你……」

謝綽撐在牆上的手猛地覆上了她下半張臉，修長的指足夠一手掌握，接著拇指抵住下頷，往上一抬，讓她仰起頭。

徐羡有一種被扼住咽喉的錯覺。

寬大的掌心展現的都是不加掩飾的強勢，是更加圈禁的姿態，而他自顧自地道：「我們第一次有交集是在一個偏僻的小巷，國中的我放學後被逮到那裡，被人辱罵毆打，他們打到一半時，妳卻突然出現了，妳明明不認識我，卻還是幫了我，甚至叫了救護車。」

「我當時想，怎麼會有這麼善良的人，願意對一個陌生人伸出援手。那時的我早已自暴自棄，對生活沒有任何期待，可妳又是那樣溫柔，讓我見到從未有過的光。就算是強者對弱者的憐憫那又怎樣，我知道我不配，卻仍是攥著那束光，想要在無數個夜晚以此安慰自己。」

低沉的嗓音纏在徐羡耳畔，半是蠱惑半是強迫的，將過往那些只被一個人單方面記得的回憶，全數送進她的腦海裡。

「第二次是在學校的廁所，他們一邊抽菸，一邊把我壓在地上打，後來把菸頭往我身上燙的時候，妳又出現了。妳讓他們少抽點菸，看都沒看我一眼，可我知道妳是在幫我，畢竟妳本可以視而不見直接走過。妳甚至……妳甚至後來還拿了一條藥膏給我。」

經由謝綍說的話，徐羨在腦海中勾勒出模糊的畫面，她淺淺倒抽了一口氣，彷彿看見了當年的小巷與廁所。她確實忘了，十幾歲的她溫柔善良，良好的修養和身分使她幫過許多人，那個倒楣落魄的少年只是她無數個舉手之勞中的其中一個，她並沒有放在心上。

可如今聽他提起，她卻瞬間找回了那段記憶。

「他們說妳是我的救世主。」謝綍鬆開了手，重新圈上她的腰，兩隻手交疊，收束時用了點力，腦袋埋在她肩窩，像是要將她按進身體裡，「羨羨，被妳拯救了兩次，要我怎麼不惦記？」

他的話語太深情了，在徐羨體內種下一場盛大的顫慄，她搭上環在自己腰際的手，因爲受到了衝擊而恍然道：「謝綍，你能先放開我嗎？」

聞言，方才還溫柔如水的男人忽地冷笑了一聲，「在妳說要來喝紅酒的那一刻，妳就該知道自己今晚是離不開我家的。」

他緊緊地箍住她，使徐羨有些吃痛。

她整個人彷彿被無形的繩綑縛著，怎麼逃也逃不掉。

不知道是沒注意到她的難受，還是刻意忽略，謝綍舔了舔她柔軟的耳垂，陰鬱又嘲諷地問：「怎麼了，覺得噁心了嗎？有一個人在妳不知道的時候默默窺視妳，害怕了？」

空氣很沉悶，彷彿被濃稠的晦暗給填滿，每一個分子都是不容抵抗的沉鬱，混濁得讓人有些喘不過氣。

謝綽察覺到懷裡人的僵硬，眸色又被一層新的黑浪所覆蓋，手上力道更大了。

徐羨能感受到謝綽在逐漸失控，如同那天與黃昇交手後。

如今憶起，一切的反常都有了源頭。那些翻倒的情感覆水難收，就算有意壓抑，男人身上的不安全感仍像一個巨大的黑洞吞噬著她。

她忽然很難過，聽完那些剖白，不難意識到他心裡的空虛是怎麼來的，也就更能理解他因害怕她逃走，而展現的控制慾。

於是在這樣不算舒適的氛圍下，徐羨任由他抱著自己，不知道過了多久，才輕輕嘆了一口氣。

「謝綽，我沒有要逃。」她拍了拍他的手，拇指腹在他的手背上緩緩摩娑了一下，安撫似的，「我只是想看看你。」

語聲落下，徐羨很明顯感覺到身後的人怔住了，半晌，環在她腰際的那雙手便慢慢地鬆開。

徐羨轉過身，只見方才還很強硬的男人，此時正微垂著頭一言不發，儼然一名犯錯後等待懲罰的、卑微的裙下之臣。

她看不清他的表情。

「謝綽，抬頭。」見他沒反應，徐羨抬手撫上他的臉頰，「我想仔細看看，喜歡我這麼久的人是什麼樣的。」

聞言，謝綽終於有了動靜，他雙手握住她的手腕，力道很輕，不似先前的暴戾。宛如一個陷於危難之人，終於抓住了能依靠的物件，卻戰戰兢兢，深怕會失去救命之道。

他緩緩抬首，看向徐羨。

在看到謝綽的面容時，徐羨心下一驚。

他眼眶紅了。

徐羨感到心疼，腦子還沒反應過來，手便溫柔地摸了摸他的臉龐，「我們去沙發坐吧。」

謝綽輕蹭她的手心，看著挺可憐的，隨後便拉著她進到客廳。

徐羨說仔細看就是真的仔細看，兩人相顧無言，她的目光就這麼在他的五官上游移。單眼皮，眼尾狹長，鼻梁挺而不寬，嘴唇有點薄，是冷淡疏離的長相。他的皮膚偏白，跟一般男人比起，長得有些清秀，不過因為骨相立體，不會顯得過分女氣。

最重要的，是左眼角下方有一小片紅色胎記，如雪中一點梅，豔麗的色彩恰如其分地蓋過了他的陰沉。

徐羨未曾如此仔細地觀察他的臉，這會兒發現了這片胎記，有種發現新大陸的驚喜。她指尖輕觸那點紅，不禁低喃：「好漂亮。」

謝綽一個男人哪裡被講過漂亮，就算是稱讚也略顯彆扭，於是他把她的手拉下來，輕聲道：「妳更漂亮。」

徐羨笑，「你在害羞嗎？」

「沒有……對不起。」謝綽忽然道歉，傾身抱住她，「我剛剛不該那樣對妳，我只是……」

我只是太喜歡妳了，怕妳會逃，怕妳給了我希望又讓我期待落空。

「謝綽，你不用怕。」徐羨看穿了他的患得患失，握著他的手，帶他觸及自己左胸下的顫動，「我的心臟在為你共鳴，你聽到了嗎？」

儘管隔著衣服布料和血肉皮膚，謝綽仍是接收到了女人心臟跳動的頻率。掌心下方的搏動強而有力，彷彿正對全天下昭告，她現在是爲誰而振動，那條被撥動的弦又是爲了誰而鳴。

謝綽眼角更紅了，襯著那片小小的胎記。他五官清俊，眉目卻妖冶，說不上來的衝突感，反而更加勾人。

「羨羨，妳是認眞的嗎？」先前沒捅破窗戶紙與她拉扯時有多自信，現在臨場就有多怯弱，那是對於夢寐以求所產生的膽怯。他試探著開口：「不是憐憫，不是同情，不是荷爾蒙作祟，不是對於我十年情感的補償……妳眞的要我嗎？」

儘管徐羨親手讓他感受心臟的共鳴，可他潛意識裡還是怕，畢竟渴求了十年的女人，現在忽然說喜歡他，在過去那段獨自用回憶飲鴆止渴的日子裡，這簡直就是天方夜譚般的妄想。多年來那份不可言說的感情壓抑又潰堤，如此反覆，讓他一時分不清這是現實還是夢境。

「什麼要不要，你怎麼把自己說得像是路邊的流浪狗。」徐羨失笑，見他這小心翼翼的模樣又有些心酸。她回抱他，沉靜柔和的聲音隨著背脊上一下又一下的輕拍渡進他耳裡，最終順著血液回流到心臟，滾燙而柔軟，「不是憐憫，不是同情，不是荷爾蒙作祟，更不是補償。我喜歡你，僅此而已。」

最後她捧著他的臉，在窗外月光的見證下，吻了左眼尾下那一點紅。

夜色已然深沉，整座城市漸漸陷入了沉睡，是尋常日子裡的尋常一夜，可兩人挨在那不大不小的沙發上，卻像是擁有了全世界。

「對不起，之前沒有發現你的喜歡。」徐羨靠在謝綽懷中，撥了撥他額前的碎髮，溫聲道，「喜歡我這麼久，肯定很辛苦吧。」

謝綽搖頭，「不辛苦。」

確實不辛苦，年少的他窮酸又自卑，從未肖想過得到她。徐羨是白月光，是萬眾之花，更是他的救世主。僅僅是存在著，就像光一樣照亮在陰溝裡的他，而他在爛泥中匍匐前行時，全是倚靠著那捧光取暖，才得以驅散一點寒冷。

月亮在天上，月亮一直都在。

這十年來，他只要想她，只要回憶當年那份善意，就能咬牙走過無數個寒冬。

「不過你之前說過你是K市一高畢業的，既然你這麼喜歡我，那當初高中的時候為什麼沒有來找我？」被強烈的宿命感影響，理性的徐羨也忍不住想像了一些不可能發生的假設，「搞不好我們能更早走到一起。」

謝綽搖頭。不可能的，當時的他就算主動去找她，他們也不會走到一起。

十年前的徐羨絕對看不上十年前的謝綽。

「後來我們上了同一所高中，妳更受歡迎了，我也只敢遠遠看著妳，畢竟婊子生的窮小孩不配與妳為伍，任何一個眼神對視都是在玷汙妳。」

當謝綽意識到自己對徐羨有這種想法時，他第一個念頭是覺得自己不配，於是他感到愧疚，他刻意迴避她。可現在不一樣了，至少如今的他有了一份體面的工作，也不像從前那樣落魄，而且既然上天安排他們再遇見，那就是有緣，他不會放走她。

再次遇到她的那一刻，他發覺自己比想像中的還要渴望她。

像過去那樣遠遠地望著，依賴回憶活著，已經沒辦法滿足他了。貪婪好似一個無底洞，任憑往裡頭填了多少東西，依然沒有塞滿的一天。

而聽完徐羨對付張添和王郁珊的事情後，謝綽徹底放心了。他發現那樣乾淨無瑕的月亮，也會有惡的一面，也會有自私的選擇，也會有為了報復他人而不擇手段的時候。

她被拽了下來，沾上軟泥與塵埃，成爲人間觸手可及的月亮。

他們都不是什麼好人，他們可以一起沉淪。

「別這麼說。」聞言，徐羨胸腔的酸脹猶如狂瀾迭起，一顆心臟被泡在潮水中，悶痛著，「生而爲人，沒有誰比誰更高貴。」

她旋即想到了什麼，又笑了笑，弧度裡是無奈也是自嘲，「何況後來我們家就發生了那件事，我爸入獄，我也不配得到什麼好處境，眞要說狼狽，我們兩個都挺狼狽的。」

「不說我了，既然你有關注我，那點事你肯定也清楚。」徐羨眼下最關心的是他，「你說國中的時候被霸凌，那你上高中後還有再被欺負嗎？」

「上高中就沒了。」謝綽眼睫微斂，掌心裡躺著女人白皙溫軟的手，他有一下沒一下地把玩她的手指，「第一志願的學校，只要你成績好，大家就會對你另眼相看。」

他從那個大家口中婊子生的窮酸賤種，變成了家境不好但努力向上、不墮落的好孩子。

何況高中生比國中生成熟不少，就算他校服依然只能穿別人捐的，已經洗皺的二手衣，午餐依然只能吃學校福利社二十元一個的麵包，可至少大部分的人不會因爲他貧困的出身而看不起他。即使有，也只是在背後說幾句閒話。

而關於他那見不得人的身世流言，在國中畢業後就此與他一刀兩段，沒有再被刻意散播。

後來他偶然聽說充哥惹到了黑道，在一場鬥毆裡被卸掉了手臂。

不過當時的他心無波瀾，覺得事不關己，一點都沒有仇家落難的暢快感。

他的心都撲在了徐羨身上，哪有多餘的心思分給傷害過自己的人。

「羨羨，對我好吧。」他不玩她的手了，拽著湊到唇邊，一邊親，一邊含糊道，「我沒有親人，沒有家，我什麼都沒有，我只有妳一個。」

徐羨還沒來得及回答，謝綽就放下她的手，轉而湊到那紅潤的唇邊，交換彼此溫熱的氣息。

他先發制人，將承諾餵進她口中。

「我這一輩子都會對妳好。」

✦

關於王郁珊和張添的事，後來果真如徐羨預料的，王郁珊自請離職，而張添在撐了一陣子後，決定申請調職。

徐羨原意只是想要小小報復一下，後續如何發展都是順其自然。

王郁珊那樣好面子的一個人，絕對受不了辦公室裡的悠悠之口與冷暴力，最終肯定會自己走人。至於張添，徐羨倒沒想到他也會離開，她想大概是上頭有人施壓，畢竟出了這檔事，就算能力再好，可品性不過關，必定也難以服眾。

再後來，徐羨便收到上頭的面談通知，當時，她心裡是有些意外的。

Boss認爲她這些年以來表現優異，人際關係方面也都十分和諧，不優柔寡斷的性格適合領導，是個很有潛力的人才，因此問她有沒有意願接下張添原本的職位。

徐羨自然不會放過這個機會，她把張添拖下水就是爲了剷除障礙，如今橄欖枝都伸到她面前了，沒道理不要。

正式收到升職公告的那天，徐羨正打算出門去拜訪獨居老人。

呂萍眞會定期參加社區的志工活動，比如說去育幼院幫忙，或是跟著社工去關照獨居老人，可這兩天她得了腸胃炎，只好讓徐羨代替她去。

而沈醉最近剛好要撰寫一篇與高齡化相關的專題，內容涉及養老院、獨居老人等等，聽說徐羨要去當志工，她心想難得有直面現場的機會，想從中取點素材，便藉機蹭上這趟行程。

幾個人來到T市外圍的平新鎮，最終停在一幢老舊公寓前。今天天氣不算好，天色很陰，灰雲散落在天際，空氣中瀰散著潮溼的悶熱，不久後大概就會降下一場雨。眼前這棟老舊住宅，襯著陰晦的天，更顯得破舊斑駁。

徐羨目光掃過那不知道已經生鏽多久的鐵窗，再掠過遍布壁癌的牆，最後停駐在堆滿不知名雜物的公寓門口。

他們一行人隨著兩名社工前輩踩上那又灰又陡的樓梯，全程面不改色。

這裡住了一位八十歲的老爺爺，他一頭白髮，臉上皺紋蔓生，拄著拐杖，佝僂著腰邀請大家進門。

這間屋子的坪數不多，僅僅是一個木製衣櫃、一張床和一個小茶几，就幾乎塡滿了整個空間。天花板上長了一片一片的霉，徐羨想到方才踏進門的瞬間，悶溼的熱氣直接撲面而來，整間屋子像是困在了團團溼氣中，難怪會發霉。

房子裡只有一扇小小的鐵窗，窗臺上晾滿了衣服，將外頭的光線給遮擋了大半。在這種溼度高、採光差的環境下生活，對身體健康其實有很大的影響，也會對心理造成一定的壓力。徐羨聽到社工問爺爺要不要幫他申請一臺除溼機，爺爺拒絕了。

「沒關係啦，你們定期來就夠啦，別操心，反正也是半截身子入土的人嘍！」

爺爺說這話的時候面色很平靜，像是已然看透紅塵，對於生命的變化全然接受。

「我還巴不得早點去天堂陪我老伴呢。」他笑，眼角紋路如國畫中的皺痕，深刻而綿長，「她一個人在那邊不知道過得好不好，應該跟兒子團圓了吧。」

沈醉聞言，扶著爺爺到床邊坐下，開始跟他分享積極向上的人生觀，並且承諾要自掏腰包買給他一臺除溼機和空氣清淨機。

社工阿姨本想和沈醉說，他們向單位申請即可，可徐羨攔住了，笑道：「讓她買吧，她什麼沒有就錢最多，何況她就是這麼熱情，見不得別人過不好。」

沈醉自帶優秀的社交能力，不論是跟三歲小孩還是八十歲老人都能侃侃而談。

見暫時沒有他們的事，兩個社工阿姨決定去幫爺爺掃廁所，徐羨便在外邊擦擦櫃子、掃掃地之類的，順便聽自家閨密和老人的對話內容。

爺爺說自己曾經有一個孩子，但十幾歲時因爲校園霸凌得了憂鬱症，後來不堪痛苦便自殺了。之後，他跟妻子兩人相依爲命，彼此倒也有個依靠，可幾年前老伴卻因爲腎衰竭離開了人世，現在就剩他一個人。

老爺爺在敘述過往時語調很平穩，眼裡的孤獨卻快要滿溢出來，徐羨只看了一眼便撇過頭，不忍心再探究下去。

她把注意力轉移到櫃子上的那堆雜物，問道：「爺爺，這堆要幫您清理嗎？」

老爺爺的視線隨著她指尖飄到衣櫃上方，愣了一瞬，才緩緩地道：「不用……謝謝妳啊，那些都是我兒子和太太的遺物，捨不得丟。」

好死不死又觸及這個話題，徐羨心裡更難受了，抱歉道：「爺爺，對不起啊，我不知道……」

「哪有什麼對不起，妳本來就不知道。」老爺爺笑了笑，「你們年輕人平常那麼忙，願意來看看我這個老頭子就很好啦，感覺屋子都熱鬧了起來。」

熱鬧的反面便是冷寂，徐羨聽出爺爺若無其事下的寂寞，心下又浮出一抹酸澀。幾十年後的她也會變成這樣嗎？可她不想。

幫爺爺簡單整理了一下之後，他們便要離開了，這時，徐羨的手機響了，她低頭一看，是謝綽。

他說要來接她。

徐羨本想拒絕，畢竟從平新鎮開車到市區至少也要半小時，何況今天是假日，大概還會塞車。

謝綽像是事先料到了她的反應，還沒等她回答，便直接道：「羨羨，我知道妳在想什麼，別跟我客氣。妳獨立慣了，可能不習慣依賴別人。」

謝綽的聲音在耳畔響起，猶如寂夜中緩緩撫過深林的水流，於耳梢撚起微微的癢，也在她心下掀起潮汐。徐羨莫名有些耳熱。

「我說了我會對妳好，妳只要安心接受就好。」

掛了電話，忽見全場目光都停留在自己身上，徐羨無視自家閨密臉上曖昧的笑，抿了抿唇，「怎麼了？」

「男朋友啊？」老爺爺笑問。

儘管他們在那晚確定了關係，但「男朋友」這個詞對她來說依然有些陌生，徐羨遲疑了兩秒，緩慢地點頭，感覺耳根子更燙了。

她居然也會有害羞的一天。

老人家慈祥地拍了拍她的手，「好好相處啊，珍惜能在一起的時光。」

徐羨想起他剛剛分享的關於妻子的故事，心下一軟，溫聲道：「會的。」

走出老公寓後，徐羨和沈醉同兩位社工道別，過了幾分鐘，徐羨才突然意識到什麼，轉向自家閨密，「妳怎麼也留下來了？」

「我蹭一下妳男朋友的車。」沈醉理直氣壯，「怎麼樣，捨不得啊？打擾你們的兩人世界？」

「他如果眞的喜歡妳，那就應該要愛屋及烏，順帶載女朋友的閨密一程。」沈醉歪理一套一套的，還挺囂張，「我這是在給他表現的機會。」

徐羨失笑，自知說不過，也就由著她去了。

謝綽根據徐羨給的地址，到了平新鎭的一棟老舊公寓前。

他下了車，擱在口袋裡的手隱隱發抖。

其實在車子剛駛入這片老住宅區的時候，他便覺得胸口有些悶，躁意不斷湧上，好像有什麼扼住咽喉，剝奪他呼吸的權利。他強迫自己不要去看周遭的景物，直視前方專心開車。

到達目的地後，他看到眼前斑駁灰暗的公寓，在陰沉的天色下，公寓猶如頹然的廢墟，潮溼的霉氣漫入毛孔，斑斑汙痕象徵著經歲月洗禮過的落魄。

謝綽伸手要拿酒精瓶時，想到徐羨之前擔憂的神情，他看向自己手上參差的裂痕，天人交戰了一番，最終還是把酒精瓶留在車上。

他深吸一口氣，佯裝鎭定地走到徐羨和沈醉面前。

徐羨正在和沈醉說話，沒有注意到車子的動靜，聽到腳步聲才發現他到了。她彎唇，「你來了。」

女人的微笑宛如斷垣殘壁中盛開的一朵花，清新而溫雅，洗滌了這塊區域的空氣，也使他的呼吸順暢了不少。

謝綽把手抽出口袋，牽起徐羨的手。

徐羨沒注意到他的異狀，只是問：「能順便載沈醉一程嗎？她也要回市區。」

謝綽現在的狀態不好，本來是想拒絕的，可想到沈醉是徐羨的朋友，而且這地方這麼偏僻，也不好叫車，最後還是答應了。

上了車後，謝綽便一語不發，徐羨也不以為意，畢竟他本身話就少，於是她便兀自跟後座的沈醉聊天。

車子漸漸駛出平新鎮，謝綽以為遠離了那裡，體內的悶脹感會消失，卻沒想到那種感受越發擠壓著心臟，而他逐漸喘不過氣。

假日的晚上，塞車是常態，他目光停留在遠方的山巒，心底的恐慌越來越膨脹。

要發作了，他想。

理智告訴他不能在徐羨和沈醉面前失態，可本能卻控制不住。腦子裡彌漫的是方才那片老宅區、那棟年久失修的破陋公寓，隨之而來的是揮之不散的陳腐氣味，以及記憶中同樣蒸發不掉的霉臭。那些記憶隔著多年光陰重新鑽入心肺，使他渾身都沾染著那股令他嫌棄的窮酸。

搭在方向盤上的指關節因為過於用力而泛了白，謝綽命令自己不要再去想了，可強迫思考是沒有辦法輕易遏止的，最後甚至會引發強迫行為，落得滿身瘡疤。

他感覺體內有什麼正在尖叫著想要撕爛靈魂。

堵塞的車流終於慢慢通順了，他憑著僅存的一絲理智開車，待順利到達沈醉的家後，才意識到自己的後槽牙都被咬緊了，嘴邊肌肉痠得不行。

沈醉熱情地道謝，謝綽卻沒心思回應。

見沈醉下了車，徐羨將目光轉向身旁的人，方才在路上，她就隱約察覺到一絲微妙，例如方向盤上過於緊繃的手指，或是略顯不順的沉重呼吸，還有面部不自然的表情，都像是在極力忍耐著什麼，整個人好似如臨大敵。

當時沈醉還在，她不好貿然詢問，這下車裡只剩下他們兩個，見謝綽想要發動車子，她連忙按住他的手，「等等。」

男人如同驚弓之鳥，反射性甩開她的手，倉皇地看了她一眼。

「怎麼了？」徐羨也有些嚇到。

窗外天色昏暗，在那冷冷的五官落下如霧的陰影，見謝綽欲言又止，徐羨解開安全帶稍稍傾身，在觸碰到他的前一刻，被他拒絕了。

「不要靠近我。」

徐羨愣了一秒，卻沒有如他所願，她直接撫上他的臉頰，「爲什麼不要靠近，你明明就需要我。」

她的聲音是那樣柔和，如沉靜的月光當頭澆下，滿天星宿都是她的饋贈。謝綽的唇翕動著，然後有些挫敗地低下頭，「我身上的味道不好聞……」

徐羨沒聽懂，卻仍是順著道：「哪裡不好聞了，別胡說。」

說著說著，她便伸手抱住他，把臉埋在他的脖頸處，輕嗅他身上獨有的氣味。謝綽沒有噴香水的習慣，卻自帶一種讓她安心的味道，是乾淨清淡的沐浴香，溫和而沉厚。

謝綽被她的臂膀圈繞，渾身僵硬，下意識地想要推開，卻反而被她擁得更緊。接著他感覺到一抹柔柔的溫度落在側頸上，是女人溫軟的唇，而她好聽的嗓音響在耳畔：「是我喜歡的味道。」

她用實際行動告訴他，他很好，她很喜歡。

謝綽眼眶一熱，所有話語瞬間被扼殺在喉頭，不知道該如何說明，不知道該如何展現自己的脆弱。

「羨羨。」最終他顫抖著回抱她，然後克制不住地提出請求，「能不能把收納櫃裡的酒精拿給我。」

徐羨後知後覺地意識到，他可能是OCD發作了。她頓了頓，打開副駕駛座前的收納櫃，發現裡面不止放了一瓶酒精，有好幾瓶堆疊在一起，將整個空間塞得滿滿當當。

她才剛把酒精拿出來，謝綽便直接搶走，連一秒都等不了。她看著他眉頭緊鎖，朝手上不斷地噴灑酒精，每一下都透著急躁與不耐。

理智與衝動在謝綽的腦子裡拉扯，有個聲音提醒他收手，可他手上卻仍不斷重複著消毒的動作。

徐羨沉默地看著他反覆進行強迫行為，沒有半分干預。車窗外的行人來來去去，街燈一盞一盞亮起，不遠處有小狗對著行道樹枝頭上的鳥在叫。

直到整個車內彌漫著酒精刺鼻的味道，謝綽才停止發洩般的消毒行為。他靠在座椅的靠背上，手裡握著已經被噴掉大半的酒精瓶，整個人好似被脫去一層皮，像經歷了一場戰役的倖存者，目光空洞而疲累。

不知道過了多久，謝綽才恍然回神，看著未置一詞的徐羨，驚覺自己的失態，抱歉地開口：「對不起……」

徐羨搖頭，沒流露出半點驚慌或畏懼。她沒有多問，只是道：「你的狀態不適合開車，我來吧。」

「妳有駕照？」

「嗯，大學畢業就考了，只是公司就在地鐵站附近，車子也不算是必需品，就一直沒買。」

方才從平新鎮開回市區已然耗盡了心力，謝綽知道自己現在難以集中注意力，爲了安全著想，便從善如流地與徐羨交換位子。

徐羨坐上駕駛座後，沒有立即發動車子，反而牽起他的手，在那龜裂破皮的手心上親了親，吞下上頭殘留的酒精氣息。

「辛苦了。」

回家的這段時間裡，謝綽不再朝自己的手噴酒精，轉而整理衣服，從袖口、領口到衣襬。明明那件襯衫的皺褶已經被捋平，可他卻時不時地就要整理一下，好像上頭還有許多熨不平的痕跡在礙他的眼。

徐羨假裝沒有注意到他的強迫行爲，穩穩地把車子開到大樓地下室，停好車熄火。

明天是星期日，徐羨一出電梯就打電話給呂萍眞，說自己今晚不回家了。

呂萍眞沒有多問，以爲她是跟沈醉去玩了，畢竟兩人今天才一起代替她去拜訪獨居老人，因此只提醒她注意安全，便掛了電話。

「不回家了？」回到熟悉的空間後，謝綽的臉色稍微好了一些，不再反覆整理衣袖。

「嗯。」徐羨把他拉到廚房，將他的雙手浸溼，擠了洗手乳，一邊搓揉一邊問，「你希望我回去？」

謝綽看著徐羨仔細地幫自己洗手，白皙的手指與他相交，穿梭在泡沫與水流中，他忽然覺得被人照顧的感覺還挺好。

「不希望。」他誠實道，「妳別回去。」

「不回，今天留下來陪你。」洗完手後，徐羨把他帶回客廳，抽了張紙巾將他溼漉漉的手擦乾，然後從包裡掏出一支護手霜，還是那款快樂鼠尾草，「謝綽，我接下來的時間都被你承包了，你想怎麼過就怎麼過，不用顧慮我。」

她端詳著他手上脫皮的痕跡，擠了一點護手霜上去，緩慢而溫柔地塗抹，「跟我在一起不需要小心翼翼，那些謹慎留給外人就好，在我面前不用裝。每個人都有羞於見人的裂縫，就算你有不光彩、不成熟的一面，我也會陪著你。」

謝綽覺得她不只是在滋潤他枯燥的手部肌膚，也是在滋潤他乾枯的內心，快樂鼠尾草令人感到療癒，再加上徐羨的存在，猶如枯木逢春。

「想失控就失控，憋不住了就發洩，不用把情緒壓抑住，在我這裡你可以做最眞實的自己。」塗完護手霜，徐羨習慣性地用拇指腹在他手掌上一捻，當作一個收尾，「當然，想吻我也可以直接吻，你說對嗎？」

徐羨抬眼，一雙含情的瑞鳳眼褪去了清冷，正挑著盈盈的目光看向他，柔軟又溫煦。春天明明都要撇下句讀了，可她眉目間還有溶溶的春意，盛著暮春最後一碗清透的佳釀，醺迷了他的眼。

太赤裸的勾引，謝綽強忍著想將她按在這張沙發上爲所欲爲的邪念，只是牽過她的手，捏了捏她的指尖，從拇指到小指，好像僅僅是這樣細小而親暱的碰觸就能療傷。

充完電之後，他依依不捨地放開她，從桌子下方的小抽屜裡拿出一袋藥。

「妳知道的，我有強迫症。」他倒了一杯開水，撥開藥片，配著水吞了下去。

徐羨掃了眼那小小的藥丸，「嗯」了一聲，等著他繼續說下去。

「我剛剛只是……只是想起了以前的自己。」

那片破舊的住宅區與小時候的生活環境太過相似，使他不由自主地回憶起以前。破敗凌亂的小公寓，髒汙遍布的老舊房舍，三餐不繼的日子，洗得皺爛、褪色的二手校服，因爲貧窮而被同儕排擠的學校生活，被推到角落接受的辱罵和毆打，還有母親歇斯底里的怒吼與尖叫。

那些如爛泥一般的童年綑縛著他，儘管長大成人，獲得了一份好工作，如今也有了體面的模樣，偶爾卻仍是會被那段歲月綁架，提醒他，他的本質是腐朽不堪的。

他拚了命地想要擺脫那段過去，總覺得自己身上還殘留著當年那棟公寓的霉味，只能不斷透過酒精消毒保持潔淨；襯衫沒褪色了，可上面的摺痕卻怎麼捋也捋不平；看到髒汙會反感，不是潔癖，而是這會讓他想起從前的生活環境。

他想從泥濘的過往中解脫，盡可能將自己塑造成與過去大相逕庭的模樣，最終卻用力過了頭。

原來他還困在那棟小公寓中，這麼多年了，他還是逃不出去。

當他意識到自己控制不了反覆的念頭和行爲，控制不了想要拿酒精和整理衣袖的手，控制不了那焦慮又煩躁的情緒，才知道自己終於也落入了強迫症中。

徐羨大抵知道謝綽以前過得有多麼辛苦，她從模糊的記憶中揀出那單薄又狼狽的少年身影，想到今天拜訪的獨居老人的家，不難將那片破舊的住宅區與謝綽的童年結合起來。

她心下發疼，嗓音也悶著：「抱歉，我不該讓你來接我的。」

如果不是爲了接她，謝綽也不需要到平新鎮，更不會因此而觸發敏感點。

「不，是我執意要去接妳的。」謝綽定定地凝視她，「羨羨，妳永遠不需要因爲我而感到抱歉。」

客廳的光線於他清俊的五官上打出漂亮的光暈，他整個人像是被攏在一圈白光裡，褪去了不少陰鬱，此時的眼角眉梢只餘虔誠。

「我本是落魄的，是在爛泥中出生的草，合該在骯髒的陰溝裡打滾。」謝綽側身，抬手將她攬進懷裡，隔著體溫，讓彼此的心跳共振，「徐羨，我配不上妳，可我又放不了手。」

徐羨的臉埋在他的胸膛，連呼吸都變得熱燙。頭頂一沉，是他的下巴輕抵著，沉緩的聲音從上方落下，滾進她的耳膜。

「妳之前說妳就算看到裂縫也不會逃，會留下來，用自己的力量盡可能地照亮對方，對嗎？」

徐羨知道他是在說溫泉度假村的那一晚，兩人莫名其妙討論起《亞瑟府的沒落》的那一晚。

她強吻他的那一晚。

當時的她何曾想到，如今會跟謝綽走進一段非比尋常的關係裡呢？

思及此，徐羨挨著他點了點頭。

得到了滿意的答案，謝綽在她頭上落下一個吻，輕綿而不帶半分混濁的慾念。

「既然如此……羨羨，妳別想從我身邊逃走。」他低首，額頭抵著她的，眼睫幾乎要撞在一起。

徐羨想到前陣子作的那個夢，夢裡的他也講了類似的話，她忽然有一種自己是獵物的錯覺，只要稍微不聽話，就有可能被殺掉。

男人的聲音和眼神好似給她下了蠱，她墜進了那深沉的眸子裡，清醒地沉淪著，想要抓住他眼裡的玫瑰。

玫瑰帶刺，或許會因此沾染滿手鮮血，可它漂亮。

謝綽就像那朵玫瑰，縱然危險，縱然深不可測，卻深深吸引著她。從第一眼伊始，彷彿就注定此生要糾纏在一起，至死方休。

謝綽猛地扣住她肩膀，將她按在沙發上，單手撐在她耳邊，由上而下地望著她，「我需要妳，我的靈魂，我的肉體，我的裂縫都需要妳。」

突然被推倒，徐羨也沒有慌，只是平靜地凝視他，探入他深深的眼瞳裡。

她說好，溫柔地撫上他臉頰。

她可以接納他的不完美，可以陪著他慢慢控制、吃藥直至痊癒，可以在他難受的時候給予他需要的愛。

當時的她以爲他的裂縫是強迫性精神官能症，僅此而已。

謝綽再也抑制不住，彎身吻了下去。他銜住她的唇，不輕不重地廝磨著，將她困在沙發與臂膀圈出的小小空間。

他沿著她唇線慢悠悠地舔，像是在品嘗一碗上好的佳釀，口齒生香，每一寸都不想放過，每一寸都該進入他口中。

他緩慢而細緻的動作，好似優雅的紳士，正一點一點將她拆吃入腹。

徐羨被挑逗得難耐，直接勾著他的脖頸往下按了按，在含糊間張口，溫熱的呼吸噴灑在他臉上，「你在做什麼？」

謝綽稍稍離開她的唇，眼底沉著看不清的黑，宛若把外邊的夜色都收攬至此，混著濃稠的慾念。

他拇指腹按在她紅潤的嘴角，摩娑了下，「妳剛剛自己說的，想吻妳就直接吻。」

主人都這麼說了，階下臣哪有不服從的道理？

這不是以下犯上，這是臣服。

回答完她的問題，謝綽再次俯首咬住她的唇，迫不及待攫取那份甘甜。徐羨吃痛地輕吟一聲，兩片唇瓣順勢張開，而他將舌尖探了進去，掃過那列瑩白的貝齒，勾纏住軟舌，與她交換過分熾熱的氣息，帶出的全是濡溼的黏膩。

徐羨能感受到他的發洩、他的索取，但與前兩次不同的是，這一次他有意識地克制著自己最深層的本能，力道依然強烈，糾纏依然滾燙，可他不再放肆地索取，也不再因爲失控而咬破她的雙唇。

他終於得到了夢寐以求的寶物。

在得到之前，謝綽甚至偶爾會有得不到就摧毀的想法，他想要看她掙扎的表情，一邊痛苦一邊沉溺。既然她不理解他內心陰暗的渴求，那誰都別想好過。

可一旦眞正屬於自己之後，他又捨不得了，他渴望她，卻也比誰都還要珍惜她。

上回在這張沙發上做這檔事時，兩人之間還什麼都不是，可現在的他們共享彼此，已經有了最親密的關係。

徐羨是個掌控慾偏強的人，卻意外地喜歡他的強勢，好像自己也在慢慢地臣服他，爲愛臣服。她情不自禁地回應，心臟劇烈跳動，一個又一個交錯的吻，使那根弦不斷被撥弄著，經由唇齒碰撞，奏出綿長又好聽的樂音。

夏天分明還沒正式到來，可這一方小空間卻已溼熱得難耐。正好晚風途經窗櫺，順手撚過那盆綠植，在小葉輕輕顫動時，謝綽抬手掐住徐羨的脖頸，把身下人往沙發裡側又按了按。

力道不大，只是虛虛握著，不至於讓人難受，卻能給人一種支配與被支配的快感。

「羨羨，妳是我的。」

徐羨睜著迷離的雙眼，雙手扣住他掐著自己脖子的手，渾身無力。謝綽想，彩雲易散琉璃脆，這樣美好的徐羨被自己掌握著，帶著脆弱又精緻的破碎感，像漸漸融化的月光。

「嗯，是你的。」她承諾，「都是你的。」

謝綽再次俯身吻住她，那些多年來翻湧的念想傾巢而出，淹沒窗外的喧囂，也淹沒了交纏溫存的兩人。

他吐出壓抑且沉重的深情，一字一句餵入她口中。

是告解，也是請求。

「妳是我的經年妄想。」他說，「是我夢中無數次想要吶喊，卻又不可言說的祕密。」

刺入骨髓，沉痾難癒。

他絕望又充滿希望地抱緊她——「做我的藥吧，徐羨。」

第五章　恃愛行凶

日漸豐盈的暑氣蒸發掉殘存的春意，夏季不知不覺光臨人間，在窗外梔子花紛紛揚揚之際，徐羨也漸漸熟悉新的工作職務。

雖然升上的不是什麼太高的職位，可這個年紀坐上部門主管，確實比一般人快了一些，也是她自己起初未預料到的。

現在機會都放到面前了，不抓住的才是傻子，何況她喜歡挑戰，縱然艱難，但不經過淬鍊，人是沒辦法成長的。

徐羨花了一段時間適應自己的新身分，這陣子忙得不可開交，再加上謝綽手上的研發也不太順利，兩人各有各的煩擾。別人剛在一起是恨不得整天都黏在彼此身邊，可他倆才確定關係沒多久，能見面的時間就大幅下降，熱戀期直接被工作給殘忍地消磨掉。

但忙歸忙，徐羨哪裡不惦念著男朋友，活了二十幾年好不容易才喜歡上一個人，卻不能在想見面的時候見面，太難熬了。

午休的時候，徐羨手中的事情終於處理得告一段落，她想滑滑社群動態，可打開手機便下意識地點進謝綽的對話框，兩人的對話紀錄還停留在前兩天的半夜。

她突然很想聽到他的聲音。

不過現在是上班時間，他大概在忙，她不好打擾。

徐羨吃著手裡的野菇起司帕里尼，只覺心下有什麼在輕輕地撓，如柔軟的羽毛掃過心尖，帶起的都是細小卻無法忽視的麻癢，如此反覆。

想念只要破開一個口，便會源源不斷地流瀉而出。

好想見到謝綽，好想聽到謝綽的聲音。

好想跟他待在一起，什麼也不做，就這樣偷走彼此的光陰。

最終她還是按捺不住，在午休結束之前發了訊息給他，問他晚上要不要一起吃飯。

她感覺自己像個春心萌動的十幾歲少女，總憋不住那些小小的心思。她有點唾棄這樣的自己，但又有點開心。

算了，快樂就好。難得遇上一個人，怎麼能不遵從本心的嚮往，對自己好，也對他好。

這天是禮拜五，連續加班了好幾天，徐羨縱然再怎麼有工作狂的潛力，卻也不想浪費美好的星期五夜晚。她把這週的工作做好收尾，補了個妝，一隻腳才剛踏出辦公室，就接到了謝綽打過來的電話。

「羨羨。」男人的嗓音透過電磁波流進耳裡，她的小名被咬在他唇齒間，短短兩個字也像是動人的情話，「下班了嗎？」

徐羨心下一動，整個下午都沒收到他的回覆，她還以爲他今天又要加班了。

「下了。」笑意漸次滾上眉眼，「正要出公司。」

「快下來吧，下來就能見到我了。」

掛了電話之後，徐羨面色如常地踏進電梯，見整個電梯只有她一個人，她忽然就脫力般地靠上角落，忍不住摸了摸自己的左胸口，想要撫順那翻騰的心跳聲。

這個男人怎麼這麼會。

如她所願，果然一踏出公司大門，就看到不遠處停了輛車子，而男人單手插兜倚在車門旁，漫不經心地垂首看手機。

夕光潑在他身上，冷感和陰鬱被很好地中和了，整個人身姿雋朗，再加上本身沉穩的氣質，盛著的都是暖色的溫柔。

徐羨自認不是很看外表的人，但現在爲何就覺得謝綽怎麼看怎麼好看，甚至越來越好看，越來越使她移不開眼了？

「謝綽。」多日未見，比起聲音，她的身體早已先行出手，輕輕拉住他的手腕，「你今天怎麼這麼早？」

謝綽把她被晚風吹亂的髮絲勾到耳後，「我感覺有人好像很想我。」

「是嗎，是誰呢？」徐羨放開他的手，逕自開門鑽進副駕駛座。

謝綽見狀，忍俊不禁，眉目都柔和了不少。

「晚餐吃什麼？」

「回家吧，我來做。」

「你會做飯？」

「嗯，小時候學的，不自己做沒飯吃。」

儘管謝綽以輕描淡寫的口吻提及此事，但徐羨只要想到他從前困苦的光景，便覺心尖一陣鈍痛，那是對命運無力的嘆息。

許是察覺到她的情緒，謝綽轉移話題：「先去超市吧，看看有什麼想吃的。」

徐羨抿了抿唇，「嗯。」

「羨羨，不用爲我難過，也不需要同情我。」謝綽單手搭著方向盤，直視前方，「禍福相依，從前的苦難是伏筆，所以我現在才能遇見妳。」

斜日在天邊燃燒，暮光熔金般地漫上擋風玻璃，蝕出亮燦燦的一片瑰麗。

恰逢紅燈，車子停駛，徐羨側身勾住他衣領，把人給拉了過來，直接獻上一吻。

到了超市，謝綽提著購物籃，兩人慢悠悠地在裡頭閒逛。

「想吃什麼？」

「紅酒燉牛肉……其他看你。」

停在冷藏櫃前，謝綽挑了盒牛肉放進籃子裡，接著側身瞅了徐羨一眼，抬手撫上女人眼下那一抹淺淺的浮黑，「都累出黑眼圈了，還習慣嗎？」

徐羨愣了一下，「我遮瑕沒遮好？」

見謝綽一臉疑惑，她有些懊惱地補充：「我剛剛還補過妝了，還是沒遮住黑眼圈嗎？」

男女思維大不同，聞言，謝綽失笑，覺得可愛，指腹在她眼角輕蹭了一下。她皮膚白，因此即使只是淡淡的黑，襯在她肌膚上便不容忽視。謝綽想逗她，於是刻意說得很嚴重：「這麼憔悴，等一會兒回去可怎麼辦才好？」

「回去不是你做飯嗎？」徐羨理直氣壯，「我廚藝不精，只負責吃。」

謝綽狹長的眼尾挑了一下，慢條斯理道：「做完飯還要做愛，妳吃得消？」

徐羨無語。

有句話怎麼說來著，一本正經的男人最風騷，這會兒她是真切地在自家男朋友身上體會到了。

難得見徐羨吃癟，謝綽眼底聚了幾分笑意，牽起她的手往前走，見好就收，「新身分適應得怎麼樣，下面的人還聽話嗎？」

「嗯，大家挺配合的，也都在互相包容，何況有些是之前的組員，默契也夠。」徐羡說，「你女朋友人緣很好的。」

謝綽捕捉到她字裡行間的小驕傲，不動聲色地繼續前行，握著她的手卻下意識地抓得更緊了些。

確實，大部分的人都喜歡徐羡。萬眾之花現在就站在他身邊，下班後跟他一起逛超市、回家，有種老夫老妻般的歲月靜好。

他明明已經很幸運了，可人都是貪婪的。

在她消失後，他只希望能再見到她，見到她之後卻又渴望能將她留在身旁，現在如願以償了，他卻開始自私地期望她眼裡只有他。

偶爾他也會有不太好的想法，巴不得把那些喜愛、仰慕她的人都給徹底殲滅。儘管她不會將他們放在眼裡，可只要想到那些不純粹的眼光沾黏在她身上，他便有一種領地被入侵的危機感。

他甚至想過要孤立她，讓她的世界只有他一個人，可徐羡人緣太好了，他辦不到，也捨不得。

他知道這樣的念頭太過偏執，但他控制不住，只能將其鎮壓在心底深處，深怕透出風來，有人會想逃。

食材採購完畢，走出超市時，謝綽看到徐羡的眼神停留在不遠處的電子看板上，上頭正播放著影帝喬喻代言的高級奢華香水宣傳影片。

方才還在想著那些事，他難以啟齒的獨占慾還未完全揮發掉，眸色暗了暗，把徐羡的臉扳向自己，「別看他，看我。」

猝不及防被捏住下巴，徐羡對上他晦暗的眸光，有一瞬間的怔忡。在意識到所謂的

「他」是誰時，徐羨忍不住笑出聲，「你吃醋啊？」

「嗯。」他坦然承認，稍稍傾身，鼻尖抵著她的，聲音很沉，「我們好幾天沒見了，爲什麼要看別的男人？」

「你怎麼連明星的醋都要吃。」徐羨樂得不行，「你放心，喬喻帥歸帥，但不是我喜歡的型。」

「妳還有喜歡的型？」

「對啊，生而爲人都會有理想型的吧。」

謝綽瞇了瞇眼，連纖長的睫毛都透著不悅，他放開她，提著購物袋逕自往前走。

徐羨快步跟上他，「你不好奇我喜歡什麼類型的嗎？」

謝綽的聲音很冷，猶如逐漸濃烈的夜色，「沒興趣。」

「謝綽、謝綽。」徐羨扯住他衣袖，強迫他停下腳步，眼裡有得逞的笑意，「你是不是傻？」

被罵傻的那個人神情很淡，沉默地凝視她，眼角眉梢有藏不住的冷戾，卻又有意識地在收斂，害怕會誤傷她。

見他想發作又不能發作的模樣，徐羨覺得可愛，卻也懂得及時收手。

她彎起月牙似的眼，踩著他的影子，踮起腳尖把答案送進他口中：「我喜歡你這型的啊。」

輕巧的一個吻消融於城市喧囂中，徐羨看到他眼底一閃而過的錯愕，忽地會意了什麼。

他好像總不敢相信她是喜歡他的。

長達十年的喜歡太卑微，使他沒安全感、患得患失，所以占有慾才會那麼強烈，所以才會因爲一點小事而吃味。

「不對，不是你這一型的。」

她話鋒一轉，手指鑽進他的指縫中，與他十指緊扣，在夏夜的風途經人間之際，重新定義了答案——「我只喜歡你。」

✦

回到謝綽家之後，徐羨依照慣例脫了鞋就要進去，謝綽卻突然攔住她，從櫃子裡拿出一雙拖鞋，放到她腳邊。

「穿這個吧，新買的，洗過了。」

徐羨低頭一看，是同款的淺灰色棉麻室內拖，饒有興致，「謝綽，沒想到你也追求情侶款。」

謝綽頓了一下，慢吞吞地吐出四個字：「恰巧罷了。」

徐羨望著他往廚房走去的背影，笑了笑，沒戳破他的謊言。

她洗完手之後，便在一旁看謝綽處理食材，並傳訊息給呂萍眞，表示自己今晚不回家了。豈料兩分鐘後呂萍眞直接打了通電話來，「羨羨，小醉這週出差，妳今晚去哪？」

徐羨一言難盡。

「妳怎麼知道沈醉出差了？」徐羨坐在餐桌邊，看著謝綽處理牛肉塊，銀色刀尖泛著鋒利的光，陷入牛肉的肌理中，「而且，我在外過夜也不是只能跟沈醉吧。」

「上禮拜逛街遇到小醉聽她說的。」呂萍眞沒讓徐羨轉移話題，反倒是語重心長，

「羨羨，圖一時快樂也要注意分寸，女孩子家容易吃虧，保護好自己。」

徐羨無語，覺得好笑。安排的相親屢次失敗，她母親終於也被逼瘋了，認爲自家女兒按捺不住寂寞，需要尋求一晌貪歡了嗎？

她把手機稍稍拿開了些，對著謝綽小聲道：「我媽好像把你當成我炮友了。」

謝綽切洋蔥的手一滯，轉頭睨了她一眼。

徐羨從那一眼中看出了什麼，頭皮一麻，重新貼近話筒時聲音都乖了不少：「媽媽，我有男朋友了。」

回應她的是好長一段沉默。

得到這個重磅消息，對自家女兒感情生活十分操心的呂萍眞，忽然間反應不過來了。好半晌後她才開口，聲嗓有些哽咽：「好、好……好好培養感情，整個假日都不回來也沒關係，下次有機會帶回家給媽媽看看啊。」

徐羨抽了抽嘴角，感覺她是激動得要哭了。

掛了電話之後，徐羨起身走到謝綽身旁，近距離觀賞大廚做菜。

「阿姨說了什麼？」

「我說今晚不回家，她打過來關心她女兒的情感生活。」

謝綽把煎好的牛肉塊倒進鍋中，與碎洋蔥、蘑菇和紅蘿蔔等佐料混在一起，「今晚不回家了？」

奶油和番茄泥交纏的香味豐盈，徐羨太喜歡這種溫馨的居家氛圍了，尤其身旁的是平時對外人總是很冷淡的謝綽。她心頭發暖，烘得嗓子也柔了不少，出口的話倒是直接：「嗯，我感覺有人會不想放我走。」

在蒸騰的熱氣與香味中，那雙冷峻的眉眼盈出溫度，終於有了幾分煙火氣。謝綽把勃根地紅酒和高湯倒入鍋中，輕笑一聲，「還算有自知之明。」

徐羨的臉莫名一紅，決定調戲回去：「謝綍，這麼多天不見，你其實也很想我吧？」

「想，怎麼不想。」被調戲的對象沒有她預想中的彆扭，十分坦然，「這十年來，我每一天都在想妳。」

謝綍拌了拌燉鍋中的食材，撒上月桂葉和其他香料，蓋上鍋蓋，讓食材燉煮。他放下矽膠鍋鏟，掀起眼皮看向她，「發了瘋地想。」

男人的眼眸深邃，沉澱著她看不懂的沉鬱，有著致命的吸引力，將她拖拽進他的世界裡，心甘情願與他在黑暗中共舞。

徐羨心下震顫，又是那種被鎖定的感覺，教她這輩子別想逃出他的世界。

「謝綍，我可以吻你嗎？」

「羨羨，廢話就不用問了。」他傾身，紅酒燉牛肉的香氣從縫隙間瀰散而出，謝綍將她攬進懷裡，「妳那麼講求效率的一個人，怎麼連這點道理都不懂？」

兩人接了一個綿長的吻，明明鍋裡的紅酒還沒全然入味，他們甚至還沒開始品嘗，徐羨卻覺得自己已經醉了。

等待牛肉燉好的期間，謝綍又做了一份香料馬鈴薯，料理出鍋後，徐羨望著桌上色香味俱全的飯菜，感覺被幸福砸中了。

「我是不是找了一個絕世好男友？」

「不是炮友？」謝綍把盛好的兩碗白飯拿過來，慢悠悠地坐下，拋出一個上揚的音，似戲謔又似控訴，「嗯？」

「家母起先未知全貌，誤會誤會。」徐羨舀了一大匙的燉牛肉到他碗裡，「我攤牌了，她讓我三天不用回家都沒關係。」

謝綽拾起銀湯匙，舉止優雅，聲調也緩：「伯母對我的體力還挺有信心的。」

徐羨夾了兩塊馬鈴薯給他，沒聽懂他話裡的意思，「什麼？」

「羨羨，當炮友也不是不行。」謝綽抿了一口檸檬水，狹長的眸涼薄又含情，左眼尾那一小片紅色胎記格外蠱惑人，「我一樣能滿足妳。」

徐羨深感不妙，手一抖，湯匙上的牛肉墜回了碗裡，下一秒，謝綽便道：「只是……做愛做個三天三夜，妳吃得消嗎？」

瘋子。

見他用那張性冷淡的臉說出這番虎狼之詞，徐羨深吸一口氣，拿起筷子將一塊馬鈴薯塞進他嘴裡，「好好吃飯。」

謝綽接受女朋友的餵食，只是笑。

「你別這樣看我。」在那道灼灼的視線之下，徐羨感覺自己也快要維持不住表情管理，骨縫裡好似有火苗在燃燒，「你做的菜這麼好，趁熱吃，別讓它冷掉了。」

謝綽「嗯」了一聲，收起黏在她身上的目光，低首舀碗裡的飯。

兩人不再調戲對方，可他們之間的氛圍卻越發不對勁，料理濃郁的香味摻了勃根地紅酒的醺意，混著繾綣的黏稠，牽絲似的。

有些事不需多言，勾著心尖，也讓人騷動難耐。

「好好吃飯。」徐羨不知怎麼地重複一遍，「吃完就讓你盡情發揮。」

「嗯？」謝綽疑惑地掀起眼皮，見女人嘴角沾了點醬汁，紅潤的舌露出一小截，輕輕一舔，帶走殘留的暗紅色痕跡。

眼神碰撞，剎那驚雷，濺起寧謐月夜。

他聽見她溫柔地吐出誘惑——

「不是想滿足我嗎？」她笑，「如你所願。」

「徐羨，妳是真不怕死啊。」

謝綽也不想裝了，反正他本來就不是什麼正人君子。隱藏的劣根性被愛人撕開，每一下撩撥都是對他自制力的進犯。

他覺得徐羨這人看似如春三月般溫和雅致，性格內斂，行事謹慎，可實際上相處後就會發現，她膽子大得很，總會做出一些出乎意料的舉動，比如擅闖不良少年的領地，比如拿著一瓶酒到夜半的大街上流浪，比如設計同事兼競爭對手。

又比如泳池畔的強吻，誘騙他幫自己「消毒」，還有眼下的勾引。

徐羨彎唇抿一口檸檬水，看向他的眼神有意無意地勾纏，「死在你身上……也不算虧。」

語聲很輕，可謝綽聽到了，他舔著唇笑了一聲，「羨羨，答應妳的夜丘黑皮諾還沒喝。」

「你終於想起來了。」徐羨纖白的指捲了捲髮絲，故作遺憾，「你都不知道我等了多久，又不好主動說，一直在等你開口。」

謝綽知道她在裝，覺得可愛。確定關係後的這段日子，他逐漸看到徐羨不同的模樣，這都是過去他沒機會也沒想過能看見的風景。每一幀都像是一片新大陸，發現後就偷偷揀起來藏在心裡，打算之後拿出來反覆回味。

兩人用完餐後，徐羨想洗碗，可謝綽讓她在外面待著，他洗就好。徐羨在客廳等了一會兒，覺得自己今天簡直就是來當公主的，雖然享受，但她沒理由讓謝綽伺候。

謝綽還沒出來，她尋思著還有什麼要幫忙的，便進廚房找他。

只見男人從酒櫃中拿出一支紅酒，正是那支勃根地夜丘的黑皮諾。

謝綽往玻璃高腳杯中倒酒，酒液瑩潤，色澤清澈又飽滿，空氣中漫著淡淡的紅酒香。

「嘗嘗。」他遞給她。

勃根地葡萄酒源遠流長，其中的夜丘更是舉世聞名的紅酒盛產地，那片蜿蜒的土地孕育出的葡萄酒香氣迷人、口感細緻、層次豐富，說是受到了酒神戴歐尼修斯的眷顧也不為過。

透明酒杯碰在唇沿，徐羨淺嘗一口，只覺名不虛傳。

「真好喝。」她對於酒一向品不出什麼深刻的心得，直觀的感受便是香醇順口，很純粹的感想。見邀她喝酒的男人倚在桌旁，也不喝，就這麼看著她，她感到奇怪，「怎麼只拿了一個杯子？」

光線傾落，謝綽彎身而來，徐羨看到他眼底零碎的光。

「嘗妳的就好。」

男人一隻手撐在桌沿，將她抵在餐桌與自己的懷抱間。

徐羨順勢勾住他的脖頸，打趣道：「勤儉持家。」

謝綽修長的指撫在她臉畔，指腹於細膩的肌膚上摩娑，溫度相揉，流連出幾分暖，「夜丘的酒不便宜，省點以後慢慢享受。」

這話說得曖昧，也說得巧妙，不僅是語帶雙關的調情，那「以後」兩個字，更像是把她納入餘生的規劃裡。儘管未來瞬息萬變，但徐羨喜歡這種參與他未來的感覺。

從吃飯時慾到現在，誰也忍不了，每一縷呼吸都像是魅惑人的邀請，更遑論現下交纏的溫熱。謝綽俯首，銜住那張夢寐以求的唇。

清新醇厚的紅酒香在齒間輾轉，透過一個又一個的吻交換愛意。他說他要嘗，她便把殘留在舌尖的芬芳推到他口中，要他用更深的情來換。

太燙了，不論是氣息還是體溫。

夜色好似被灼出一個洞，平時極力想掩藏的慾念全都流淌出來，似水又似火，漫過的同時也在燃燒，將靈魂與肉體都吞噬殆盡。

謝綽吻得太激烈，使徐羨偏過頭換氣，他薄唇向下，叼住她的衣領。

徐羨今天穿了一件古巴領的襯衫，精緻的鎖骨露出來，恰到好處的凹陷與突起，線條優美如雲絮。

她的領子被咬著往下扯，胸前一涼，大片皮膚曝光，下一秒便感受到一股柔軟的觸感貼上，裹挾著溼熱的吐息，是謝綽的唇。

細細密密的吻落下，一排嚴謹的扣子不知什麼時候也散了，徐羨被抱到桌上坐好，扶著桌緣的指有些用力，是隱忍，也是默許。

脊間一麻，宛如電流湧過，徐羨發覺謝綽悄無聲息地褪去了她胸前的遮蔽物。

細白如雪，晃了滿眼，謝綽眸色驟深，齒尖輕輕磕在那點紅上。

他微微一咬，便有低吟從唇縫間溢出，淌溼了眉目。

「羨羨。」他抬頭，語氣溫柔，「還喝酒嗎？」

「喝嗎？」一向精明的女人，此時也有些意識不清，「喝吧……」

他一手掌握著她的心跳，又去碰她的唇，「餵我？」

徐羨閉了閉眼，「……自己喝。」

「行，自己爭取的最香。」謝綽吮了一下她下唇，伸手去拿被擱在一旁的高腳杯。

徐羨見他嘴角微勾，手中的杯子在半空中傾斜，暗紅色的液體流洩而出，以肩膀爲起始點，順流而下，漫過她的鎖骨、胸前，直至更下方的腹部。

時節入夏，衣著也薄透，徐羨身上的白色襯衫並未完全褪去，此時紅酒沾了滿身，浸溼布料，那白淨也髒了幾分，像是墮入凡塵淤泥中的一片月色。

身上好似長出一條酒紅色的河流，視覺張力驚人。

徐羨嚇了一跳，「謝綽，你做什麼？」

「喝酒。」謝綽舔著她的脖頸，將酒液捲入口中，「就想知道，上好的紅酒和妳比起來，究竟誰比較甘甜。」

徐羨覺得他瘋了，鬼知道他是要這樣喝酒。

「衣服都髒了。」徐羨勾起溼黏的衣衫，沾了滿手濃郁的酒香，「洗起來很累的，酒漬還不一定洗得掉。」

「小事。」謝綽被迷得狠了，骨子裡都是躁動，「我再買一件給妳。」

經年妄想如願以償，他舔吻著她身上的每一寸，舌尖掃過的地方激起顫慄，每一下都晃動著他的心志。

直到飲遍了那美酒，謝綽終於也感覺有些醉了，卻不知道這份醺意的源頭，到底是紅酒還是徐羨。

徐羨感覺自己正在經歷一場燎原的盛宴。

「不是沒經驗嗎，怎麼這麼會玩？」她坐在桌子上，看他半伏在自己身前，骨縫裡都是酥麻，卻仍顫著手捏起他下巴，強迫他仰視自己，以一種俯首稱臣的姿態，「謝綽，你對我作過那種夢嗎？」

謝綽舌尖頂了頂腮幫子，笑道：「妳說呢？」

「在夢裡的我是怎樣的？」徐羨傾身去吻他，磨蹭他的唇，極其緩慢的，有意勾人，「這樣嗎？」半晌後又將舌頭抵進他口中，軟舌的追逐如兩尾魚嬉戲，掀起的漣漪蕩漾如春，「還是這樣？」

「或許是……這樣？」她抓起他的手，帶著他觸上褲頭，引導他解自己腰間的鈕扣。

她主動索取，謝綽愛得要死，糾纏了一陣後起身擁住她，在她耳邊低語，答非所問：「我不喜歡酒味，可那天半夜遇到妳之後，我就一直想跟妳喝紅酒。」

謝綽的母親整天都醉醺醺地回家，酒臭充斥在那逼仄的小公寓裡，因此他聞到酒，看到酒就煩。上了大學之後的某天，他接到了那女人的死亡通知，說是冬天大半夜醉酒倒在路邊猝死了，多麼愚蠢又諷刺。

他討厭酒，卻總想跟徐羨喝酒，喝紅酒。

十六歲那夜的邀請在他心底扎根，她的隨口一提，成了他多年來的執念。

他好像常常在做這種自虐的事，一如愛著一個可能永遠都不會記得他的人。

「羨羨。」

謝綽喚徐羨小名時總是很溫柔，那兩個字如煙似地含在他唇齒間，咬出來的都是脈脈溫情。

「紅酒好甜，妳也好甜。」

「有比夢裡甜嗎？」

「不確定，要再嘗嘗。」他得寸進尺。

嘴裡挑逗著她豐盈的頂端，手指沿著腿根走進幽僻之處，觸到一抹潮溼，雙雙氣息都有些不穩了。

「好軟。」

徐羨抖了一下，緊緊攥著他的肩，任由男人將自己下身的衣物也褪去，髮絲半黏在臉頰上，低垂的臉蛋好似高潔無瑕的白玉，清純得讓人覺得多碰一下都是玷汙。

「喜歡就多疼愛。」她一口咬上他喉結，「把我弄壞吧，謝綽。」

林盡水源，便得一山，謝綽彷彿緣溪前行的武陵人，獨下行舟，開拓著屬於自己的桃花源。

沒有鮮美的芳草，沒有繽紛的落英，沒有阡陌交通、雞犬相聞，那春山交疊，陷入雲泥中，只有一個徐羨。

女人在自己手下顫抖、低吟，呼出的熱氣噴灑在他耳邊，謝綽搓揉著她的敏感神經，時輕時重，每一下都是對愛人的渴求。

指尖更深入了，隨著那流動的小溪，他被水流帶走，任由她咬著，緊緊地吸附。

「羨羨。」謝綽吻她，「放輕鬆。」

「有點疼。」徐羨紅了眼眶，泛出眼淚，「我第一次，你輕點。」

「好。」接吻讓人舒暢，她終於不再僵硬，謝綽的指探到更裡頭，緩慢抽插，彷彿深陷泥地，被潮水包裹。想到她說的第一次，他輕聲問：「沒有自己來過嗎？」

「有……」徐羨環著他的頸，腦袋埋在肩窩，渾身都在顫抖。

她對這方面本來沒有太大的需求，此前從未有過相關的想法，連最青春萌動的少女時期也沒有。當時她忙著逃離故城舊事，忙著從零開始，滿心滿眼都是好好讀書出人頭地，帶母親脫離落魄，誰還有多餘的心思。

豈料在遇到謝綽之後，她才發現原來自己不是沒有慾望，而是沒有遇到那個足夠勾起她原始慾求的人。

「什麼時候？」他誘哄，一步一步讓她交出答案，「想著誰做的？」

「你……」徐羡甘願掉入他的圈套，「你上回出差，去、去日本的那次。」去日本那次，那就是在確定關係前了。

思及此，謝綽只覺有什麼在腦內爆開，煙花成簇，炸出的是不可置信，也是心滿意足。氣血往下衝，體內的躁動更上一層樓，手上的動作也狠了，折騰得她腳尖痙攣，低泣著求饒。

「謝綽、謝綽……」她輕喚他的名，一字一句隨著他的手指顫簸，「太深了，慢點……你慢……點……」

「這就深，等一下可怎麼辦？」手上淋漓一片，謝綽貼著她的耳留下調侃，「羡羡，怎麼還沒在一起，妳就想著我做那種事了？」

「彼此彼此。」徐羡一陣激靈，此刻被拿捏著，卻也不甘示弱，「從以前到現在，你想著我弄了幾次？我是不是你第一個幻想對象？」

「第一個，也是唯一一個。」從耳廓沿著下顎線舔下來，謝綽用舌尖描摹愛人輪廓，忍不住喟嘆，「夢中的妳那麼嬌，那麼漂亮，現實中只有過之而無不及。」

謝綽的手指退出後，徐羡感覺靈魂缺了一塊，情不自禁地用雙腿勾住男人的腰，想要填滿體內的空虛，惹得謝綽眼底洶湧更甚。

「多好啊，我終於擁有妳了。」他把她抱起來，離開那被酒香浸淫的小小廚房，轉移陣地走到了臥室。

軟床塌陷，徐羡剛被伺候得舒服了，此時渾身酥軟，連抬起小臂都費力。

「累了？」他挑了一下她精巧的下巴，「還不到累的時候呢，羡羡。」

他惡劣地頂她，身下灼熱，隔著褲子布料都能感受那溫度，徐羡被燙了一下，烏黑的長髮散在床面，襯著整個人更皎潔了。

謝綽慢條斯理地起身，站在床邊，一邊解皮帶，一邊居高臨下地望著她，姿態從容。

她那麼美，那麼誘人，是清白的月光，也是混濁的紅塵。

他的紅塵。

她直勾勾地盯著他，瞇著眼欣賞男人褪去外衣的模樣，視線由上到下，在看到他的雙腿時，迷離的瞳色被震驚覆蓋。

很漂亮的一雙腿，修長、筆直。

除了那些怵目驚心的疤痕。

「怎麼……」

謝綽看到她臉上難以遏止的驚恐，順著她的目光向下，一塊又一塊暗紅色的粗痕撞進眼底，在他大腿間攀緣。那是他經年累月遺留下的瘡，猶如猙獰的毒蛇，打定主意要帶著詛咒，纏著他一輩子。

謝綽心頭一震，他差點忘了這恐怖的東西。

「害怕嗎？」然而他面上卻不露痕跡，只輕挑嘴角，弧度卻冰冷，「很噁心對吧？」

當年的傷害不只燙破他雙腿的肌膚，也割裂了此時繾綣的氛圍。

「這些是國中時被霸凌留下的疤，用熨斗燙的，消不了。」謝綽垂眼，自嘲地笑了，「愛與恨或許不能跟隨你一輩子，但傷痕可以。」

聞言，徐羨心下一緊。

她倏地挺起身子，盯著那些深紅色的痕跡。確實醜陋，尤其謝綽又比一般男性還要白，那些粗糙、扭曲的傷疤拓在白皙的肌膚上，便更可怖。

每一條瘡疤都是一次不爲人知的惡行，每一次惡行都背負著一份無法聲張的委屈。

徐羨光是看著就覺得好痛。

她在男人逐漸染上陰霾的眸色中，輕輕地伸出手，「當時的你一定更怕。」

徐羨指尖短暫地觸到那些橫亙在他腿間的疤，謝綽狠狠地抖了一下，反射性地想要遮住那些醜惡的東西，豈料下一秒就被她扣住手腕，一把扯上了床。

「不用怕被我看到，這不是你的錯。」謝綽撞在她懷裡，徐羨抱住他，順勢翻了個身，把他抵在床上，「無論你是什麼樣子，我都會愛你。」

謝綽將頭埋在她肩窩，暖意一湧而上，他眼眶一熱，更用力地回抱住她。

兩人窩在床上溫存著，赤裸的身體相貼，赤裸的心更是。

不知過了多久，徐羨才低低開口：「我也幫你消毒吧。」

謝綽怔了怔，見女人撐起身子、抽開懷抱，接著往下埋進他的雙腿間，吻住他的大腿肌膚。

謝綽渾身顫慄。

她柔軟的唇小心翼翼地落下，印在每一寸駭人的疤上，像當初他幫她消毒那樣，彷彿這樣就能蓋過那些不願勾起的回憶，留下的只會是愛人的氣息。

謝綽的心臟軟得化泥了。

這是徐羨，那樣溫柔的徐羨，他一個人的徐羨。

淨化的吻如同快樂鼠尾草，浸透了整個人的靈魂，是療傷也是救贖。

從膝蓋至大腿根，一點一點向上，吻到敏感地帶時，徐羨忽地仰頭，望著男人享受又隱隱壓抑的模樣，彎了彎唇，「謝綽，想我的時候都怎麼做的？」

她挑著那雙含情的瑞鳳眼，探手湊到他蓄勢待發的地方，指尖輕輕抵著。

「我來實現你的願望。」

理智被慾念侵蝕，謝綽本還抱著虔誠療傷的心態，卻在見到女人蓄意的引誘時，腦子瞬間就被糟糕的思想占據。

他帶著她握住，被柔軟的手心包裹住的那一瞬，謝綽喉結一滾，溢出一聲低嘆。

「很舒服，妳多摸摸。」他在她面前總是坦承得俐落。

謝綽眼角發紅，眼底有翻騰的巨浪，沉積多年的夢化作滿腔情意，所有不可言說的念想此刻都被接住，被她掌握，甚至是被她疼愛。

徐羨聰明，稍稍提點便無師自通，手上或快或慢，用指腹捻他的頂端，甚至刻意放緩速度磨蹭，惹得男人禁不住地震顫，攥著床單的力道更大了。

徐羨的耳邊是他情濃時的低喃，她聽見他咬著她的名字，吐出綿長愛意。

謝綽拾起她得空的那隻手，含住指尖，或舔或吮，在快意將臨之際重重咬了一口。

徐羨「嘶」了一聲，痛感伴隨的還有快感，指頭發麻，一股顫慄沿著脊骨蜿蜒而上，她跟著手裡的東西抖了一下。

不怪她，這男人吸吻她手的時候太色情了。

「還有呢？」她學他舔吻自己的方式，唇舌游移到鎖骨下方，在那留下一口玲瓏齒印，「還想我怎麼做？」

徐羨仰首看他，男人平時的清冷沉鬱皆消散於旖旎風光中，眉眼間哪裡還有那陰晦與孤傲，習慣克制的人一旦切斷了弦，留下的最後一尾餘韻，都是潰不成軍的性感。

眞好看。怎麼這麼好看。

謝綽注意到她的恍神，以爲她有些退卻了，溫柔地擁著她，「不用特別做什麼，有就很好了。」

「謝綽，你好容易滿足啊。」徐羨藉由他的懷抱湊近他，大膽地跨坐到男人身上，讓彼此的體溫揉在一起，「可你得知道一件事，你可以恃寵而驕，也可以對我索求更多。」

她捧起他的臉，直直看進他眼底，「你是我的愛人，你有資格對我爲所欲爲。」

此時他們的下身貼合著，每一點細微的動作都會被放大，豈料徐羨還有意無意地摩娑，細腰淺扭，兩處赤裸地相抵，滲出的都是淫黏又酥麻的快感，慾望欣欣向榮。

謝綽粗喘了一口氣，強忍著想要推進去的衝動，大掌覆蓋住她的手，用臉頰蹭了蹭，像一隻撒嬌的大貓，再次開口時聲音都是啞的：「羨羨，妳怎麼這麼好？」

今夜的每一秒對謝綽而言都像是空中蜃景，他怕一回神後就支離破碎。他不是沒有看過夢碎的樣子，相反的，他看得太多了。

白日驚醒，隨之而來的是美好夢境碎裂的後勁，好教他回歸現實，提醒他那個少女早已離開這座城市，離開他的世界。

可這會兒，夢中那個少女好似知曉他的患得患失，無時無刻不在給他安全感。明明吃飯時說好是他滿足她的，可現下卻換成了她在滿足他。

愛人、愛人，多中聽的兩個字，她說他是她的愛人。

深夜時分，萬家燈火璀璨如星，夏夜膨脹的熾熱，帶著一點黏膩淫氣，描繪出兩個靈魂向彼此靠近的風月。

謝綽按著她的腰，終於也懂了白樂天的鍾情，楊柳小蠻腰，這樣一段柔美的線條掐在掌中，誰能不迷醉？

他頂了進去，徐羨受不住輕叫了一聲，更用力地環住他，像一個顛沛流離的流浪者，竭力想要求取一個得以倚靠的庇護。

謝綽輕輕地摸了摸她的後頸。受到安撫後，徐羨抬起頭想要去吻他。他看著她眉眼間尚未褪去的摺痕，痛苦和快意交融著。他知道一開始肯定疼，可不等她提出意見，他便抵入更深的地方。

「謝、謝綽……你先……」平時端莊自持，被傷害了也絕不輕易落淚的一個人，此時卻被刺激得直接哭了出來，「先出去……」

「求我。」恃愛行凶的那個人終於暴露本性，拿著自己的凶器把受害者的意識削落成泥，語氣間都是不容置喙的強勢，「求我啊，徐羨。」

「求你……」徐羨迷迷糊糊，攥著他的力道更大了，指甲陷入肌理，刻下紅痕。

「不要。」骨子裡的劣根性探了頭，謝綽笑了一聲，眼裡都是征服者的優越，所到之處皆是掌控慾的表現。

他那麼深刻地占有她，可吻她的時候又溫柔如清澈流水，教她巴不得被他狠狠滲透。

以前他喜歡看她痛苦的表情，那種漂亮的易碎感，那種被他掌握，只有他能夠拯救她的感覺，讓他得到心理上的滿足。

可後來就不喜歡了。

那麼好的一個人，合該被世間美麗簇擁，他怎麼捨得讓她痛苦。。

「我喜歡看妳哭，但又捨不得妳哭。」他吻去她的淚水，讓她放鬆了些。

水聲氾濫，交合之處都是淫靡，順流前進，行舟終於不再艱澀。

「羨羨，看我。」

徐羨睜著迷濛的眼，竭力想要看清他。

「羨羨，妳這麼乖，會讓我想把妳弄壞。」謝綽喟嘆，不斷頂弄著，用盡全力感受愛人體內滾燙的溫度。

快感如浪潮般襲來，徐羨在狂瀾中沾了一身瀲灩，迷亂地回：「把我弄壞吧。」

主人都這麼說了，狗哪有不服從的道理。於是謝綽更狠地去征伐，去求索，把她揉進身體裡，填滿他的所有裂縫。

亞瑟府毀壞了又怎樣，世界崩塌了又怎樣，他可以與她共生，連一起去死都是至高無上的浪漫。

「羨羨，原來妳有耳洞。」月光擱淺在窗檯，他就著那抹朦朧的微光捕捉到她身上的細節，「平常怎麼沒看到妳戴耳環？」

徐羨感受到他刻意放緩速度，是波濤之後的緩衝。給予她足夠的休息，才能迎來下一場癲狂的風浪。

「那不是耳洞。」徐羨知道他在說什麼，「那是痣。」

謝綽一愣，指腹在她耳朵上抹了抹，終於看清。

還眞不是耳洞，而是一粒小巧的黑點，安安靜靜地綴在耳垂中央。

他舔了舔那顆痣，反覆地吮吻，像是要將那一點小痕跡捲入腹中。

徐羨被弄得發癢，失笑，「你幹麼一直舔那裡？你是狗嗎？」

「很可愛。」謝綽最後吻了一下，作爲一個鄭重的收束，不知怎麼顯得格外虔誠，「妳說得對，我是妳的狗。」

他把徐羨翻過來，背脊上的蝴蝶骨如連綿山脈，他在那座山上行旅，看遍無數綺麗風景。

他癡迷地去親吻，去撫摸，去鐫刻愛人的一切，去銘記。

身下的速度逐漸變快，謝綽再次邀請她一起陷溺，「主人舒服嗎？舒服的話就給小狗一點獎勵吧。」

頂到了敏感點，徐羨顫抖如風雨中的一枝桔梗花，花莖晃著晃著便輕飄飄地墜入軟泥裡，折腰傾倒。

謝綽的指摩娑著她的腰窩，手上的薄繭，以及因爲過度使用酒精而未褪的脫皮痕跡，觸於她細膩肌膚上，更顯刺激。

或急或緩，酥麻感順著神經蔓延，勾得她心癢，「想要……想要什麼獎勵……嗯！」

「主人，妳愛我嗎？」他擁住她，靠在她耳邊呢喃，「說愛我吧。」是詢問，也是命令，更是懇求。

徐羨被撞得狠了，看不見愛人的面貌讓她心慌，掙扎著想要換個姿勢，藉由吻他，獲取一些安全感。

謝綽看穿她的意圖，故意偏開頭，不給她想要的。

求吻落了空，徐羨茫然一瞬，聽見他說道：「說愛我吧，說了我就給妳親，嗯？」

「愛你，我愛你。」徐羨急切地喊，生怕自己抓不住什麼似的，與在公司從容報告、策劃的模樣大相逕庭，「我愛你，你快親親我，我好喜歡你，我會死的。」

「愛誰？」謝綽抓著她的後頸，是箝制的姿勢，手上的力道卻很克制，「徐羨，妳愛誰？」

男人的語氣流露出深深的控制慾，字裡行間透著等不及的躁意，不知道是誰才更急切一些。

「愛你，謝綽，我愛你。」整條脊梁如過電，徐羨仰頭，閉著眼，眼尾潤著歡潮，在夜雲中留下一道尖叫的淫痕。

「我也愛妳。」他把自己送進去，連同深切的吻，與心上人共赴雲雨之巔，「徐羨，我好愛妳啊。」

大汗一場，酣暢歸酣暢，可徐羨的身體早已軟得不像話，現在別說一條手臂了，連動根手指頭都好似要她半條命。

可有人不滿足，拖著她繼續沉淪。

後半夜，月亮被揉在滿城夜霧中，被反覆翻折，被親暱擁抱，被吻去了所有嗚咽。最後一刻，謝綽在滿床泥濘中抱住她，猶如飛燕想歸巢，銜春渡進她唇裡。

經年的渴求，在這一刻終於得償所願。

✦

徐羨眞的在謝綽那待了三天。

第一次開葷那晚確實精彩，她被折騰得暈頭轉向，感覺裡裡外外都被扒了一遍，最後在謝綽一聲又一聲的親暱耳語中，挨著天邊乍起的曙光昏了過去。

她一覺睡到星期六下午，再次清醒時，感覺渾身骨頭都要散了。

初次的經驗太銷魂，理智湮滅，一個無意終止，一個縱然累也沒喊停，就這麼失控到了黎明。

睡醒後謝綽大抵知曉自己弄得狠了，便前前後後好生伺候著，晚上就安安靜靜地抱著她睡覺。

徐羨當了兩天的公主，盡顯千金風範。她早已不是眾人捧著的大家閨秀，也無意讓別人照顧她，可這會兒眞的太累了，腰瘦背痛。她從前收斂著的小姐氣質滲了出來，不使喚一下罪魁禍首，心理不平衡。

好在謝綽心甘情願，恨不得把人給哄順了毛，凡事親力親爲，極盡溫柔。

週日晚上用過晚餐，謝綽送徐羨回家，兩人在社區門口道別，樹影婆娑，月輝掩映，他們口上沒提，卻都有些流連。

沉默如野草恣意，滋長出依依不捨，徐羨勾了一下他的小指，正想說些什麼時，便被不遠處傳來的一聲招呼給勒令停止。

「羨羨！」李堂牽著那隻憨憨的秋田犬走向她。秋崽一見到徐羨便往她身上蹭，小爪子扒著褲腿，惹得她笑彎了眼。

李堂走近後有些驚訝，「小謝？你怎麼也在這裡？」他視線下移，兩人勾纏的手指撞入眼底，瞬間明瞭。

李堂怎麼能不開心，一個是自己當作兒子關照的得意門生，一個也算是看著長大的鄰居小孩，再加上先前相親的線還是他親自牽的，這會兒樂得不行，「好啊，好啊。我就知道你們會在一起，是從什麼時候開始的？」

「前陣子。」謝綽淡淡道，「多謝前輩。」

李堂不知道謝綽和徐羨的年少淵源，以爲他是在謝相親的事，覺得自己幹成了一件大事，「好好相處，都是好孩子，期待哪一天能給你們貢獻一點禮金啊。」

「這才剛交往就講那麼遠的事，李叔你別浮誇。」徐羨笑回。

徐羨本只是想講句場面話，豈料謝綽聞言後，卻忽然攥緊她的手，猛地側首，「妳不想？」

「不想什麼？」徐羨茫然。夜色深沉，他眼底的晦暗卻更深，使她心下一驚。

「不想結婚？」謝綽凝視著她，語氣比方才更淡了，好似在質問。

徐羨覺得他不對勁，莫名的壓迫感湧上心頭，可李堂在，她不好多說什麼，只能打趣似地道：「你這麼喜歡我啊？是不是在看到我的第一眼就連生男生女，孩子的名字叫什麼都想好了？」

這事在李堂眼裡就是小情侶打情罵俏，他笑呵呵地又講了幾句，想著不要打擾年輕人談戀愛，便牽著狗先走了。

等李堂離開之後，謝綽抿了抿唇，眼睫微斂，眸色混濁難辨，「我不想有孩子。」

「謝綽，我開玩笑的。」徐羨沒想到他這麼認真，連呼吸都輕了，有些小心翼翼，「都還沒論及婚嫁，談孩子做什麼？」

「徐羨，妳眞的不想跟我結婚嗎？」

「沒有。」徐羨說，「不是，就是……結婚這件事確實遠了點，我們也都還年輕，不到需要討論的年紀。」

靜默了一陣，謝綽壓下不合時宜的情緒，抬手把她被風撚亂的髮絲勾到耳後，再次開口時語調平和了不少：「明天下班我去接妳。」

「沒關係，你公司也不近，我可以自己回去。」徐羨獨立慣了，怕給他添麻煩。

「我去接妳。」謝綽堅持，「要下班了就傳訊息給我，上去吧。」

徐羨「嗯」了一聲，沒再多說什麼。李堂來之前的旖旎氛圍都被打散了，取而代之的是說不上來的怪異，宛若爆發之前的沉悶與平靜。

臨到大門前，徐羨忍不住轉頭，見謝綽還站在原地，頂上枝葉被風吹得凌亂，在他身上落下深深淺淺的影，平添幾分蕭索。

徐羨沒來由地有些失落。

她覺得自己說的也沒錯，這年頭除了大齡男女相親，誰還是以結婚爲目的交往的啊。速食戀愛在現代社會層出不窮，能跟一個人交往一年沒分手就是難得的事了。

她不知道謝綍爲什麼忽然執著於結婚這件事上，也不是說她對這段感情沒信心，只是她也是第一次談戀愛，根本不會想到這麼遠，她只想專注於現在。

時間不早了，況且現在的氣氛說什麼都不對，徐羨撇過眼神，逕自踏入大廳上了樓。

走回房間，把包包扔到椅子上，徐羨拿出換洗的衣物。由於毫無準備就到人家家裡過夜，她身上穿的是謝綍的襯衫，以及他洗到縮水、勉強不會從徐羨腰上滑下來的鬆緊棉褲。

星期六晚上，徐羨洗完澡，穿上謝綍的衣服之後，才知道男友襯衫的威力有多強大，謝綍後來看著她的目光都不一樣了，可礙於禮拜五晚上他把她折磨得累了，便只能乖乖憋著。徐羨被箍在他懷裡，任由他將頭埋在自己頸間，嗅著沐浴香，壓下所有躁動和不可言說的念想。

那時她仗著自己有恃無恐，笑得前仰後合。

徐羨一邊淋浴一邊琢磨兩人之間的關係，順便回味那晚的滋味，待洗完了頭髮，腦內閃過他從身後抱住自己的畫面，當時的他一遍又一遍地要求她說出那三個字，近乎偏執的懇求。

徐羨突然意識到謝綍方才的執著是爲了什麼。他只是敏感了。

徐羨不難感受到他的喜歡，那樣內斂的一個人，面對她時卻毫無保留，舉手投足間皆能看見愛意。

都說先動心的人就輸了，他喜歡她那麼久，中間她又一度從他的世界出走，如今終於得償所願，患得患失也是必然。

她知道他放不了手，他想跟她走到很久以後，那麼結婚就是必經的里程碑。徐羨並非不想與他步入婚姻，只是她沒想那麼遠，兩人當下關注的點不同。她注重的是結婚這件事本身，她覺得爲時尚早，因此不需要多言。而結婚對謝綽來說只是形式，他眞正在意的是那個對象，他以爲她不想跟他走到以後。

蓮蓬頭的水花傾灑而下，徐羨釐清了想法，扯了扯唇，有些無奈，男朋友太沒安全感了怎麼辦。

出了浴室，她隨意地擦了擦頭髮，用毛巾把溼透的髮絲盤起來，接著從包裡抽出手機，找到與謝綽的對話框。

或許在愛情裡，雙方愛意的多寡本來就很難相同，天平一定會朝一方傾斜，可她還是想要努力愛他，希望能讓天平盡量趨近平衡。

隔著幾條街的社區，謝綽站在陽臺抽菸，腳邊是散落的菸蒂，滿地狼籍。煙霧與夜風糾纏在一起，他眺望遠方，不知道在這裡待了多久，腳都站麻了，卻仍遲遲不離開，像是在跟誰較勁。

他沒有菸癮，只是偶爾感到煩躁時會抽一根，遇見徐羨後他其實很久沒抽了，因爲他知道她不喜歡。

可這回實在忍不住。他知道自己有多麼不成熟，也知道那急於抓住她的占有慾有多麼病態。

他都知道，他只是控制不住。

掐滅手上那根燃盡的菸頭，就在他準備要往盒裡拿下一根時，口袋裡的手機倏地震動了下。

看到通知的那一刻，他像是猛然驚醒了一般，把菸盒扔到一旁的板凳上，怔忡了一瞬，然後點開那名稱爲「白月光」的訊息，觸到螢幕的指尖莫名有些顫抖。

白月光：謝綽，結不結婚跟我愛不愛你沒有衝突。

白月光：我愛你，不是床笫之歡意亂情迷的錯覺，不是被逼問後難以拒絕的敷衍，更不是要挾你對我無私奉獻的籌碼。謝綽，你知道嗎？那是久別重逢後的一見傾心，是長時間相處下來持續的怦然，是想要跟你並肩走到無數個未來的深切期許。

白月光：僅僅是單純而熱烈的，我愛你。

✦

下班後去接徐羨，成了謝綽的習慣。

一出公司就能看到戀人，說不歡喜是騙人的，但兩人的公司並不算很近，儘管謝綽讓她學會依賴他，可她偶爾還是會怕給他添麻煩。

「其實你可以不用每天來接我的。」兩人下班後去一家泰式餐廳吃飯，徐羨夾了一塊椒麻雞到他碗裡，斟酌著用詞，唯恐他誤會了什麼，「工作已經很忙了，下班後還要特地繞路來接我，我怕你太累。」

謝綽筷子幾不可察地頓了頓，靜默一瞬，然後道：「不累，而且我們社區這麼近，其實挺順路。」

徐羨也料到了他不會輕易妥協，這人看著與世無爭，可一旦決定了什麼，那便是一條道兒走到黑，沒人能把他拽回來。

「妳不用有負擔，就當作是我爲自己謀的私心。」謝綽抬眸，「我只是想跟妳待在一起。」

男人語聲帶著天生的冷，邃黑的眼底卻盈滿真摯，徐羨心下都軟了幾分。

「好。」她抿了抿唇，彎出一抹笑，「那說好了，如果你那天很忙，就不用特別抽出時間來接我，我可以自己回去。」

裂縫渴求陽光親吻，腐草需要用愛滋潤，患得患失不是一時之間能根治的，徐羨有耐心，兩人的關係若要穩固，她可以慢慢培養他的安全感。

拒絕並不代表抗拒或不喜歡，他得先學會認清這件事。

就像謝綽說的，她可以倚靠他，那他同樣可以依賴她。

她有足夠的耐性去引導他。

謝綽點點頭，拿起一旁的紙巾，伸手越過餐桌，替她拭去嘴角殘留的醬汁，「好，都聽妳的。」

「我下禮拜大概都要加班，最近接了個比較複雜的項目，可能還要去見客戶。」徐羨語聲溫柔，自帶沉靜氣質，總讓人聯想到絲綢般的月光，「下週就不用來接我了，嗯？」

謝綽又點頭，沒多說什麼，安安靜靜的，乖巧得像一隻被馴服的高冷貓貓。放下紙巾後，他又順手用拇指腹蹭了一下她唇角。

徐羨心下一動，抓住他的手腕，「謝綽。」

謝綽的目光從她嘴邊移到那雙漂亮的瑞鳳眼上。

眼波如水，她說：「我也想跟你待在一起。」

徐羨說加班是眞的加班，這一加就是連續一週。

每每下班的時間都將近十點，搭地鐵回到家也就快十一點。她讓謝綧不用去接她，可謝綧依然每天驅車停在她公司的樓下，隔著一段不易讓人察覺的安全距離，就這麼坐在車裡遠望辦公大樓，然後在夜深之時看自家女友走出公司大門。

他會望著她走進地鐵入口，再開車早一步到她家的社區附近，親眼確認她安全到家。

有了樹影和夜色作掩護，加上長時間的工作使人精神疲乏，他想，徐羨不會發現他的「跟蹤」。他知道這樣很不正常，可超我與本我撞擊之後，還是按捺不住想追隨她身影的衝動。

說不上是什麼感覺，或許是偏執，或許是直覺，沒看到她好好回家，他心下總是會泛起不安的波瀾。

甚至這幾天回家之後，他一個人面對住了好幾年的屋子，忽然間感到很不習慣，可他本該是適應的，適應那空蕩蕩、井然有序的空間。二十幾年來都是一個人，他不可能不習慣孤獨。

自兩人在一起之後，徐羨便常常進入這一方空間，當他家逐漸染上女人的生活氣息時，他才驚覺，原來一個人待著是這麼空虛的一件事。

像上癮一般，戒斷症狀找上門了，在沒看到徐羨的時間裡，謝綧總覺得渾身不對勁，骨縫裡都是迫切的躁意。

人果然都是貪得無厭的。

禮拜五的晚上和假日，徐羨都會在謝綽家留宿。兩人從未約定過什麼，可她總是會在週五下班後跟著他回到家。

今天也不例外，儘管要留在公司加班，但徐羨已經打定主意，等把手上的事情處理到一個段落後，就要直奔謝綽的家。

連天高壓的緊繃神經，需要愛人細膩的撫慰。

謝綽將車子停在徐羨公司附近，照常等待，約莫八點多的時候收到徐羨的訊息，她說有點餓了，想要吃痲辣燙，又想吃豆花，還想喝某家手搖店的奶蓋，可這會兒手邊事情繁雜，忙得連外送都沒時間叫，就算叫了也沒空吃。

徐羨本就不是口腹之欲特別高漲的人，有什麼需求也會自行解決，絕不輕易示弱或埋怨，如今這明示暗示的，讓謝綽看完忍不住輕哂，已經在心裡安排著等一下去哪裡買宵夜了。

她在隱晦地撒嬌。好可愛。

謝綽修長的指撫著螢幕，淺淺擦過她發過來的訊息，指腹捻過一字一句，極緩慢的。文字訊息冰冷，這會兒都被捂上了溫度，好像藉由這樣的觸摸，就能隔著網路碰到她本人一樣。

手機抵著方向盤，他回完她的訊息後，背脊一鬆，靠上椅背。

又是一段漫長的等待。

但他最擅長的就是等待，十年來早已如魚得水，這一時半刻算不了什麼。

時間接近晚上十點，正當謝綽想著徐羨也差不多要下班了的時候，卻收到一則她傳來的訊息，說是臨時有資料出狀況，可能得再晚半小時才能結束工作。

無妨，謝綽想。

不知道等了多久，或許也超過預估的半小時了，謝綽終於在一片落葉被夜風捲下來，落在車子的擋風玻璃之際，捕捉到女人走出來的纖薄身影。

一看手錶，原來已經將近十一點了。

謝綽很是心疼，打算等確認徐羨進入地鐵站後就去買宵夜，最好能早她一步到家，這樣她回來就可以直接享用了。

他駛車緩緩地跟在她身後，以一個不遠不近，但足以將她收入視野的距離。

開車開到一半，謝綽忽覺不太對勁。他發現，有一個身影一直跟在徐羨身後，行走的速度忽快忽慢，與徐羨隔著一段距離。

如同現在的他一樣，一樣病態。

此刻的直覺告訴他，那道人影不太妙，儘管身爲跟蹤者，他與對方其實半斤八兩。

謝綽管不了這麼多，也沒空反省自己，他迅速將車子停靠在路邊，不動聲色下了車。

徐羨行事講求效率，連回家路上都不例外，謝綽知道她有抄小路的習慣。

現在夜深，小巷闃暗無聲，是最容易出事的時刻和地點，也是犯罪的溫床。

當看到自家女朋友拐個彎進入巷弄，而那個人尾隨其後時，謝綽腦子裡的弦驟然拉緊，繃出近乎要爆炸的危機感。

他眸色一沉，快步跟了上去。

這破巷也就這麼大條，既不能讓徐羨發現，又得及時攔住這名不速之客，謝綽心下煩躁漸起。

他看清了，那是一個女人的背影，不過是男是女都無妨，只要是想對徐羨下手的人，在他眼裡就只有一種身分，那就是死人。

見抵達巷口的徐羨已然轉彎，謝綽趁著眼前的女人還沒有立即跟上，直接抄起一旁雜物堆中的掃把柄，加快步伐，往她的背上砸了過去。

毫無防備地被重擊，對方罵了一聲髒話，踉蹌一下後，直接往前栽了下去。

她掙扎著想要起身，回頭時，只見一名男人距離自己幾步之遙，居高臨下地望著她，以一種傲然且陰鷙的姿態。

巷口後方的路燈，替披了一身夜霧的他添上幾分暖調色彩，可女人只覺得毛骨悚然。

暗黃的碎光、被陰影吞沒的半個身影，在濃稠的暗色中，連那微不足道的光明都顯得詭譎。而男人那雙銳利且暗藏暴戾的眼神，正穿透重重夜色直抵她的咽喉，如淬了毒的絲線纏繞脖頸。

如果視線能具象化，女人覺得自己可能已經被勒死了。

謝綽從容地觀賞女人狼狽起身的模樣，在見到對方的面容之際，一絲訝異滑過眼底。

是一個意想不到的人。

一瞬間，他什麼都釐清了。

「啊。」謝綽輕呼，仍是慢條斯理，「好久不見，王組長。」

王郁珊怔了怔，下意識脫口而出：「謝⋯⋯綽？」

「啊，我忘了，已經不是組長了。」謝綽看向她的目光十分刻薄，聲聲嘲諷，也字字嫌惡，「沒想到被趕出公司後，您依然這麼關心您的前同事，可謂是情比石堅。可惜……您的前同事好像不怎麼在乎您呢。」

「你！」

沒等她再開口，謝綽便向前一步勾住她的脖子，趁著女人反應不及，熟練地抽出一把袖珍小刀。

冷光一閃，王郁珊沒想到謝綽會有利器，嚇到忘記掙扎，就這麼被謝綽勒住頸部。謝綽身材偏瘦，手的力氣卻意外的大。他用臂彎牢牢扣住她，使她動彈不得。

下一秒，王郁珊便感受到頸邊抵上一片冰涼，金屬貼著她的動脈，冷戾的溫度滲進皮膚，隨著底下的血管脈動。

「說，想對徐羨做什麼？」

「呵。」王郁珊冷笑，「我想對徐羨做什麼？你怎麼不問問她對我做了什麼？」

謝綽掀起眼皮，涼涼地盯著她。

「她對妳做了什麼？」謝綽語帶嘲諷地道，「無非是揭穿妳與上司偷情，實話實說罷了。若要人不知，除非己莫爲……王郁珊，妳在背後造謠、帶頭職場霸凌的時候，怎麼就沒想過不要留下把柄？」

謝綽注意到女人手中似乎緊緊地握著什麼，明明在這種情況下手空出來會更好掙脫，她卻仍不放手。

「何況，羨羨做的任何事都是對的。」他勾唇，笑得讓人心底發寒，「她就算眞的對妳做了什麼，也輪不到妳這種死人碰她。」

事到如今，王郁珊才後知後覺地發現，她好像踩到他的逆鱗了。

她想到徐羨，想到自己被迫辭職，想到自己明明和徐羨同期進公司，可大家都只看到了徐羨的光環，總是在無形間把她和徐羨拿來比較。就連張添也是，即使她和張添有超出工作以外的關係，她還是隱隱感覺得到，在工作能力上，張添更看好徐羨。

她明明這麼努力了，為什麼還是贏不了徐羨？就因為徐羨有那張臉嗎？

王郁珊壓下恐懼，眼眶發紅，好似被逼到了極限，「徐羨憑什麼啊？憑什麼我走了她就晉升啊？憑什麼這麼多人喜歡她？憑什麼每次都搶走我的項目？她就只是個做作的臭婊子，裝什麼清高清純，她肯定跟很多人睡過，這種下流的賤女人被強姦了也只是剛剛好！」

難聽的字眼砸到耳裡，描述的對象還是徐羨，謝綽哪裡聽得了這種話，眸色一暗，瞇了瞇眼。

「被強姦？」在聽到關鍵詞時，他的手下意識地用力，刀尖劃破皮膚表層，鮮紅的血珠溢了出來。

男人散發的危險氣息太過猖狂，脖頸間的疼痛又是那麼眞實，王郁珊難掩慌張，口不擇言：「你等著，就算今天失敗了，徐羨那賤人也遲早會被姓黃的報復。上次沈家動手，他早就懷恨在心了，而罪魁禍首是誰？就是徐羨！」

王郁珊被困在謝綽身前，感受到男人如野草瘋長的怒意和暴戾，好幾次被嚇得差點腿軟。

謝綽笑了一聲，刀面抵著眼前人的咽喉，拍了拍，「報復？」

喉間冰涼一片，女人渾身震顫。

「王郁珊，在妳想要傷害徐羨的那一刻，妳就已經死了。」他的聲音放得輕，落在陰晦偏僻的夜巷中，如鬼魅一般。

有那麼一瞬間，王郁珊雞皮疙瘩都起來了，她想逃，卻動彈不得。

詭異的顫慄感沿著背脊蜿蜒而上，她當時在公司看到謝綽時，便覺得這男人的氣質略顯陰沉，孤僻得讓人卻步。如今再次遇見他，她發現他不僅僅是陰沉，骨子裡似乎還藏有被壓抑著的瘋狂，一旦碰到了底線，他便會衝破牢籠，不達目的絕不罷休。

「你……你不能殺我，你不敢……」冰涼的刀面還橫在頸間，女人顫抖地道。比起警告他，她更像是在說服自己。

聞言，謝綽像是聽到了什麼笑話，嘴角嘲弄地翹起。

「我不敢？」他更用力地困住身前的女人，刀尖距離大動脈不過三公分，方才不小心劃破的地方還在滲著血，他嘴邊弧度更盛，「王郁珊，下次綁架記得多找點人手。」

謝綽依然一副驕矜、冷靜的模樣，甚至顯得過分自在了，彷彿所有事情都在他的掌握之中。

他唯一的軟肋現在已經安全了，而除此之外他便沒什麼好失去的，自然無所畏懼。

「喔，我忘了，可能沒有下次了。」

「什麼？」

就在王郁珊分心之時，謝綽迅速地抽走她手中緊握的那塊布，在女人驚恐的目光中，用手帕死死地按住她的口鼻，像是要將她置之死地。

王郁珊面露猙獰，死命掙扎，出口的話語都是糊的：「你這個……你……你會有……報應的……你跟徐羨……徐羨那個……婊子……」

「閉嘴。」聽到愛人的名字，謝綽目光又冷了幾分，「別用妳那噁心的嘴叫羨羨，妳不配。」

語畢，謝綽手上的勁更大了。不多時，王郁珊便身子一軟，失去意識。

謝綽瞅了眼手中的手帕，心裡的猜想得到了證實。

上頭肯定摻了迷藥。

看著倒在自己懷中的王郁珊，他面無表情地放手，女人墜下去，「砰」的一聲被摔在地上。

這一撞肯定傷得不輕，甚至可能會造成腦震盪，但謝綽神情冷漠，一點都不在乎王郁珊的死活，蹲下來搜她的身。

他從她的口袋裡翻出手機，粗魯地抓起女人的手進行解鎖，接著點開通訊軟體，低眼一看，目光就此頓住。

置頂的那個名字，很眼熟。

黃昇——那個試圖侵犯徐羨的垃圾。

謝綽滑了下對話紀錄，越看眉心就擰得越緊，眼底的戾氣也越發滋長。

其中有一段對話紀錄是這樣的——

王郁珊：我已經到徐羨公司附近了。

王郁珊：等等我會迷暈徐羨，完事了就把那賤人送去您那。

黃昇：可靠吧？別被發現了。

王郁珊：放心，我觀察了幾天，徐羨喜歡抄近路，那小巷一到晚上就一片漆黑，也沒什麼人，不可能會被發現。

黃昇：好，等妳的好消息。把她送到徐迎酒店七〇四號房吧，我在這邊等妳們。

王郁珊：黃總……冒昧提醒一句，辦事的時候可記得要錄影啊，這樣徐羨這婊子就有把柄在我們手上了，往後還不得言聽計從。

黃昇：瘋女人……妳是有多恨徐羨？不過我喜歡。

黃昇：用爽了還考慮叫其他兄弟過來一起玩呢。

不堪入目的對話映入眼底，謝綽手一鬆，手機直直墜至地面，邊角直接磕出一角破損，螢幕也裂了大半。

這下他便知道他們所有的計畫了，王郁珊與黃昇聯手報復，前者負責跟蹤徐羨，並用迷藥使她暈倒，接著再將她送去後者那裡，迎來的便是徐羨的無盡地獄。

謝綽的臉色沉得如同被黑霧籠罩，體內的憤怒近乎要衝破軀殼。他不知道這兩人是什麼時候開始聯繫，並決定要報復徐羨的，他只知道，他想讓他們死。

王郁珊已經爛在這裡了，至於黃昇那畜生……徐迎酒店，七〇四號房。

謝綽將他們計畫要傷害徐羨的地點牢記在心，離開這令人煩躁的是非之地。

前往徐迎酒店的途中，他想起王郁珊癱在巷子裡的身影，原來嫉妒眞的可以讓一個人變得如此扭曲，不只是造謠、職場霸凌，甚至還想行使這般齷齪的事，以此毀掉一個人，滿足那不平衡的比較心理。

一個人對另一個人的惡意竟然可以這麼大，相隔多年之後，謝綽總算再次見識到了。

他覺得王郁珊就是一個不計後果的瘋子，不過可惜了，他也是個瘋子，而她偏偏栽到他手上。

沒有人能傷害徐羨，沒有人。

謝綽神色如常地踏進徐迎酒店的大廳，向櫃檯表示自己要到七〇四號房，是來找朋友的。

櫃檯小姐想起七〇四號房的客人在辦理入住時有交代過，晚點會有朋友來找他，屆時直接放人上去即可，於是便領著謝綽進電梯上樓。

到七〇四號房的門前，謝綽向櫃檯小姐道謝，轉過頭時面色立即沉了下來，抬手按了門鈴。

叮咚！

在房間內的黃昇聞聲一喜，不可遏止的邪念與興奮從心底竄出，搓了搓手，笑容滿面地去應門，迎接今晚的「貴客」。

豈料門一開，眼前出現的不是王郁珊和暈倒的徐羨，而是一個男人。

那雙陰沉冷戾的眸子他曾不幸見過，那甚至是有記憶之始，離死亡最近的一次。

不待黃昇反應，謝綽一把鎖住他咽喉，風馳電掣地將人推進玄關。

「哐」的一聲巨響，黃昇整個人狠狠撞上牆壁，他尚未來得及思考，眼前銀光一閃，轉眼間冰涼銳利的觸感貼上頰面，是熟悉的袖珍小刀。

黃昇死死地扒著謝綽的手，窒息的感覺如影隨形，曾經在他手下、腳下的狼狽姿態，如跑馬燈在腦海裡奔騰而過。

「放……放開……我……」他奮力掙扎，卻無濟於事，「我、我……我報……報警……了……」

「報警？」謝綽冷笑，睨了桌上那包不知名的粉末一眼，想到了什麼，手的力道又更大了些，「檢舉你跟王郁珊共謀侵犯徐羨？」

黃昇臉色鐵青，艱難地喘氣，「你……你怎麼知道……你……」

「因為王郁珊已經被自己害死了。」謝綽嘴邊弧度微揚，嵌著陰狠，「讓我想想，我是該掐死你呢，還是用小刀把你的皮肉一片一片削下來，讓你看著自己血肉模糊的身體，然後痛死？」

提到小刀，黃昇渾身顫抖，想起之前在包廂裡被支配的恐懼，那泛著冷光的利器，離自己的頸動脈是如此的近。

他怎麼也沒想到這件事會曝光。當王郁珊找上他的時候，他懷著得不到就乾脆毀掉的心態，同意聯手報復徐羨。

這場策劃的規模不大，一切都在暗中進行，他只是想讓徐羨吃點苦頭罷了，他認爲在這個腐敗的社會中，許多見不得光的骯髒事都在悄悄發酵，也不差他這點汙穢勾當。

他怎麼樣也沒有想到事情會敗露，甚至是被眼前的男人發現。

黃昇感覺氧氣在謝綽的手下即將被擠壓殆盡，嘴唇顫慄發白，血色近乎褪盡，眼球逐漸上翻，全身抖得不行。

見狀，謝綽稍稍放開了手，就在黃昇慶幸自己得以續命之際，眼睛便遭受到狠烈的重擊。

視覺驟然消失，頭暈腦脹，下一秒腹部又是一波巨大撞擊，黃昇整個人靠著牆壁滑了下來。謝綽將他踹進房內，接著把人按在地上揍，一拳又一拳，帶著不顧一切的凶殘。

黃昇從一開始就處在被動的處境，一切都來得太快了，他毫無還手之力，頂著瘀血紅腫的一張臉，在每一個重拳落下之際，艱難地失聲求饒。

「對不起……對不起……我知道錯了，我再也不敢了……是我腦子糊塗……是我良心被狗啃……」

事跡敗露之後，就不僅僅是被毆打得體無完膚那麼簡單了，血肉之苦只是一時的，徐羨背後的靠山，才是他最大的危難。

他想起當初在日料店被他們捏住的把柄，想起這些人與沈家千金的關係，再想起媒體界巨頭沈家等人的權勢。在日料店事件之後，他就已經吃了不少苦頭，不用想也知道是沈家的手筆，若是如今再得罪，沈家絕對會用千萬種手段讓他跌落谷底，再也爬不起來。

「求你……求你……」他話不成句，眼淚與血痕縱橫交錯於臉上，哭著請求一條生路，「我……我……以後再也不會對徐羡有任何非分之想……我……會從你們……眼前……消失……」

「吵死了，你不配叫徐羡的名字。」謝綽抓著他的頭髮，用近乎要將頭皮拔起的力道，將整顆頭往地上砸，「閉嘴。」

連續砸了四五下後，受到劇烈撞擊的黃昇頂著滿額的血痕暈過去，乖乖閉嘴了。

謝綽確認人還活著後，嫌惡地站起身，拍了拍沾了髒汙的手，轉身時，看見一男一女正站在門口。

女的是沈醉，男的長相風流，一身矜貴，氣質張揚，他曾在媒體上看過。

任平生，知名律師，憑著一張盛世美顏和優秀的專業能力，成爲了媒體寵兒。大家把他當作偶像明星一樣在關注，搞得非法律圈的都略知一二，他還因此收獲了一批粉絲。除此之外，這人的另一層身分是定風集團太子爺，腳下這幢徐迎酒店就是他們家旗下的資產。

許是方才動靜太大，門又沒關好，這才把人引來了。

就是不知道是什麼時候來的，又看到了多少。

謝綽瞅了眼癱在地上的黃昇，再看了看他倆，語氣平淡地道：「這麼巧。」

沈醉揚了揚眉，無視房內微妙的氣氛，如常答道：「我們在這裡有聚會，正好經過，沒想到你也在。」

謝綽點頭表示了解，沒再繼續寒暄下去，反正本來也無意於此。他話題一轉：「黃總頭部受到撞擊，暈過去了。」

沈醉那雙靈動的狐狸眼轉了轉，將任平生帶進來，隨手關上了門。

「怎麼撞的？」沈醉望向那具「屍體」。

「我不知道。」謝綽泰然自若，「妳有看到嗎？」

「啊，我也沒看到。」沈醉眨了眨眼，順著道，「應該是自己不小心滑倒摔跤的吧。」

沈醉看向身旁的男人，淡淡地道：「任大少爺，你家飯店的地板該整修了，這麼滑，之後又有第二個、第三個人跌倒怎麼辦？」

任平生挑眉，瞟了一眼那鋪著絨毯的地板，沉默了幾秒，最後「嗯」了聲，「知道了，回頭通知相關部門處理。」

沈醉勾了勾唇，「那這位摔慘的倒楣蛋，也麻煩任少幫我們送去醫院嘍？私人流程……你懂的。」

任平生淡淡地睨了她一眼。

「畢竟這是你的地盤嘛！」沈醉笑得沒心沒肺，「幫我個忙，之後我寫一篇定風的獨家專訪？免費的，在我家電視台官網首頁banner輪番播放，讓大家都知道你們定風有多好，任家有多厲害。」

任平生無語。

沈醉見狀，另闢蹊徑，「要不然我在你老婆面前幫你美言幾句？」

妻奴任律師恩准了。

送走黃昇之後，房裡氣氛驟降，沉重的默然包裹在三人之間，半晌，任平生才開口：「現在可以解釋一下，到底發生什麼事了？」

謝綽不怵，不疾不徐地走到他面前，伸出手與他交握，「任律師，久仰大名。」

沈醉在一旁見機介紹：「這是徐羨的男朋友謝綽，你也認識的，就我那好閨密……」

謝綍簡單說明了來龍去脈，包括王郁珊、黃昇先前與徐羨的糾葛和敵意，並避重就輕地掩飾了方才巷子裡發生的事。

日料店那時候沈醉也在場，時不時地附和了下。任平生和沈醉是多年好友，因此沒有懷疑這件事的眞實性。

「具體證據……」謝綍打開手機，秀出王郁珊和黃昇的對話紀錄，是剛才他離開巷子前用自己手機翻拍的。

沈醉一看，臉色瞬間變了，連任平生都忍不住蹙了眉頭。

「羨羨現在沒事嗎？」沈醉著急，自家好友曾離噁心的陰謀那麼近，讓人不擔心都難，「不行，我得打給她。」

「羨羨現在沒事，別打草驚蛇，我不想讓她因爲這件事而受到影響。」謝綍巧妙地阻止了沈醉，接著道：「至於現場的物證……」

他指了指桌上那包不知名的粉末。

沈醉曾經跑過與毒品相關的社會新聞，任平生更不用說，一路以來接觸過不少案子，其中一樁便是利用迷藥、春藥性侵既遂。

謝綍從桌上抽了兩張紙巾，隔著紙巾捏起那包粉末。

半透明的，一粒一粒的，比起「粉」，更像是被磨到很碎的顆粒。

這東西映入眼底，三人的面色都難看了不少，不約而同想到了什麼。

「冰毒……這畜生眞他媽噁心。」沈醉一陣反胃，不敢想像徐羨要是眞遇上了該怎麼辦，「他們不只是單純想下藥助興，冰毒對人體的傷害……」

「冰毒是一種高效興奮劑，也具有強烈的催情作用，很多濫用者都會把它當作助興的工具，藉此獲得無與倫比的刺激和快感。而爲了發洩吸食後激起的強大性慾，他們會進行瘋狂的性行爲，以散去體內蓬勃的精力。」任平生蹙眉，語氣沉重無比，「這款毒品能輕易地讓吸食者產生高度依賴，若上癮了，便很容易被他人控制。」

謝綽的臉色此時已經不能用難看來形容了，他猶如地獄出來的惡鬼，渾身都是難以壓制的暴戾。若是黃昇還在，他大概會被謝綽捅到沒能留下全屍。

「知道這人很爛，但不知道他還碰了違禁品。」沈醉毛骨悚然，「幸好羨羨逃過一劫，如今有了這包證物，他們的罪名也就不僅僅是強制性交未遂了。」

謝綽點點頭，語聲很冷：「這兩個垃圾有把柄落在我們手上，王郁珊我自有打算，至於黃昇……醒來了大概也不敢再造次，再麻煩兩位發揮一下自身的身分優勢……」

聞言，沈醉似笑非笑，「謝綽，我以前沒發現，你倒是挺會利用人。」

「我們都是爲了羨羨。」他嘴角淺淺一勾，理直氣壯，「這份人情我就先欠著了，以後有需要我幫忙的話，不用客氣。」

結束與沈醉、任平生的談話之後，謝綽離開徐迎酒店，耐心有逐漸消弭的趨勢，眼神定格在空中的一個點上，腦子裡想的是——徐羨到家了嗎？好想快點回家找羨羨啊。

他想看看她，想抱抱她，想在心裡偷偷跟她說——這次我有保護好妳，沒事了。

然而他上了車卻沒有回家，而是將車開到先前制伏王郁珊的小巷。

走進偏僻的暗巷裡，黑夜壓頂，裡頭只有一個癱倒在地的女人，她倒地的姿勢與剛才一樣，顯然是還沒有被人發現。

謝綽從口袋中掏出一個用紙巾包著的東西，是與方才一模一樣的粉末。

這是他在與黃昇打鬥間順手摸來的。

原先有兩包，都被黃昇擱在桌沿，很好拿取。在一開始發現時，他便趁其不備將其中一包掃到桌底，以致後來沈醉和任平生到來時，看到的只有一包。等那兩人離開後，他才用紙巾包起那包粉末，偷偷藏在褲子口袋中。

謝綽蹲下身，掰開王郁珊的嘴巴，將半包粉末倒進去，接著把剩下的半包封好，塞進女人的衣服口袋裡。

結束了一連串的行動，謝綽走出曲折的小巷，重回大街，迎著夜風回到車上，徹底切斷方才那些混濁與陰暗。

回家前他先去買了徐羨先前想吃的幾樣食物，幸虧店家都還有營業，沒有錯過。

他面色如常地回到家，打開門便見徐羨坐在沙發上，手裡拿著手機，一臉錯愕地望過來。

「我正要打給你。」徐羨說，「你去哪了？怎麼這麼晚回來。」

「等很久了嗎？」謝綽放下手中的食物，不答反問，「餓了吧，出門給妳買了東西吃。」

「沒有，也才坐下來不久。」徐羨看著桌上一袋袋的食物，全是方才她說想吃的，奶蓋、麻辣燙和豆花，謝綽全記下了。

謝綽捲著因剛剛的插曲而有些凌亂的衣袖，極其自然地撒著謊：「可能因爲禮拜五的關係，買宵夜的人很多，每家都排了一陣子才買到，所以拖到現在才回來。」

徐羨感動道：「謝綽，你會不會對我太好了？」

「我喜歡妳，不對妳好要對誰好？」謝綽在她身旁坐下，直至親眼看到她、觸碰到她，才眞切地感受到了踏實。

他將她擁在懷中，一股劫後餘生的恍惚油然而生。

他的羨羨平安無事，眞是太好了。

第六章　不臣之臣

徐羨最近發現謝綽似乎有點過度關注她了。

確切來說，是過度關注她的行蹤。

或許甚至不能說是關注，從某方面來看，算是一種限制。

比如先前只約好了一起下班回家，可最近幾天，謝綽會在早上的時候，直接開車到她家樓下，也不事先提，就這麼承包了她的上班路。

有順風車搭自然是方便，但兩人的公司在不同方向，徐羨說過不想麻煩他，可謝綽依然堅持，並且神情有些古怪。

起初，她只當他是在表達對她的想念，表達對她的好，畢竟他在感情中多少有點奉獻型人格的影子，從他願意爲她做任何事、不讓她操勞就能窺見一二。

她心下隱隱覺得微妙，又感覺是自己小題大作了。

一段時間過後，她發現謝綽開始會時不時詢問她的行程，大至出差，小至跟朋友逛街，甚至連她出門買飯，謝綽都想要知道確切的地點。

她一開始還幫謝綽找理由，心想他只是關心她，或是沒安全感，但隨著他干涉的越來越多，從單純詢問地點、做什麼，到身邊有幾個人、有誰、是男是女都要知道時，她也漸漸覺得不太對勁。

有一次，她不過就是忘了回覆他的訊息，謝綽便不高興了。當時她回到他家時，見他一個人坐在沙發上愣神，眉目間壓抑著什麼，看過來的那一眼有擔憂也有埋怨，低聲問：「爲什麼不回我？」

她被他的目光弄得一怔，下意識服軟，「當時排隊結帳，看完剛好輪到我，來不及回，之後跟同事講話又不小心忘了，抱歉。」

「羨羨，妳是不是去了什麼不想讓我知道的地方？」謝綽語聲很輕，調子卻冷，還帶著若有若無的壓迫，「或是瞞著我什麼，去見了不方便讓我知道的人？」

那冷淡陰鬱的模樣，字裡行間的強勢，像極了夢裡那個把她銬在椅子上，並勒令她永遠不准離開的人。

聞言，徐羨蹙眉，「謝綽，我只是忘記回訊息而已，何況我並沒有要向你彙報所有事情的義務吧，我也需要自己的私人空間。」

見她不悅，謝綽才陡然回神，腦子嗡鳴了一陣，慢慢釐清了現況。

他垂首，手指嵌入髮縫中，有些挫敗，「對不起，是我太敏感了，我不是故意要懷疑妳的。」

徐羨也沒眞的動怒，只摸了摸他的髮。她總覺得這段時間的他整個人好似籠罩在一團不安中，不像是單純的缺乏安全感，更像是有什麼事藏在心裡，可他不主動說，她也不好過問。

而不過問導致的結果，就是謝綽更加執著於追蹤她的足跡，恨不得時時待在她身邊，或是在她身上裝個監視器。

當這個念頭冒出來的時候，徐羨自己也嚇了一跳。

徐羨不理解，好像她得存在於他的視線內，他才會感到安心。

她獨立慣了，之前也單身慣了，這是第一次跟一個人建立親密關係。她不知道其他戀人間是不是也會這樣，想要掌握對方的一切動靜，她只知道她感覺有點……窒息。

於是，後來她決定直接了當地和謝綍說：「我不喜歡這種被時時掌控的感覺，壓力很大。如果你有什麼不安可以直接跟我說，好嗎？」

當時他們在商場逛街，謝綍腳步一滯，握著她的手攥得更緊了些。

「好。」他低聲道，又像是爲了提醒自己似的，再次重複一遍，「好。」

溝通確實有效，徐羨明顯感受到謝綍不再那麼緊迫盯人，至少恢復成剛在一起時的模樣。

某日上午，徐羨在茶水間和同事閒聊時，偶然得知了王郁珊的消息。

「羨羨妳有聽說嗎？王郁珊被抓了。」

「被抓了？」徐羨沖咖啡的手一頓。

「嗯，進警局了。」同事擺弄著奶精球，一邊說，「聽說她之前倒在路邊被路人發現，原本是好意報警，結果警察來之後發現她身上持有毒品，後續檢測也是陽性反應。」

徐羨心一震，她知道王郁珊不是什麼好東西，但沒想到她會跟違禁品沾上關係。

「警方推測是吸毒吸嗨了，所以就直接躺在路邊，沒被撿屍也是運氣好……」

同事還在繼續說，徐羨抿了口咖啡，苦澀的滋味纏上舌尖。

今天的咖啡不知怎麼的特別苦。

王郁珊的能力雖然不是特別優秀，但也不差，應該很快就能找到新工作，風評也沒有糟糕到會被同行封殺。

失業後的壓力有那麼大嗎？還是她承受不住與已婚人士偷情的輿論攻擊？

徐羨沒有深究，過去的敵人就讓她留在過去，眼前有更大的遠方需要她去征戰。

晚上在和謝綽吃飯時，徐羨隨口提到王郁珊的事。

當時男人眼前擱著一塊牛肉，他正細心地擦拭刀上的水珠，對於旁人的近況與八卦，是與往常一樣的不在意。

擦完了刀子，刀面反射出一線銀光，他開始慢條斯理地切割肉品，「這足夠毀掉她下半輩子了。」

儘管只是一句客觀的評價，但不知爲什麼，徐羨總覺得他話中有話。

但謝綽跟王郁珊也只有過一面之緣，兩人毫無往來，應當沒有任何關係。

她只當是自己多心了。

徐羨與謝綽看似穩定的關係才維持不久，便開始逐漸崩塌。

小病拖久了，終將成大患，一再的壓抑，沒有徹底根治的沉痾，遲早會有復發的一天。

有一回手邊的工作量太大，徐羨焦頭爛額地忙碌了一陣，加班到一半不小心在公司睡著了。她這一睡，就錯過了自家男朋友打來的電話，醒來才發現未接電話有十幾通。

當時她剛醒沒多久，還盯著那些未接來電，感到有些茫然時，就接到了沈醉的來電。

「羨羨，妳沒事吧？」

徐羨迷迷糊糊地回：「嗯。」

「那妳快點聯絡一下謝綽吧，他找妳找得快瘋了。」

沈醉告訴徐羨，謝綽找不到她，正到處聯繫她身邊的人。

和沈醉通完電話之後，她眨了眨眼，感覺心下悶得慌。她不過是錯過了他的電話，他就像個不管不顧的瘋狗一般，好似即使要翻遍全世界，他也要找到她。

他至於這麼做嗎？

徐羨一出公司大門就看到謝綽的車停在前面，而他靠在車旁抽菸，修長的指間煙霧繚繞，替那張疏離的面容拂上幾分沉鬱，也迷了她的眼。

男人看起來很低落，除此之外，似乎還有被極力壓抑著的戾氣，隱匿在濃重的夜色下。

見到自家男朋友，徐羨的腳步忽然放緩了，有一瞬間，她腦中甚至閃過一個念頭——不要靠近他。

她嚇了一跳，不明白自己爲什麼會有這種想法。

那是她的愛人。她不能，也不該。

徐羨走近後喚了他一聲，在謝綽抬眸的那一刻，她看見他眼底消亡的陰鷙，隨之替代的是如釋重負。

男人將她拉到懷中，緊緊地扣住她，近乎要把她嵌進自己的骨血裡，永久共生。

明明她只是加個班而已，可他卻像是差點要與她訣別一般。

在夜風中，謝綽把腦袋埋在她的脖頸，聲音淺淺發顫，重複喊著她的名：「羨羨、羨羨……」

徐羨有些恍惚，不知道是加班太累了，還是被他的反應嚇到了，她只是抬手回抱他，溫聲道：「我在。」

半晌，謝綽用指尖勾開散在她耳邊的髮絲，吻了吻耳垂上那顆酷似耳洞的小痣，然後貼著耳畔，低聲啟唇：「羨羨，妳能不能永遠別離開我？」

猶如深情囈語，卻很沉，彷彿要拖著她一起下地獄的那種沉。

既視感太重，有那麼幾秒，她分不清自己究竟是在夢中還是在現實。

她也忘了自己後來是怎麼回答的了，她愛他，所以應該是有給出一個讓他滿意的答案吧。

半夜三點，徐羨從惡夢中驚醒，她久違地夢到了十六歲那年的事。

喘了口氣，待心跳平復後，她稍稍撐起身，就著月光看枕邊人平靜的睡顏。

她屈指輕觸謝綽的臉頰，而他像是感覺到了什麼，睫毛顫了顫，往她的方向挨近了些。

徐羨心尖發軟，撩起他額前碎髮，低首在眉心落下一個吻。

她能感覺到彼此之間有什麼在暗處發酵，可她不知道哪裡出了問題。

她喜歡戀人關係間互相的占有慾，那是愛和在乎的證明，而她這種掌控慾偏強的人，甚至甘願爲愛人所支配，但不是謝綽最近這種，什麼事、什麼行蹤都要過問的控制慾。

徐羨想，她可以臣服於他，可前提是他得有拿捏得當的界線感，以及她能擁有不受干涉的自由。她不是他畫地爲牢後囚禁的金絲雀。

徐羨深深地看著謝綽，好似要將他印刻在眼底，與月色共眠。

她輕嘆了口氣，重新躺下後，再也睡不著了。

✦

煙霏雲斂，天高日晶，在看到社區前的梧桐葉落了滿階後，徐羨忽覺清秋已至。

時間過得太快了，這幾個月來她適應了新工作，適應了新關係，生活經歷了肉眼可見的動盪，卻也充實了許多。

經過未接電話事件後，謝綽過問她行蹤的次數變得更少了，徐羨心下鬆了口氣，兩人之間的緊繃感也舒張了不少，她只當他是那陣子比較敏感，所以才會想要透過束縛她來獲取安定。

而在一天下班後，徐羨接到了來自沈醉的電話，大小姐一開口就不給喘口氣的機會，隔著電話都覺得對面的熱情高漲到能淹沒她。

「Dear My羨！生日快樂！」沈醉大聲嚷嚷，很是興奮，「我這幾天到K市出差，沒辦法幫妳過生日，但妳放心，等我回去之後一定補妳一頓大的！啊生日禮物已經在路上了啊，預計明天會送到妳家，妳猜是什麼？」

聞言，徐羨才後知後覺地意識到，原來今天是她的生日。

也是，十月七號，秋天都光臨人間了，那她的生日也不遠了。

這幾年來她過得不算差，一切都在往理想的方向慢慢前進，她得走好每一步，讓母親過上更好的日子。

新的一歲，也請繼續加油。

「送了什麼？」徐羨回憶起前幾年沈醉送的生日禮物，香水、飾品、手提包，沒有一個不是價值不菲的國際知名品牌，儘管每年她都讓沈醉別這麼送，可對方似乎總沒聽進去，「妳不會又買了什麼限定款吧？親愛的，我知道妳錢多，但還是省著點花，別浪費在我身上。」

「是限定款沒錯，不過我還是保密一下好了，等妳收到後親自開箱，比較有驚喜感。」沈醉神祕兮兮，接著話鋒一轉，有些不滿，「不過什麼叫浪費在妳身上，只要給妳的就不是浪費，懂嗎！」

「懂了。」徐羨說道。

「妳才不懂。」沈醉聽出她的敷衍。

徐羨笑了聲。沈醉又說：「算了，妳就當作我在投資吧，投資美好友情，並且投資報酬率極高，回饋頗豐，收獲的是一個神仙閨密。」

徐羨被她逗樂，手指搭著桌沿笑了一陣，「好了，知道妳愛我愛得要死，工作加油，等妳回來。」

沈醉在那頭給了她幾個飛吻後，才掛了電話。

徐羨心情好，收拾完東西，站起身時眉眼都是彎著的，眼尾拉開的柔順線條，像極了溫溫柔柔的月牙。

豈料踏出辦公室時，她才發現大家都還沒下班，一群人圍在一起，見到她後很有默契地蜂擁而上，齊聲說：「生日快樂！」

徐羨被這齣弄得一愣，她行事本就低調，也不知他們是怎麼知道她生日的，不過這波善意來得溫暖，感覺心下都發燙了幾許。

「謝謝。」她彎唇。明明窗外秋色漸深，可那笑卻自帶和煦春意，使離她最近的一個同事看得失了神。

「難為你們還特地等我下班了。」

「不辛苦！」之前同是企劃一組的同事立刻說道，「我們訂了燒烤，羨羨一起去吧，壽星可不能缺席生日派對啊。」

徐羨還沒來得及思考，便被簇擁著擠進電梯，與他們一起去了燒烤店。

這局都是熟人，大多是之前企劃一組的組員，大家關係好，便也沒什麼隔閡，無須顧忌，整桌人都盡情地喝。

徐羨任由他們鬧，在一旁笑著替大家烤肉，聽他們吐槽客戶、抱怨情緒勒索的親友、分享過往的趣事。

後來幾個人很老套地玩起真心話大冒險，好巧不巧，徐羨第一把就中了。

發問的人是吳樂廷，他喝多了，平時的拘謹散了不少，拿著空的啤酒瓶充當麥克風遞到徐羨嘴邊，笑咪咪地問：「幫廣大的單身優秀男士透個底，徐羨姐妳最近有找對象的需求嗎？」

徐羨搖頭，「沒有。」

吳樂廷「喲」了一聲，正想衝某個對徐羨有意思的前輩遞眼色，就聞她又道：「我已經有對象了。」

聞聲，吳樂廷瞪大了眼，一時間也忘了把嘴巴闔上。

「什麼時候的事？」一名同事驚訝地問道。

「好幾個月了。」徐羨抿了一口沙瓦，神情平靜，「不是我們公司的。」

「不……仙女就這麼下凡歷情劫了。」吳樂廷想到了方才那個前輩，遺憾道，「本公司自產自銷失敗。」

「什麼歷情劫，樂樂你會不會說話。」坐在他旁邊的女人笑罵了一句，「羨羨的男朋友肯定也很好。」

「挺好的。」徐羨也跟著笑，想到前幾天生理期來，謝綽把受盡經痛折磨的她抱在懷裡，用熱水袋捂著她小腹，一聲一聲地哄吻，「很溫柔。」

吳樂廷坐在徐羨對面，看著她坐在燈光中，明亮盈了滿身，在這吵雜喧鬧的氛圍中，自帶一身清冷的美，而她眼睫輕歛，神情柔和，說出口的短短幾個字，透出刻骨愛意。

有些感情藏也藏不住，整顆心都被滲透了，軟得化水。

原來無意情愛的人一旦動了心，也是一樣的簡單純粹。

飯局臨近尾聲，趁著大家酒酣耳熱之際，徐羨藉口去廁所，偷偷到櫃檯先把帳單給結了。

晚上九點，一撥人浩浩蕩蕩地出了餐廳。大家盡了興，喝醉也是尋常事，徐羨和Ivy屬於比較清醒的那小部分人，因此幫每個人都叫了車。

吳樂廷喝得不多，卻是醉得最凶的那個。小實習生一畢業就入了職，現在是正式員工了，他酒量本就不算太好，聚餐經驗也少，一開心便沒個控制，這會兒挨著徐羨和Ivy，靠兩人扶著才能勉強站好。

「樂樂這樣可怎麼辦才好。」Ivy失笑，打趣道，「以後得帶出去多多訓練酒量了。」

徐羨瞅了他一眼，也笑，「是需要多練練，不過他平常太繃了，都在看別人眼色，今天放開了也好。」

「確實。」

兩人又聊了幾句，等待最後一臺計程車，此時Ivy發現自己的錢包似乎落在燒烤店裡了，「羨羨妳等我一下啊，我進去找個錢包。」

Ivy離開後，吳樂廷失去了一邊的支撐，站得搖搖晃晃，感覺隨時都會栽下去。

徐羨無奈，把他的臂膀抓起來搭在自己肩上，好在這位大男孩體型清瘦，她勉強算是撐住了。

徐羨架著他站在路邊，吳樂廷嘴裡喃喃著什麼。秋風冷涼，吹得他下意識往徐羨肩上蹭了蹭。徐羨跟他關係好，平時就把他當弟弟看，這會兒也沒多在意，只是無奈地敲了一下他的頭，惹得他哼了幾聲。

「回家你奶奶看到你這副模樣，大概又要念你了。」徐羨又敲了他一下。

吳樂廷從小就失去雙親，年紀比他大一輪的哥哥早早就去外地打拚了，如今家裡只有他和奶奶互相依靠，徐羨知道後也難免多照顧些。

徐羨還沒等來計程車，也尚未等到Ivy出來，便等來了一個意想不到的人。

夜色深沉而厚重，猶如一張巨大的簾幕，伴隨入秋的涼意，嚴絲合縫地覆蓋整座城市。

徐羨看著那臺熟悉的車子在前方停下，看著那道熟悉的身影從車上下來，看著他來到自己跟前，然後徹底僵在了原地。

男人每一步都好似踩在了她的心尖上，踩出的是無盡心慌。

她看到謝綽眼底迭起的風雨，比商秋的夜晚還要冷冽。

謝綽掃了一眼掛在徐羨身上的吳樂廷，面色陰沉。

見有人來到面前，吳樂廷瞇了瞇眼，將那顆暈乎乎的腦袋從徐羨肩窩抬起來，迷迷糊糊道：「謝、謝……先生？」

難為他醉成這樣了，還認得出好幾個月前只有過一面之緣的人。

謝綽沒回應，望向徐羨的眸色很沉，眼底湧動的是比夜色還要張狂的冷，稍一觸及便凍人徹骨。

徐羡下意識要鬆開吳樂廷，「我……」

還沒來得及說什麼，找到錢包的Ivy就小跑步過來，連忙拉起吳樂廷的另一隻手，幫忙攙著這令人不省心的大男孩。

「Sorry羡羡，一個人扶很累吧，樂樂也真的是……」Ivy講到一半才發現徐羡面前站了一個人，她有些驚訝，「謝先生？」

謝綽沒理，連眼神都沒賞她一個，兀自盯著難得無措的徐羡。

這時她們叫的計程車來了，Ivy連忙拽著吳樂廷，將他推上車。待她預先付好車費，回過頭時，才發現徐羡和謝綽早已不知道去哪裡了。

Ivy懵了半晌，今天是私人的局，並沒有特別邀請謝綽，怎麼這麼巧……她倏地意識到了什麼，摸出手機發了條訊息給徐羡後，便也自己叫車離開了。

在Ivy安頓吳樂廷的時候，徐羡便被謝綽一把拉走。男人扣著她的力道很大，與往常不同，這回是發了狠的，使她吃痛地悶哼一聲。

謝綽視若無睹，逕自把她給帶上車。

車內空間狹小，氣氛緊張，濃稠的壓抑鑽入鼻腔，彷彿有一隻無形的手扼上她的咽喉。

徐羡用眼角餘光覷著熟練地打方向盤的謝綽，男人面無表情地直視前方，抿著唇角一言不發，下顎繃得死緊。

車速很快，在夜晚的大街上呼嘯而過，車窗外的街景和光影都溶成了模糊的色塊，來不及在眼底停留半分。

徐羡知道他生氣了。

平時的謝綽就算再疏離冷淡，也不至於連基本的禮貌都沒有，還是會適時地展現風度。吳樂廷一個醉鬼就算了，可剛剛Ivy跟他打招呼的時候，他卻無視了。

這是連裝都不想裝了。

一路寂寂無聲，徐羨滿腦子混亂，心想謝綽來的時間點眞差，恰巧撞見她和吳樂廷搭在一起。儘管他們之間單純得跟白紙一樣，可當下那模樣任誰看了都會誤會。

她跟著謝綽回到了家，在臨進門時忽然想到了什麼，「你早就知道我在那裡嗎？」下班後她就被同事們風風火火地帶去燒烤店，進去之後也忙著烤肉和聊天，想到謝綽跟自己說今天有事沒辦法接她下班，她便也沒傳訊息報備自己的去處。

可他的行爲卻像是早就知道她在那間燒烤店似的。

徐羨沒聽見謝綽的回答，卻看到他身子有一瞬間的僵硬。

她突然有個很荒謬的想法。

「謝綽，你在我的手機裡安裝了定位應用程式嗎？」

門開了，他回頭看了她一眼，那一眼的情緒混濁難辨，有怒意，有擔憂，有理直氣壯，卻也有隱隱的慚愧。廊上昏黃的燈光影影綽綽，落了他滿身沉鬱。

謝綽沒說話，徐羨卻懂了。

難怪，難怪他這陣子不再積極地查勤。她原以爲是他看開了，豈料卻是因爲有了定位，所以不再需要詢問，也能知曉她的足跡。

原來不是不干涉，是直接監視了。

徐羨從沒遇過這種事，一時間說不出話，一口氣梗在喉頭，不知道該從何發洩。

她走進玄關，看到客廳的擺設後，那種無語的感受，變成了眞正的啞口無言，所見皆是衝擊。

原先井然有序的空間，此時卻被氣球和彩帶所填滿，全白的牆壁上貼了「HAPPY BIRTHDAY」的造型氣球，除此之外，沙發上還散落著淡藍、深藍、天空藍的氣球，只有中間騰出一個地方，剛好夠一個人坐下，得以被豐富的布置簇擁。

桌子的正中央，擺了一顆六吋的鮮奶油抹面蛋糕，簡簡單單沒有過多花俏的配料，外圍放了一圈白葡萄，中間插著一根小巧的淺藍色蠟燭。

藍色系的裝飾是因爲她偏愛藍色，基本款的蛋糕是因爲她不喜歡花裡胡哨的甜食，謝綽把她的喜好摸了個透澈。

徐羨震驚得無以復加。

他一個強迫症患者，有自己的一套規矩，要求所有空間都井井有條，居然會爲了她破壞家裡的擺設。他這麼做如同主動割開舒適圈，明明知道這樣會讓自己不適，卻依然放任外物入侵。

徐羨的心情從未如此複雜過，她還沒從謝綽在自己手機裡安裝定位的荒誕中走出來，就目睹了他爲了慶祝她的生日，而打破自身原則的模樣。

生氣和畏懼，感動和欣喜。好矛盾。

她猛地意識到謝綽今天所謂的「有事」是爲了什麼。說不能去接她下班，也只是因爲要提前回家準備，給她一個生日驚喜。

他不是個有儀式感的人，卻願意爲了她做到這種程度。

他在家裡等了這麼久，卻遲遲沒有等到她回來。

徐羨有些恍惚，偏頭去看謝綽，只見他默不作聲地站在牆邊，隱在一片陰影之中。

他稍稍低首，眼睫斂著，整個人是灰色調的，攏著一片鬱悶的霧，看起來像一隻被遺棄的小狗。

徐羨心下一顫，輕聲道：「謝綽……」

沒想到，那委屈巴巴的小狗忽地爆炸了。

他猝然抬眸，拉過她的手，直接把人摔在沙發上，毫不憐香惜玉的那種。周邊的氣球被擠了出來，如潮水般溢了滿地，輕飄飄地在地板上湧動著，如同誰在滄浪中載浮載沉、懸而未決的一顆心。

謝綽居高臨下地凝視她，邃黑的眸子裡滿是陰鷙，徐羨被看得發怵。

下一秒，他俯身吻了上去。

唇齒用力相撞，沒有絲毫溫柔與憐愛，僅僅是野蠻而粗暴的掠奪。他將她固定在懷裡，一隻手掐著那纖細的後頸，把人往自己的方向送。

徐羨被吻得生疼，不，被咬得生疼，鐵鏽味在舌尖發酵，釀出的都是凋零的理智，所有情緒被無限放大，謝綽的獨占慾和控制慾叫囂著，淹沒了彼此。

徐羨掙扎著，而謝綽更用力地禁錮她。

「徐羨，跟吳樂廷相處得還好嗎？」謝綽抬手按住她的嘴角，抹開一絲血跡，「是不是對我感到厭煩了，所以想要找下一個了？」

「我沒有……」徐羨蹙眉，刺痛感從唇角蔓延到心臟，被懷疑的滋味並不好受，「我跟他沒什麼，只是普通的前後輩的關係而已。」

「普通？」謝綽冷笑一聲，按著她嘴角的力道更用力了，「我沒見過哪個關係普通的前後輩，會讓對方這麼親密地倒在自己身上。」

「他喝醉了。」嘴邊的刺痛被劇烈放大，徐羨眉間溝壑更深，「而且我原本是跟Ivy一起扶著他的，不是你想的那樣。」

謝綽垂首，又要吻她，徐羨卻先一步捂住他的嘴。謝綽瞇了瞇眼，眼尾線條順勢拉開，左邊的紅色胎記透著絲絲危險。

「謝綽，我跟吳樂廷之間清清白白，你能不能不要無理取鬧？」

「無理取鬧？」謝綽扯了扯唇，「看到我女朋友跟別的男人貼在一起，我還不能生氣了？」

「都說了只是誤……」

語聲戛然而止，只見謝綽驟然湊近，鼻尖抵著鼻尖，四目相交之際，壓迫感排山倒海而來，浸潤了她整身，近乎要滅頂。

「徐羨，妳知道我多想把妳關起來嗎？」

男人聲嗓如低鳴的晚鐘，沉且啞，更多的是不容忤逆的強勢，一字一句震盪著她的心口。

「我想把妳關起來，這樣就沒有人可以看妳，沒有人會對妳產生不該有的想法，沒有人會分走妳的注意力。」他握住她的脖頸，手背青筋隱隱浮出，平時那隻修長乾淨，只會溫柔地抱她、撫她的手，現在卻不顧她痛苦的表情，執意弄疼她，「我多想讓妳只看著我啊，羨羨，妳眼裡能不能只有我？」

男人面色平靜，眼底卻有著瘋狂的癡迷，陰冷和乖戾浸染了眼角那點紅，洇出幾分妖異。

徐羨終於感受到了真正的恐懼。

儘管謝綽並沒有真正地掐她，但僅僅是這樣被控制著，任誰都不會好受。

她抬手握住他的手腕，想要擺脫他的箝制，卻於事無補。

「很難受嗎？」謝綽見她眼角被逼出了淚，低聲道，「我剛剛一個人在家裡等妳，卻遲遲等不到妳的時候，也是這麼難受的。」

「我不是個浪漫的人，但我還是想給妳一場不遺憾的生日，別人有的妳必然不會少。」

「可我呢？我從期待到擔心，怕妳又出了什麼事。出去找妳，卻看到妳跟別的男人待在一起？」

「徐羨，妳知道嗎？我感覺自己就像個笑話。妳總是知道怎麼讓我疼。」

徐羨見他眼底閃過失落和自嘲，挫敗凌駕其上。

她想到他一個人在家等不到人的畫面，難免有些心疼，可眼下這種情況，更多的是恐慌。就在她以爲他又要做什麼時，下一秒，他鬆開了手。

徐羨如獲大赦，偏頭喘了幾口氣，又被他扣著下巴扳回來。

光影參差，徐羨的視線有一瞬的模糊，緊接著便見男人的目光鎖定自己，極盡迷戀。他輕撫她的臉頰，一下又一下，指尖流連的都是似水柔情，綿長而繾綣。

他溫聲道：「羨羨，妳只能是我的。」

他的語氣明明是那麼的溫柔，卻又莫名的令人感到有些毛骨悚然。

徐羨心下一顫，但不掙扎了，她躺在沙發裡，長髮如瀑散落，深切凝視著他。半晌，她緩慢啟唇：「所以這就是你監視我的理由？」

謝綽撫著她的手頓了頓，眼底閃過什麼，唇齒翕動了下，卻遲遲沒有說出半句話。

他別開眼，神情裡藏著倔強，不久後又自暴自棄似的垂首要吻她。

徐羨偏開了頭，「謝綽，我談個戀愛，就不能擁有自由了嗎？」她目光淡漠，聲線很冷，平穩如凌晨寂靜的海面，「就算你是我男朋友，你也沒有權力限制我的自由。」

她跟吳樂廷的肢體接觸過於親密，他誤會、生氣是應該，畢竟她是有對象的人了，確實得拿捏好和異性之間的界線。儘管當下是逼不得已，但這事說到底也是她沒處理好，她不會固執地認爲自己沒錯。

可在她解釋之後他依然這樣，執拗地相信自己眼見的「事實」，再加上手機定位的事，讓她覺得自己完全不被他信任，好像在他眼中，她就是一個有了男朋友還可能去外面亂搞男女關係的人。

她不是，她怎麼會是呢。

「謝綽，你無時無刻不想知道我在哪裡，在我手機安裝定位應用程式，追蹤我的行蹤，是怕我背著你跟別人幹什麼嗎？你是有多不相信我，才需要做到這種程度。」徐羨也生氣了，一想到自己被人在暗地裡監視著，她便不由自主地發毛。縱然謝綽不是別人，可被時時盯著的感覺並不好受。

更難受的，還是因爲他的不信任。

謝綽不說話也不解釋，眼眶隱隱泛紅，呼吸重了些，洩漏出他此時心亂如麻。

「謝綽，你有病吧？」見狀，徐羨也沒了耐心，眸光冷峭，「沒有哪個正常人是這樣的。」

謝綽呼吸一窒，抓著那纖細的手，怔怔地看她。

無邊壓抑如頸上刃，凌遲兩人的神經，誰也不知道下一秒會不會被破開咽喉，綻放一地血花。

良久，謝綽忽而笑了一聲。

「是啊，我有病。」他勾起嘴角，「我就是不正常。」

他就是不正常，他早就知道了。

他對她的占有慾，對她的控制慾，全都超出了常人該有的範圍。他厭惡一切對她懷有愛意的目光，也痛恨所有對她施加惡意的視線。她那麼美好，是他的救世主，他巴不得她永遠只垂憐自己，她能不能只做他一個人的神？

如果可以，他甚至不介意把自己拴在她身邊。

男人再次傾身而上，大掌覆蓋她的雙眼，他不想讓心上人看到自己醜陋的模樣，那種被邪念、渴望、偏執所支配的醜陋模樣。

他吻著她的脖頸，一邊舔一邊道：「我有病，藥在妳那裡，只有妳能治好我。」

徐羨再次掙扎，可還是被他牢牢地困在身下。頸邊的吐息是如此的熱燙，兩人有過不少次的親密，可這回她卻一點都感覺不到舒服，內心只有深深的恐懼和排斥。

「妳是我的。」謝綽吻她、咬她，一路向下，扯開襯衫的束縛，粗暴且強勢，「只能是我的。」

白皙的肌膚膩滑如玉，他揉捏她的豐盈，吮住頂端，在她身上留下星星點點的痕跡，猶如標記。

當男人的手潛入裙底，在最柔軟的地方或捻或挑的時候，縱使徐羨再不願意，也依然忍不住輕吟了一聲。

他知道她所有的敏感點，知道她喜歡什麼，知道如何才能讓她舒服。

徐羨忽然很難過，不明白好好的一個生日怎麼會變成這樣，相愛的兩人怎麼會變成這樣。

此時的謝綽全然不是平時的樣子，他在生氣，他在失控，他在發洩。他不再照顧她的感受，她說不要，不是那種情趣上的不要，可他依舊將她壓在沙發上，竭力地征伐。

謝綽將脖子上的領帶拆了下來，三兩下綁住她的手腕，教她別想再推開他。

「我不喜歡這樣。」全身上下都被約束，徐羨哪裡都不好受，尤其雙手被領帶束縛，讓她想起了夢裡被銬住的彆扭，男女之間的力量懸殊讓她根本無法反抗，「你能不能先放開我……嗯！」

「放開妳？」謝綽狠狠抵入，指腹摩娑她的唇，她嘴角的血跡已經漸漸乾涸了。謝綽瞇了瞇眼，「可是放開妳，妳是不是就會跑了？」

夜晚還很長，他不顧她的反抗，在那張小小的沙發上，禁錮、入侵、占有她。

那是急於在所有物上留下記號的舉動，他想向全世界宣告——她只能是他的。

「徐羨，妳是不是怕了？」謝綽眼角發紅，用力撞著，輾磨過她最深處的腹地。

生理性的快意湧上，如漲潮一般淹沒神經，惹得徐羨止不住地顫慄。她腳趾蜷曲、繃緊，然後嗚咽著叫了出來。他銜住她的唇，吞下她細碎的呻吟，他連她的聲音都不想放過，她的所有合該被好好私藏。

謝綽在徐羨的下巴上重重咬了一口，存心要讓她疼，「我給過妳逃走的機會，可妳偏不要，執意要進入我的領域。現在來不及了，妳再怕也得承受，我不會放開妳的。」

他急切地親她，唇舌勾連，抵死糾纏，他想要讓彼此連結在一起，不論上面或下面，好像這麼一來，他們就能永久共生。

不夠，都不夠。爲什麼怎麼樣都不夠？

謝綽被情緒控制，無法溝通，徐羨只能任由他狠烈地折騰，此時的她渾身都軟了，再也無力抗拒。

她感到空虛的同時，一股苦澀感也湧了上來，還有燃燒的怒意在喧譁，一寸一寸放大。

「謝綽，你要是去死就好了。」在第一次高潮後，徐羨半睜著被水氣氤氳的眼，輕聲開口。

女人面色潮紅，眉目間卻都是冰冷。方才太過激烈，束縛住手的領帶早已鬆脫，解放雙手後的徐羨報復心起，她摳著他的背部肌理，指甲在上頭留下深刻的紅痕，毫不留情。

她下手沒個輕重，就是故意的。那幾下劃在皮肉上本該是疼的，可謝綽卻毫無知覺，還溫柔地撥開黏在她頰上的溼髮，傾身去尋她的唇。

「那妳要殺了我嗎？」他細細地吻她，如春雨潤物，好像又恢復了往常的耐心，不再暴烈地渴求著，「如果妳樂意的話，我不可能拒絕。」

徐羨覺得他真是瘋了。

她想避開，他卻預料到她的動作，在她撇頭的前一秒捏著她的下頷將人給掰了回來，強迫她面朝自己，直視自己。

「徐羨，妳知道的。」謝綽舔了舔唇，望進她的眼底，「沒有妳我也活不下去。」

徐羨被掐得有些疼，可轉念一想，這有方才那失去理智的性事疼嗎？有心臟那酸脹又如刀割般的窒息感疼嗎？

沒有，都沒有。

謝綽說她總是知道怎麼讓他疼，可他又何嘗不是？

夜色太沉了，沉到兩副軀體都被壓在這方小小空間裡，誰也不放過誰。情慾和怒氣交錯著，兩個靈魂本想要好好地觸碰彼此，可中間好像隔了一片大霧，始終不能觸及對方。

再一次被進入時，徐羨在恍惚間聽到他開口了。

「不然一起死吧，嗯？」

低啞的聲音摩擦著耳梢，如撒旦耳語，飄渺又厚重，教人抓不住，壓在心上卻又沉甸甸的。

謝綽將頭埋在她的肩窩，緊緊擁住她，好似要抱著她一起沉淪。

徐羨眼角被逼出了淚花，她忽地分不清是破掉的嘴角在痛，還是被抽插搗弄的地方在痛，又或者是心臟在痛。

她感覺到男人滾燙又冰冷的氣息，滿溢的絕望從字裡行間滲出來，兩人一齊墮入深淵。

他說：「下地獄也要在一起。」

隔天醒來，謝綽發現身旁是空的。

他還沒完全清醒，腦子有些混沌，怔怔地看向身邊空蕩的位置，半晌伸手摸了摸，涼的。

不知道已經走了多久。

意識到這件事後，殘留的睡意褪去了大半，他看向窗外豐盈的日光，明明那麼亮，卻始終照不進他的內心。

他的裂縫，只有徐羨能滲透。

謝綽又撫了下身邊那無人的床位，自嘲地扯了扯唇。

終究是跑了。

是啊，遇上這種事，任誰都該跑。

昨天他們在沙發上又做了幾次，最後徐羨暈了過去，謝綽把她抱去浴室仔仔細細地清洗乾淨，換上柔軟舒適的睡衣，然後將人放到床上，掖好棉被，讓她睡得舒服些。

待把自己也打理好後，謝綽掀開被褥，看到女人眉間隱隱染上摺痕，不知道夢到了什麼，整個人看起來有些不安。

徐羨的睡眠品質一向好，也很少夢魘，這次屬實難得，也反常。

他看著心疼，一把將她攬入懷中，安撫似地吻了吻頰側，用體溫包裹住她。

徐羨靠在熟悉的懷裡，神情慢慢恢復平和。

謝綽盯著徐羨愣神，他方才發了狠地折磨她，那時有多凶，這會兒心就有多痛。

「對不起……對不起……」他抱著徐羨，嘴裡喃喃著數不清的道歉。

夜色深沉，他埋在她的肩窩裡偷偷流淚，無聲的愧疚淌在她的肌膚上。

謝綽一夜未眠，直到天光大亮，才就著窗櫺處淺淺的晨曦，迷迷糊糊睡了過去。

他從始至終都緊緊擁著她，深怕一放手就會失去。

可睡醒之後，她還是走了，一聲不吭的。

現在已經中午了，今天不用上班，謝綽發了會兒呆，面無表情下了床，梳洗、換衣服。走到客廳時，映入眼底的是一片狼藉，很多氣球都已經消氣扁掉，懨懨地癱在地上，猶如誰死寂的一顆心。

那張沙發更是不能看了，凌亂的摺痕、乾涸的液體，深深淺淺的水漬，全都明目張膽地昭示著昨晚的失控與紛爭。

桌上的蛋糕放了一晚沒冰，早壞了，鮮奶油散發出隱隱的酸味。謝綽本該嫌棄的，豈料他卻有些失神地切開它，甚至挖了一口放到嘴裡，自虐似的。

變質的奶味在口中發酵，很膩，很反胃。

「生日快樂，羨羨。」他嚥下那口壞掉的蛋糕，在空蕩的客廳裡，低聲說出遲來的祝福。

可壽星卻不在了。

謝綽沉默地把散亂的東西整理好，客廳逐漸恢復成井井有條的樣子。他看起來冷靜又從容，可仔細一瞅，就會發現他眼神空洞得宛如被大火燒盡的荒野，土地乾澀龜裂，殘留的餘燼在空中浮沉，散落一地的只有無用的雜草碎屑。

沒有生氣，沒有溫度，只是一片荒涼。

謝綽在陽臺上抽了一包又一包的菸。太陽從天頂中央落到海平線那端，他看著整座城市沐浴在日光下，又看著熔金般的夕色染上每一棟高樓大廈，直至夜色低垂，平等覆蓋每一寸土地。

謝綽不要命地拿尼古丁麻痺自己，菸頭在腳邊堆成了小小的墓，埋葬的是他破碎的理智，又或者是一顆受傷的心。

這回沒有人會讓他停下動作，沒有人會傳訊息過來說我愛你——僅僅是單純而熱烈的我愛你。

白月光可能要消失了，要被他自己掐滅了。

謝綽很懊惱，他想到昨晚徐羨躺在他身下哭的模樣，白白淨淨的一張臉蛋，本該是皎潔而美好的，笑容最與之相襯，可當時她的五官上卻匍匐著縱橫的淚水，洇溼了她漂亮的瑞鳳眼，也淹沒了心臟，將彼此都泡得皺爛發脹。

她沒有大哭，只是無聲地流淚，就足夠讓他心碎。

當下的他被恨意蒙蔽了雙眼，被邪念侵蝕了理性，被骨子裡本能的獨占慾削弱了同理心，殘餘的只剩刻薄的自私。

他滿腦子都是她跟別人在一起的樣子，兩個人靠在一起的畫面太刺眼了，肢體相觸，姿態親暱，每一幀都刺得他喘不過氣。

危機感油然而生，堅守的領地被侵犯，有一道聲音告訴他，他得防禦，得使勁全力留下她，不論使用何種手段。

他明明不想強迫她的，愛一個人不該是強迫，可他還是傷害了她。

至於在她手機安裝定位的事，他知道太過病態，但他止不住那偏執的控制慾，他克制不了想要掌握她行蹤的衝動。

爲了給予徐羨適當的私人空間，他確實努力抑制了自己查勤的行爲，可事情卻往越來越壞的方向發展。

他開始時不時地趁她不注意時查看她手機，藉此知曉她最近的所有活動以及交際對象，但後來查看手機也滿足不了他的控制慾，於是他乾脆悄無聲息地在她的手機上裝了定位的應用程式，如此一來，便可以隨時掌握她的行蹤了。

他也不是每時每刻都盯著，就是偶爾擔心的時候會拿出來看看，確認她是安全的就好。

他沒有想要剝奪她的人身自由，他只是擔憂。畢竟之前發生過那樣的事，儘管王郁珊和黃昇大抵已經被警方管束了，可未來還那麼長，誰也說不準以後會發生什麼事，他怕他們哪天又發瘋了，打算再次報復徐羨。

若他上次沒有在徐羨公司樓下等，沒有跟蹤她，那他也不會發現王郁珊，更不會揭穿她與黃昇的計畫。

若沒有發現……他的羨羨會遭遇什麼樣的對待，他不敢想像。

他是爲了徐羨著想才這麼做的，可他不能告訴徐羨，倘若她知道他後來用什麼手段對付王郁珊，她會討厭他的。

她會害怕，會想逃，會想自己怎麼遇上了這麼一個瘋子。

縱然是以其人之道還治其人之身，但他想，一般人還是會覺得他太極端了。

他知道這樣的自己不可理喻，也難以一直瞞著，終究還是被發現了。

她還是想逃了。

有風呼嘯著掃過大街小巷，菸尾的火星子被捲了一下，灰燼簌簌抖落，也燙著了指骨，謝綽卻恍若未覺。

他挫敗地垂下頭，五指插入髮縫，像個徹頭徹尾的輸家，在戰役中節節敗退，狼狽又自厭。

簷上月光冷冷落下，大抵只覺他自作自受，冷眼淋了他滿身落魄。

事到如今，他能埋怨誰呢？

謝綽瞪著天空，茫然地想。

他只能埋怨他自己。

✦

徐羨醒來時，窗外日光已然大盛，她費了好一番力氣才把水腫的眼睜開，甫撞入眼的就是男人的睡顏。

他的眉頭蹙起，似乎睡得不太安穩。

徐羨沉默地凝視那張臉，想像往常那樣幫他撫平眉間皺褶，卻在抬起指尖的那刻頓了頓，接著放下。

惡夢就惡夢吧，活該沒睡好。

不知道過了多久，徐羨挪開搭在自己腰上的那隻手，然後悄無聲息地下床離開。

懷抱固然溫暖，可現在的她只想一個人待著。

這天是週六，自徐羨和謝綽交往以來，她假日通常都會待在謝綽那裡，因此當呂萍萁看到她一大早出現在家裡時，便驚訝地問：「羨羨，今天不住小謝那裡啊？」

徐羨渾身痠痛，沒什麼精神，連搭理母親的力氣都沒有，更不用說她還提到了謝綽那傢伙。

徐羨三兩下把鞋子踢在玄關，沉著臉走進房間。

呂萍萁看著那道背影，「哎」了一聲。自家女兒很少有這麼沒禮貌的時候，她想他們應該是吵架了，導致她這會兒有點脾氣。

徐羨回到家第一件想做的事就是洗澡，雖然身體感受到的乾爽告訴她，謝綽已經幫忙清洗過了，可她就是不想領謝綽的情，堅持要自己再洗一遍，儘管現在的她累得要死。

她剛拿出換洗衣物，房門就被敲響了。

打開門一看，是自家母親，她手上抱著一個小紙箱。

呂萍萁把包裹遞給她，「看寄件單應該是小醉寄來的，什麼東西呀？」

「生日禮物吧。」徐羨沒心思多說，跟母親道了聲謝就關上門。

她找來美工刀拆開紙箱，想起沈醉在電話裡說的限定款，心想她這回不知道又買了什麼浮誇的東西給她。

一打開，徐羨就見一件黑色半透明的布料躺在箱底，她錯愕地眨了眨眼，愣了一會兒後才繼續拆包裝，還期望不是自己心裡想的那個東西，可當她將包裝袋全部拆開後，事實依然給了她一頓重擊。

好傢伙，萁的是情趣內衣。

徐羨無語地盯著那件薄透的蕾絲布料，心想這東西是設計得挺好看的，可穿上去大概也遮不住多少地方，那為什麼還要穿呢？這不多此一舉嗎？

她還沒從荒誕的感覺裡走出來，就收到了沈醉的訊息。

沈醉：寶貝！收到生日禮物沒！！！

沈醉：喜不喜歡？驚不驚喜？我挑了很久才相中這款，而且還是限定款，開賣的那天我緊張得要死，還好手速給力搶到了。

沈醉：哎，可眞是太好看了，又純又慾，妳穿上去一定會把謝綽勾得要死！

徐羨抽了抽嘴角，反手回給她一連串的刪節號。

這都什麼跟什麼……何況昨天跟謝綽鬧成那樣，這東西現在也用不上了。

徐羨將那件情趣內衣塞回紙盒裡，再把紙盒扔到房間的角落，眼不見爲淨後便心累地進到浴室，把自己從裡到外好好打理一番。

洗完澡後，徐羨更疲憊了，尤其她的腰痠軟得像要折了。昨晚有多瘋，她一點都不想再回味。

徐羨一邊在心裡狠狠唾棄謝綽，一邊懶洋洋地躺上床，打算睡一場回籠覺，把所有亂七八糟的煩惱都拋開，暫時與世隔絕。

很累，不只是身體，精神上更累。現在的她沒把握能將那複雜混亂的心緒整理好，於是只能當一回膽小鬼，逃到夢野中。

她任由柔軟的被褥淹沒自己，陷入酣眠。

可事與願違，她沒能在夢境中放鬆，因爲她又夢到謝綽了。眞是怕什麼就來什麼。

夢裡的徐羨意外的很清醒，她知道自己正在作夢，以一個旁觀者的角度看著自己和謝綽對峙。

她不知道自己是第幾次被銬住了，也不知道謝綽是第幾次以那樣陰冷又深情的目光望向自己。

先前遇到這種狀況時，她只覺得慌，一心想掙脫那束縛住自己的鐐銬，對於男人的神態沒有太在意，頂多認爲他詭異，如同哥德式藝術下一篇獵奇的詩章。可這會兒靜下心以上帝視角詳細審視謝綽後，她才發現他的眼底都是沉重的偏執。

這回他沒有蠻橫地強迫她與他對視，也沒有說「妳永遠別想離開我」。

他只是靜靜地坐在那裡，虔誠又不安地凝視著她。

謝綽身上蒙上一層孤寂，看起來很脆弱，好似下一秒他的靈魂就會分崩離析。

有個念頭忽地竄上徐羨的腦海，謝綽似乎在藉由看著她、和她待在一起，維持那脆弱的堅毅。

徐羨有些恍然，可還沒想明白，眼前的男人便拿出一把袖珍小刀，將自己劃成兩半。那副軀體在一陣狂風湧過之際，由正中央的裂縫爲起始點，慢慢散成了許多碎片，而後沉積在徐羨的腳邊形成一個淺淺的小丘，如同一座墓。

就像亞瑟府最後的下場，崩塌了。

羨羨，對不起。

這是她驚醒前聽到的最後一句話，也是夢中的謝綽碎掉時留下的唯一一句話。是悔恨，更是對自己的譴責。

徐羨攥著被角，劇烈地喘息，整個人像是被丟進洪濤中，心臟隨浪顛簸，大汗淋漓。

她瞪著天花板，歷經了夢裡的瘋狂和驚嚇，這會兒連那尋常牆面，都顯得過分慘白。

夢境的殘骸尚未褪去，男人碎裂的過程也依然清晰。

徐羨想起亞瑟府被劈開的裂縫，想起夢中謝綽身上那道被小刀割開的裂縫，想起當初他把她抵在沙發上，執拗的懇求——我需要妳，我的靈魂，我的肉體，我的裂縫都需要妳。

當時的她以爲他的裂縫是強迫性精神官能症，可如今她才恍然大悟，原來他所謂的裂縫，不僅僅是使他痛苦的強迫症，也是他那偏執且瘋狂的占有與愛。

謝綽早就意識到了，他知道自己對她的感情是病態的，可他控制不住，也改不了。他太愛她了，愛到近乎走火入魔，希望她的眼裡只有他，希望她只是他一個人的救世主。

但他同時也深知，這種扭曲的情感見不得人，害怕一旦暴露了便會嚇到她，而她或許就會想逃。於是他只能隱晦地暗示，把卑微的懇求包裝進情話裡，期望她能讀懂他深切的隱喻，永遠不要離開他。

在崩塌以前，她總是不願意面對那些裂縫，總是說服自己那些都只是錯覺。

可眞的只是錯覺嗎？

堅持送她上下班，監視她的行蹤，聯絡不上她便打電話給她身邊的人，看不慣她與他人有過多的接觸，沒答應他的要求就容易胡思亂想，頻繁地說愛，近乎執著地索求安全感……撥開過去的生活痕跡，一片一片細數下來，那些被她刻意忽略的細節，其實全部都是偏執和占有慾的體現。

而那反覆出現的夢境，大抵也是潛意識在提醒她，不要忽視自己最直觀的感受——謝綽確實偶爾會讓她感到害怕。

如今他逐漸崩塌，她不得不開始正視那些被她以愛爲名得過且過的東西，不得不面對這段關係中不健康的部分。

徐羨獨立慣了，習慣將一切掌控在自己手中，所以當在這段關係中，她不知不覺被謝綽的節奏牽著走的時候，她才會感到不適應，甚至是下意識產生了想要逃的感覺。

她以爲相處時的那股奇怪感受，是因爲自己第一次談戀愛，還沒習慣戀人間的相處模式，可她忘了，不論是什麼關係，都不該讓人下意識地壓抑，甚至是在悄無聲息間迷失自己。

原來她一直在妥協。

她愛他，可一段穩定的關係並不是只靠愛就能維持，不可否認的是，謝綽有時的確讓她感到窒息。如果這件事沒辦法解決，縱然再有愛，兩個人也無法健康且長久地走下去。

她願意與他共享人生，可同樣的，她也需要自己的空間，她不該是被他囚禁的藝術品。

徐羨閉了閉眼，釐清了這段關係中的問題，也終於瞭解自己想要的是什麼。

然而認清歸認清，昨晚與謝綽的爭執和失控依舊歷歷在目，她還在生氣，也難過，身上的痕跡和痠疼昭示著他有多混蛋。

以後再有這種失去理智的Angry Sex，她還不把他給五花大綁又出去餵狗。

思及此，徐羨苦笑了下。都這種時候了，她還想著跟他有以後。

她第一次這麼痛恨被本我操控的心智。

徐羨在被窩裡休息了一會兒，直到口乾舌燥了才迷迷糊糊下床，想去廚房倒杯水喝，卻在落地時因爲雙腿間的不適而倒抽一口氣。

徐羨短期內一點也不想看到他。

感情問題向來沒有絕對的對錯，這件事勢必要攤開來說清楚，而不是像先前輕描淡寫地帶過。

她想，但他們現在需要的，是各自冷靜的空間。

✦

屋漏偏逢連夜雨，謝綽感情的事還沒處理好，工作上又遇到難關。新產品研發遇到瓶頸，數據臨時出問題，與日本合作方那邊的進展也不太順利。研發部忙得焦頭爛額，謝綽連續加班了好幾夜，三餐都沒按時吃，忙起來總是隨便揀一塊麵包，三兩口囫圇吞下墊墊肚子。

在再次遇見徐羨之前，謝綽無欲無求，心思都在工作上，即使要加班，他也無所謂，甚至覺得這是個打發時間的好方法；可和徐羨在一起之後，工作早已不是第一位，他的生活重心全轉移到她身上，巴不得每天都準時下班和徐羨待在一起，與愛人消磨時光、共享生命。

然而和徐羨各自冷靜的這段期間，他又重回了先前工作狂的模樣，甚至變本加厲，大有不願回家的跡象，飯不好好吃，睡也睡得不好。

連Dennis都看不下去，提醒他要多照顧身體，李堂也讓他注意點，別太累。

謝綽聞言，卻只是敷衍地應了一聲，轉身又一頭栽進工作中。

原因無他，把全身心投入在工作上，才不會有心思去想徐羨。謝綽甚至覺得這次的研發危機來得恰恰好，他才有機會透過忙碌麻痺自己，麻痺那一旦得空了，就會忍不住想念徐羨的心。

接連忙了幾日，事情才終於告了一段落，謝綽開車駛在深夜的街道上，因爲連續通宵兩天，這會兒有些精神不濟，眼壓太高，視線稍稍失焦。疲勞駕駛最是危險，他把車停靠在路邊，閉眼休息了一會兒，重新睜開眼時才發現這裡的景色有些熟悉。

當時和徐羨、吳樂廷吃完拉麵後，他主動送她回家，途中因為前方擦撞緊急刹車，徐羨嚇了一跳，兩人也是停在這裡休息了一下。

路還是一樣的路，可副駕駛座卻沒人了。

謝綽搭在方向盤上的手指顫了下，沉沉吐出一口氣，好似要把滿腔心事葬送在這寂靜的夜裡，連同靈魂都成為陪葬品。他有些失神，望著黯淡無一絲星光的夜色，才驚覺兩人好一陣子沒聯繫了。

這要放在以前，謝綽肯定發瘋，可現在的他只是一個儒弱的膽小鬼。他不敢找她，甚至沒有勇氣像以前那樣，開車到成漾的大樓下，偷偷看一眼她下班的身影。

如果被發現，徐羨肯定會認為他又跟蹤她，肯定會對此感到厭煩。

兩人爭執的隔天，謝綽就收到徐羨的訊息，只有冷冷的七個字加上一個句號——各自冷靜一下吧。

那晚確實是他失控在先，是他急紅了眼，理智凋落，對於她的解釋視若無睹，偏執地認為她會離開他，進而以愛之名綑綁、傷害她。

這份感情太沉重，若徐羨想要逃，也是人之常情。

謝綽當時盯著徐羨發來的訊息，忐忑了一整天，內心空落落。他害怕，又急於想確認什麼，明明想問「妳會跟我分手嗎」，發出去的卻變成了「妳能不能不要離開我」。

白月光：再說吧。

謝綽看著那毫無溫度的三個字，覺得徐羨現在似乎連敷衍都懶得敷衍。

在這之後，兩人便再無交集，謝綽寧願她衝他撒氣，罵他、打他，怎樣都好，也好過這樣冰冷的延長戰。

想她，想得發狂。

從前也想，每日每夜都在想她，他靠著她施捨的一簇光苟活，他只能在夢裡與她見面。睡醒後的夢碎，心頭的空蕩，他抬手任由窗外晨光流淌在指間，可日光再明亮溫暖，也都不會成爲月光。

那時的他，感受到的僅僅是空虛，因爲沒擁有過，因此所有失落都是一個人的事，所有的情緒也都能自己消化。

咬咬牙就過了，沒什麼，他習慣了。

可如今已和過去不一樣，他曾經擁有過徐羨的好，以致失去後的痛苦加倍放大。他的靈魂破了一個洞，是鑽心刮骨的疼，好似有人拿著一把刀，往他的骨肉裡狠狠地剜，挖出血肉模糊的爛泥，以及他腐朽破碎的心。

他知道他的想法很病態，很偏激，但能怎麼辦呢？

不論是對徐羨過分的占有慾，還是對他人缺乏同理心的極端手段，都是他埋藏在體內深處，不可言說的祕密。

一旦被揭發，所有苦心經營的美好表象都會崩塌。

徐羨被嚇到了，跑了。

只要想到或許會就此與她分開，不可遏止的恐慌便襲捲而來。謝綽捂著左胸，窒息感扼上喉頭，他大口大口喘著氣，冷汗沿著下顎線滴落，夾雜暮秋濃稠的霜意，更顯冰冷。

不知道過了多久，他才抖著手重新啟動車子，在夜裡無人的大道上奔馳而過，草木都淒淒。

跌跌撞撞回到了家，已是夜深，謝綍單手扯掉領帶，踉蹌著撲向酒櫃，如缺氧的人急切地尋求氧氣瓶。

酒液滑過喉間，可謝綍嘗不到黑皮諾的香氣，酸甜在舌尖氾濫，迷迷糊糊間，他想到的只有徐羨。

拿著紅酒瓶在路邊豪飲的徐羨，環著他脖頸將酒香渡入他口中的徐羨，任由酒液在身上放肆蜿蜒的徐羨。

全都是徐羨。

只要能夠挽回徐羨，要他做什麼都可以。

晚上十一點，謝綍在紅酒的浸潤下，終究沒能抵擋住本能，起身開門下樓，搖搖晃晃地走向隔了幾條街的社區。

酒精勾出的除了醉意，還有按捺不住的思念。

大樓的警衛認得謝綍，知道他是樓上徐小姐的對象，而謝綍就算醉了，神色也依然平靜，頂多走路時腳步有些不穩，在深沉夜色的襯托下，他的失態也被掩飾了七八分。因此警衛一點也沒有察覺他的不對勁，便讓他上樓了。

謝綍熟門熟路地找到徐羨家，不帶絲毫猶豫地按了門鈴。

多日累積下來的思念潰堤，想見她一面的渴望也抵過了糾結的心。

過了兩分鐘，有人前來應門，可撞入眼裡的不是他朝思暮想的女人，而是她閨密。

沈醉見到謝綍也有點驚訝，她仔細一看，發現眼前人的狀態不太好。

謝綍披著一身夜的涼意，眼眶附近有隱隱的淚痕，左眼角那一小片紅色胎記都失色了幾許，額角甚至有傷。

沈醉扶著門框問：「謝先生，這麼晚了，請問有什麼事嗎？」

謝綽已有些醉意，這時候居然還能分析出沈醉對他的稱呼從「謝先生」變成「謝綽」，這會兒又從「謝綽」變回「謝先生」。

他無奈地想，沈醉跟徐羨這麼好，徐羨肯定都告訴她了，那麼沈醉討厭他、嫌棄他，與他劃開界線也是應該。

朋友都這樣了，那身爲當事人的徐羨，對他的排斥只會有過之而無不及。

謝綽強迫自己冷靜，儘管大晚上的找過來已經是不冷靜的表現。

「羨羨在嗎？」

他努力讓自己的聲音平穩，至少聽起來不要那麼失控，因爲徐羨喜歡體面的人。

「我想見見她。」

沉默在空氣中擴大城池，明明只有三秒，對於謝綽來說卻漫長得如同一世紀。

「羨羨在家。」

謝綽下意識屏住氣息，卻聽見沈醉接著道——「但她不想見你。」

沈醉看著男人面色唰地一下被慘白覆蓋後，便冷眼關上了門。

是走是留，與她無關，但跟她家寶貝有關。沈醉旋身，望向那道坐在沙發上喝茶看電視、努力裝作若無其事的背影，悠悠道：「My羨，他說想見妳，我擅自幫妳拒絕了。」

「拒絕得好。」徐羨捧著茶杯，裡頭是剛沏好的不知春，裊裊煙氣蒸騰而上，熱意攏住五官，卻沒能捂暖心頭半分。

「他看起來醉了，黑眼圈超重，眼神有點渙散，額角還受了傷。」沈醉如實稟告，氣定神閒地在她身旁坐下，抿了一口茶，「嗯，眞不錯，茶莊沒騙我，不枉費我從出差的地方特地帶回來。阿姨肯定也會喜歡，明天早上她睡醒再泡一壺給她嘗嘗。」

徐羨喝了一口，卻無心品茗，茶香散在舌尖恍若未覺，她看著前方正播放連續劇的螢幕，有些出神。

沈醉早看透她了，好整以暇，「心疼嗎？心疼了就去追，人應該還沒走遠。」

徐羨沒應，不承認也不否決，依然捧著手中的溫熱，執拗地盯著電視。

連續劇的女主角跟男主角因爲爭執而分手了，這會兒哭得肝腸寸斷，彷彿天要塌下來一般。

徐羨輕輕蹙眉。

沈醉悠悠哉哉地看劇，配著和菓子喝了一杯又一杯，茶壺不知不覺見了底。徐羨手裡的不知春卻還是那杯，由熱轉涼，再也沒有被碰過。

茶喝多了，沈醉瞟了自家閨密一眼，見她還是倔強地坐在那裡，揚了揚眉，便起身去了廁所。

豈料沈醉從廁所出來後，卻發現人已經不見了。

她望著那空無一人的沙發，沒喝完的茶被擱在桌上，暗罵一聲浪費，把那杯茶一飲而盡。

半晌，沈醉失笑，撈起手機傳了則訊息給徐羨，讓她注意安全，接著便直接進了徐羨房間，舒舒服服躺上大床，心安理得地鳩占鵲巢。

徐羨只拿了手機便匆匆出門，都過了這麼久，哪還有什麼人影。她站在街口，有一瞬間竟迷失了方向，好半天才反應過來該去謝綽家看看。

可眞到了那裡，她卻發現男人不在家。

徐羨有他家的鑰匙，進屋後把每個房間都查看一遍，確定他真的不在家後，便憂心忡忡地下樓。

這都要十二點了，謝綽怎麼還沒回家？

離開前她看了眼散落在地上的紅酒瓶，酒櫃的門大大地敞開，裡頭至少空了一半。

這到底是喝了多少……想到沈醉說他狀態不太好，又想到她說他額角有傷，徐羨心下擔憂更盛。若真是醉了，那一個人在大街上亂跑，說不定會遇到什麼狀況。

她打了好幾通電話給謝綽，卻都自動轉入語音信箱。

徐羨一向自持，很少有這樣衝動且慌張的時候。她走遍了附近的街巷，渴望能在某一處轉角捕捉那道惦念的身影。

深秋的夜已經有了寒意，風吹來也隱隱刮骨，她方才急著出門，身上僅著居家服，很薄的一件長袖棉T，這會兒肌膚上都泛起了細小的疙瘩，是被冷出來的。

尋遍大街小巷，仍不見謝綽，徐羨身累心也累，卻不想放棄。她想起剛剛連續劇裡痛徹心扉的女主角，心下也有一捧峥嶸的疼。她隱約有個不好的感覺，總覺得這次放手了就很難再相遇。

所幸上天還是善待她的，就在她繞過一個公園，準備去對面的便利商店休息一下時，忽然瞥見一抹熟悉的背影，正坐在便利商店前的花臺上。

徐羨心下一驚，連忙穿越馬路，走近時，男人突然起身，拉住一個路過的彪形大漢。她有些訝異，畢竟謝綽的疏離是根深蒂固的，能不跟人接觸就不會接觸，豈料這會兒竟主動搭訕人家。

下一秒，她就聽見他問：「請問你有看見羨羨嗎？」

大漢剛從便利商店走出來，手上拎著一大袋飲料和零食，重得很，不耐煩地甩開謝綽的手，「誰啊？老子趕時間。」

「我女朋友。」謝綽說。

「誰他媽知道你女朋友誰啊，有病吧。」大漢罵罵咧咧地走了。

謝綽望著他離去的背影，發了一會兒呆，然後低首喃喃道：「是有病……因爲有病，所以羨羨才不要我的吧。」

聲音很低，卻依然入了徐羨耳裡，她心口發緊，只覺有某種複雜的情緒打翻了，滿溢而覆沒了她。

徐羨無聲無息地站在謝綽身後，看著他拿起手中的酒瓶，又往嘴裡灌了一大口。澄澈月輝落在他身上，只餘蒼白的慘澹。

當年少年在半夜的大街上遇到她時，她也是這樣放任自己痛飲紅酒，如今角色互換，她望著同樣借酒澆愁的謝綽，心下有說不出的難過。

良久，徐羨抿了抿唇，提步繞到男人面前。

謝綽垂著頭，連日的疲乏加上酒精的催化，導致他的眼神渙散難以聚焦。他漫無目的地追隨著地上晃動的光影，直到視野中猝不及防出現了一雙鞋子，而他隨之被一片陰影籠罩，他才恍然回神，愣了幾秒，遲疑地抬首。

當日思夜想的人撞進眼底時，謝綽身子一僵，頹靡的眸都瞪大了些許。路燈光線偏折，黑影消逝，在他瞳膜綴上碎光。他薄唇翕動了下，欲言又止了半天，最終也只是輕聲喚道：「羨羨……」

似是不可置信，又是如釋重負，以及百轉千迴的深情。

謝綽站起來，放下手中喝到一半的酒瓶，把身上的外套脫下來，轉而披到她肩上。因爲喝醉的緣故，他的動作有些笨拙。

「晚上這麼涼，怎麼穿這樣就跑出來了……」他垂眼，摸摸她的臉，「會不會冷？」

面對這樣的他，徐羨眼角發酸。

兩人之前那樣冷戰，且如今他自己都不知醉成什麼模樣了，居然還下意識地擔心她是否著涼。

徐羨壓住心底野蠻生長的酸澀，抬手覆蓋他捧著自己臉頰的手，也摸了摸，「謝綽，別喝了，回家吧。」

酒精侵蝕神經，也破壞思考的能力，謝綽沒說話，茫然地盯著她。

月色很靜，夜風很涼，他的臉色依然很白，眼眶泛起一圈的紅，酒意淌了滿眼。

「我不想回家。」大眼瞪小眼了一陣，他開口，語氣裡有難得的任性，「前輩總是叫我回家，可我不想回家，待公司不好嗎？工作超前進度，我也沒有要加班費，老闆高興都來不及。」

語速很快，像是著急著辯駁什麼，謝綽極少有一口氣說這麼多話的時候。

徐羨被他字裡行間的孩子氣給可愛到，聲音都柔了幾分：「爲什麼不想回家？」

「羨羨又不在，回家做什麼？」他斂眸，「一個人待在家太空虛了。」

聞言，徐羨握著他的手攥得更緊了。

「小時候家裡沒人，長大了家裡也沒人，反正都一個人，那麼待在哪裡也沒有區別。」見她抓住自己的手，指關節處因爲過度用力而染上不正常的白，謝綽囁嚅道，「妳別捏這麼緊，我會痛。」

徐羨想笑，卻笑不出來，只是稍稍放輕了力道，手指轉而嵌進他的指縫，十指緊扣。

「我們回家。」她說。

「羡羡在家嗎？」他盯著兩人握在一起的手，有些遲鈍地問。

徐羡拉著他往前走，「不在。」

謝綽立即停止步伐，「那我不回了。」

「等等就在了。」徐羡又輕輕拽了他一下，聲音比月光還要溫柔，「羡羡帶你回家。」

徐羡將謝綽帶回他家，這人全程被她牽著手，乖得不行。

出了電梯，謝綽沒有走向自己的家門，而是筆直地走到隔壁那一戶的大門，拿出鑰匙想要開門，卻發現怎麼樣也插不進鎖孔。

徐羡見狀哭笑不得，連忙把人給拉回來，這大半夜的，吵到鄰居可怎麼辦才好。

「謝綽，你家在這邊。」她搶過他手中的鑰匙，替他打開了門，「進去吧。」

謝綽沒進門，只是死死地盯著徐羡手上的鑰匙，蹙起了眉頭，「妳怎麼會有我家的鑰匙？」

徐羡無言以對，二話不說直接把人給拉了進去。

她先去廚房泡了杯蜂蜜水。蜂蜜是謝綽之前爲徐羡準備的，他想，她偶爾需要應酬或聚餐，若是喝多了，能喝點蜂蜜水緩解一下不適，豈料第一回用上竟是爲了他自己。

徐羡端著蜂蜜水走出廚房，見男人半倚在沙發上，碎髮散在額前，神情睏倦。

她坐到他身邊，把杯子塞進他手中，「能自己喝嗎？」

謝綽半瞇著眼，瞅了那杯蜂蜜水三秒，才慢吞吞地說：「好像不行。」

徐羡不知道他的不行是眞不行還是假不行，但不妨礙她覺得無語。下一秒，謝綽就挨上來，把杯子遞給她，「妳能餵我喝嗎？」
距離所剩無幾，男人的吐息在她頸邊落下，種下一片細密的癢。若不是他醉了，徐羨有一瞬間都要懷疑他是故意的。
把人按著餵完了蜂蜜水，徐羨想要去洗杯子，卻在起身的那一刻被拽住了手。
「別……」男人聲音微弱。
徐羨覺得奇怪，只見謝綽仰著頭看她，這回不像是俯首稱臣，倒像是一隻害怕被拋棄的小狗。他懇求道：「別離開……我。」
「……我只是去個廚房。」徐羨無奈，心底冒出許多吐槽他的話，卻在捕捉到他眼底的惶惶不安和卑微時，全都噤了聲。
沉默在彼此間喧囂，她安靜地凝視著他。良久，她放下杯子，半跪在沙發上，抬手扣住男人的下頷，低首時長髮從頰邊垂落，曳出一道漂亮的弧。
因爲靠得很近，她的幾縷髮絲甚至是搭在他肩上的。
「謝綽。」徐羨直直看進他眼底，問，「我是誰？」
「羨羨。」謝綽握住她禁錮自己的手，指腹小心翼翼地在腕骨處摩娑了兩下，「我的……羨羨。」
他望著她的目光有些迷離，藏著浩蕩深情。
「還認得出來，不算太壞。」徐羨嘀咕，接著想到什麼似的，語氣又沉了幾分，「你明明不喜歡酒，爲什麼還喝這麼多？」
謝綽仰著頭，被她掌控在指間。他想，好像每次都是這麼仰望著她，不論是泥濘不堪的年少時期，還是久別重逢後的現在，徐羨總是閃閃發亮，合該被眾人簇擁。
可被醉意挾持的心都是脆弱的，迷迷糊糊中，他只感受到愛人的語氣變得凌厲，一時間竟感到有些委屈。

「羨羨，我只是……想妳了。」謝綽抿了抿嘴，望向徐羨的眼神看起來十分可憐，「我好想妳，想得要發瘋。」

謝綽的情緒在此時噴薄而出，他對著徐羨訴說連日以來的難受。

「我傷害了妳，還有什麼資格說愛，清醒的時候連想妳都是罪過。只要想到妳哭，想到妳那晚的反抗和厭惡，我就覺得自己果然是爛泥……從前是爛泥，現在也是。我保護不了心愛的人，甚至還讓她受傷。」謝綽垂眼，原本輕輕握住她的手，忽地抓緊了些，是壓抑又情不自禁的表現，「妳說得對，我就該去死。」

他的眼角更紅了，洇著醺意，還有無處可洩的酸澀，「所以我只能喝酒，喝紅酒。腦子不清楚的時候，才能假裝沒有罪惡感，才能名正言順地想妳。」

徐羨望著這樣的他，心臟酸軟，疼得有些喘不過氣。

明明是她扣著他的下顎，可被扼住咽喉的卻彷彿是她，她的氧氣在男人懊悔又自厭的目光下逐漸湮滅。

她有些承受不住那雙哀傷的眼眸，於是稍稍別開目光，想要緩解心下漲潮的痛楚。可在謝綽眼裡，這樣的舉動就像是對他的排斥，也是不想接受他的表現。他慌得不行，那一瞬間他覺得他要徹底失去她了。

「羨羨，妳害怕了嗎？」謝綽忽地掉了淚，急切地自證，「妳不要怕，我不會傷害妳的，我只是、我只是……我只是太喜歡妳而已。」

「我知道我對妳的獨占慾有多麼病態，可我不會對妳做什麼。在妳手機裝定位也只是擔心妳的安全……好吧我承認確實有私心，但我並沒有每分每秒都盯著，我沒有想要監視妳的意思，更不會把妳關起來……」淚水從眼尾滑落，染溼了胎記，那點紅潤在水中，既清透又妖冶，「我沒有不信任妳，我不信任的從始至終都只有我自己。」

「我擁有的本就不多，所以才不希望我的東西落到別人手裡，何況是我好不容易得到的妳。」

聞言，徐羨眼眶裡也含了淚。是啊，他擁有的何止不多，是根本就太少了。

他從小就在那樣的環境中長大，物質和情感都匱乏，沒有人愛他，更沒有人教他怎樣去愛。

對於喜歡的東西有占有慾是很正常的，而爲了守住心愛的人，他往往會採取極端的作法，因爲他太害怕失去了。

徐羨想到前幾天下班後，她遇到出來遛狗的李堂，兩人停下來聊了一陣。

李堂說謝綽這幾天都在瘋狂工作，不要命的那種，讓她好好勸他，該休息就休息。

當時的她抿著唇緘默不語，而李堂一眼就看出兩人在冷戰，嘆了口氣道：「談戀愛有矛盾很正常，這世上沒有百分之百契合的人，所有關係都是需要磨合的。吵架了就好好講開，你們也不是小孩子了，我相信你們雙方都會願意理性溝通的。」

徐羨「嗯」了一聲，看了眼安安分分待在李堂旁邊的秋崽，不知怎麼地想到謝綽說他是她的狗。

李堂又道：「小謝是我帶起來的孩子，他能力好，性格卻不算討喜，也能感覺到他不太自愛。他身上有一股勁，那種被打到泥淖裡也能找到辦法生存下去的勁，生命力和頹廢並重的感覺很奇妙，他來我們公司面試的時候，我就對他印象深刻。」

「後來知道他的家庭狀況後，我才知道他一直都是一個人在努力生活，不免覺得心疼。現在他好不容易找到了一個願意陪伴他的人，也算是難得。」李堂拍拍徐羨的肩，聲音很溫和，「別怪我多說幾句啊，羨羨，妳跟小謝都是好孩子，當我知道你倆在一起的時候眞的很高興，我希望你們都能好好的。」

是啊，她也希望他們好好的，可怎麼就變成這樣了呢？

李叔說得對，所有關係都是需要磨合的。人在情感面前容易失去理智，可冷靜過後就該好好談談，才不會因爲那拉不下的自尊心而錯過最珍視的寶藏。

徐羡沉浸在思緒中，捏住謝綽下巴的手驟然鬆脫。謝綽心下一顫，以爲她要就此放開他了，他驚慌地抱住她，害怕她下一秒就要離開。

徐羡見狀，感到有些錯愕，眼前的謝綽，就和她最後一次夢到他的時候一樣易碎。她忽然無法區分夢境和現實，下意識就去看他手上有沒有小刀，深怕他會把自己劃成兩半，然後在她眼前支離破碎。

「我不正常，我有病，我冷漠又陰沉，我很難有同理心，我有時候甚至很偏激……可是羡羡，我絕對不會傷害妳。」謝綽將她牢牢地困在懷裡。

「那次是意外，是我在嫉妒，是我沒控制好自己，我知道妳跟那個誰……吳……吳樂廷，妳跟吳樂廷沒有什麼，是我的錯，都是我在發瘋。」

謝綽頓了頓，又道：「我會改的，我都會改的……羡羡，妳能不能不要離開我……」

他對著他的救世主懺悔，不求救世主赦免他的罪孽，但求能再看他一眼。

他會改的，只要能把徐羡留在身邊，他什麼都會改的。

可他的救世主至今仍沒有表態，僅是靜默地看著信徒伏在自己身上告解，再看他崩潰。

酒精肢解了理性，本能和衝動被放得無限大，疼痛和悲傷亦然。

謝綽等不到回應，等不到徐羡的寬恕，他覺得心臟被硬生生從體內掏了出來，疼得要死。

失去核心的空殼，餘下都是荒草寒煙。

「妳明明、妳明明說看見裂縫也不會逃的……」他顫抖地抓著她的肩，低頭掉淚，徐羨胸前的布料上是漸深的水漬，「妳怎麼可以……怎麼可以……」

夜色重重地砸下來，謝綽捂著心口，絕望低語：「羨羨，我好像要死了。」

衣襟上的淚水燙得徐羨一陣激靈，她覺得她跟謝綽好似並蒂的雙生花，根莖都連在一起，心臟也是。要不然怎麼他的難過，也能穿越第五肋間隙，讓她擁有毀天滅地般的疼。

也或許是她的心，早已爲他共鳴。

「謝綽、謝綽。」徐羨雙手捧起男人的臉，試圖喚醒被醉意和恐懼吞噬的他，「你不會死。」

他哽咽，宛如瀕死之人地喘息著，「我會死的，沒有妳的話我肯定會死。」

「你死不了。」滾燙浸溼她的手，眼淚從指縫緩緩流下，「裂縫沒崩塌，你死不了。」

酒意在鼻息間繚繞，徐羨於男人錯愕又迷濛的目光中吻住他。

「我不逃了，我陪著你。」她頓了頓，「我和你共生共死。」

✦

翌日謝綽醒來時，只覺頭痛難當，渾身像是脫了力，連舉起一條手臂都費勁。

額角的那處擦傷，隔了一夜之後，也終於後知後覺地感受到疼。

他隨手拿起一旁的手機想要看時間，豈料按了幾下，螢幕上呈現的都是一片黑，他這才意識到手機沒電了。

迷迷糊糊把手機接上電源，他腦子半是混濁半是清明，面無表情地癱在被褥裡，回想自己昨晚到底都幹了些什麼破事。

過了幾分鐘，手機螢幕亮起，謝綰無心一瞟後，直接僵住了。

螢幕上顯示著將近十通的未接來電，全部源自徐羨。

謝綰茫然，還沒從淩亂的頭緒裡揀出一條明確的思路，房門便「咔」的一聲被打開了，一個意想不到的人走了進來。

他的思緒驟然被打斷，狹長的眸忽而瞪大，眼角勾著的倦懶在頃刻間被稀釋。他望著女人來到床沿，手上端了碗什麼，隱約能看到熱氣冉冉升起，氤氳了她溫婉的五官。

「醒了？正好。」徐羨問，「想吐嗎？」

謝綰還處在剛睡醒的迷茫和見到徐羨的衝擊中，下意識地搖頭。

徐羨頷首，把手中的熱湯遞給他，「上網隨便搜了下解酒湯的作法，挑了個簡單的，第一次煮，湊合著喝吧。」

見他沒應，只是呆滯地拿著手機，徐羨感到奇怪，「你怎麼了？」

「妳這麼多天來第一次打給我，還打這麼多通，我卻沒接到……可惜了。」謝綰的臉上寫滿了遺憾。

徐羨沒想到會是這個答案。

「我下次出門絕對會記得充電，不會讓妳找不到我。」謝綰垂眼，看起來很可憐，「我盼了多久才能盼到妳的電話啊。」

徐羨忽然有一種自己拋棄了小狗的罪惡感。

見他兀自沉浸在憾恨的情緒中，她嘆了口氣，把熱湯再次塞到他手中。

謝綽怔了怔，有些失神地接過碗，好半天才找到重點，「妳……怎麼會在這裡？」

徐羨居高臨下地看著他，「有人昨天大半夜來我家，找不到我就在街上發酒瘋，爲了避免路人再被騷擾，我只好委屈自己捨身取義。」

謝綽感覺頭更痛了，他不知道原來自己喝醉會發酒瘋。因爲親生母親的關係，他對酒有著一定程度的牴觸，因此過去不常接觸酒，偶爾小酌也只是因爲想念徐羨，而淺嘗一點紅酒，讓微醺感帶他回到十六歲那個夜晚。他每回喝酒都萬分克制，這次是第一次喝醉。

「抱歉。」謝綽揉了揉太陽穴，「我下次會注意。」

「你還想有下次？」徐羨打開醫藥箱，謝綽這才發現原來剛剛徐羨走進來時，手上拿著的不只是熱湯，「昨天忘了問你，額頭上那個傷怎麼來的。」

謝綽昨晚雖然喝得很醉，但還記得自己大約做了什麼事。

經徐羨這麼一問，額角的刺痛感越發顯著，他想起昨天晚上在到徐羨家之前的路上，他拉著不知道第幾個被他攔下的路人，執著地問羨羨在哪。

對方只是餓了出來買個宵夜，卻被猝不及防地拽住，再加上深更半夜的，謝綽看起來更顯陰鬱，在酒氣的襯托下，整個人呈現出一種混沌的瘋勁。

路人嚇了一跳，以爲被怪人纏上了，反射性推了他一把，謝綽反應不及，踉蹌了一下直接撞到旁邊的牆，好巧不巧磕上了額頭。

回憶完畢，謝綽覺得丟臉，不好挑明，於是避重就輕：「醉了，走路沒看路，不小心撞到。」

他昨天到底騷擾了多少倒楣路人……這酒精短期內是碰不得了。

徐羨沒多問，仔細查看他的傷口，從醫藥箱裡翻出白藥水和棉棒，熟練地消毒，再用紗布包紮好。

那傷口不深，就是一夜沒處理，乍看之下有些怵目驚心罷了。她沒多在意，卻在低頭看向他的時候，發現男人垂首不語，肩膀小幅度地顫了顫，像是在隱忍著什麼。

徐羨也不由得緊張了起來，「怎麼了，還有哪裡不舒服嗎？」

謝綽抬頭，可憐兮兮地道：「痛。」

徐羨無語。

她不知怎麼地想到了與他第一次見面的時候，當時少年被打得滿身是傷，傷勢駭人，也沒見他喊一句疼，然而現在只是一個不大不小的傷口，他就委屈成這樣了。

徐羨心道他眞會得寸進尺，卻還是在他腦袋上輕拍了兩下，以示安慰，「還知道痛，下次再胡來，疼死你。」

「羨羨，妳好敷衍。」

徐羨皮笑肉不笑，「別裝可憐。」

「對不起。」謝綽垂眸，誠懇道歉。

徐羨「嗯」了聲，準備離開房間，豈料又聽他重複了一遍：「對不起。」

聲音很低，壓著沉悶。

她腳步一滯，聽出了他兩次道歉分別對應的是什麼。

她跟著又「嗯」了一次，卻沒正面回應，「快把湯喝一喝，再放就冷了。」

謝綽掀起眼簾，沒有收到預期的回應，心下空落落，卻也自知以現在的立場，沒資格要求更多。他目送她走到門邊，門板被緩緩關上，然而在完全闔實的那一瞬，又被猛地推開。

徐羨單手搭著門框，面色平靜，「趕緊打理好，出來談談。」

房門在眼前徹底關上，謝綪捧著那碗解酒湯，忽覺手心溫度暖得燙人，一路奔赴心口，烘得骨骼都溫熱。

謝綪從房間裡走出來時，徐羨正坐在餐桌前看書。

聽聞動靜，她抬首望去，指腹下意識捻了一下書頁，接著闔上書本，「頭還痛嗎？」

「如果我說痛……」謝綪拉開椅子坐下，「妳會心疼我嗎？」

「不會。」徐羨口是心非，「你活該。」

謝綪點點頭，「確實活該，以後不放肆了，還給人添麻煩。」

徐羨心想這人平時太過理性克制，偶爾給她添一下麻煩其實也無妨，能見到不同面貌的謝綪也挺有趣的。可表面上的她雙手交疊搭在桌面，神情平穩無一絲波瀾，像一池沉靜的月。

謝綪看到她手邊放的書，「《愛倫坡驚悚小說全集》？」

「嗯。」徐羨說，「從你書櫃上隨便拿的，剛看完《告密的心》。」

她之前很少進到謝綪書房，也就沒什麼機會觀賞他的藏書，方才閒著沒事想找點書打發時間，仔細看了一下，才發現他有很多哥德文學的經典作品，如《奧特蘭托堡》、《德古拉》、《道林格雷的畫像》等。

品味獨特，卻又與他的氣質異常和諧。

謝綪勾了勾唇，輕笑，「告密的是心臟嗎？不是，是他先出賣他自己的。」

《告密的心》裡的主角殺了老人後把屍體肢解藏在地板下，起初面對警方時偽裝得很好，最後卻因爲幻覺而精神崩潰，暴露了自己殺人的事實，而幻覺是他不斷地透過地板，聽到老人震耳欲聾的心跳聲。

是心跳聲，也是罪惡感的象徵。

「所以說洩密的是自己，能怪誰呢？那顆心臟早就停止跳動了。」徐羨指尖在暗紅色的書皮上輕敲，她有意無意道，「你的心跳聲出賣你了，謝綽。」

謝綽一愣，嘴角僵了僵，旋即又恢復自然，「別開玩笑了，羨羨。」

不知道是不是心理作用，謝綽好似聽到了自己左胸口處用力的搏動聲，每一下都那麼慌亂，昭示著他掩藏在平靜表面下的緊張。

如同主角在看到警察來時，耳邊越發清晰的老人的心跳聲。

他不想讓徐羨知道他的緊張，他不想再次在她面前失態。

徐羨喜歡體面且從容的人——他第無數次地提醒自己。

可他才剛想完，就聽到徐羨說：「謝綽，你聽到我的心跳聲了嗎？」

光線閃動，謝綽呼吸一滯。

「其實我也挺緊張的。」她在他愣然的目光中笑了笑，「所以你不用老是擔心在我面前失態。」

謝綽覺得，徐羨好像總是能看穿他。

「你一定在想，我爲什麼會知道？」徐羨說。

謝綽有些恍神，不由自主跟著喃喃：「妳爲什麼會知道……」

那雙漂亮的瑞鳳眼直勾勾地探進他眸底，好似要透過那層邃黑，深入靈魂，竊取一個人的眞心。

「你忘了嗎，我的心早已與你共鳴。」

「羨羨……」謝綽張了張嘴，一時啞然。

雖說徐羨願意談談，代表她願意給他機會，可他開心的同時也做足了要跟她嚴肅溝通的準備，甚至悲觀地想她會不會受不了他沉重的愛，進而提出分手，完全沒預料到她會率先放低姿態。

畢竟她是那樣驕傲的人，而兩人關係演變成這樣的癥結點其實是他。她和吳樂廷那件事，頂多算是導火線，也僅僅是誤會。

「謝綽，你愛我嗎？」徐羨冷不防地問。

「愛。」他毫不猶豫。

「我也愛你。」徐羨直接了當，「可是你知道，只有愛是不夠的吧？」

謝綽眼睫顫了顫，忽然有點慌。

「我們是兩個全然不同的人，維持一段關係需要磨合，想要長久地走下去，就必須更深入地了解對方，所以溝通是必要的。」她很冷靜，就像在解一道題，想要讀懂裡頭未解的謎，「有矛盾沒什麼，沒有情侶不吵架。當時我們兩個都在氣頭上，說話、行爲難免衝動，無形之中肯定都傷到對方了。分開的這段時間，我生氣歸生氣，但也總忍不住想你。」

男人沒出聲，只是安靜地拾起她的每一句話，一個字、一個字妥貼地放在心上，因爲這是近期徐羨跟他講最多話的一次，他不確定會不會也是最後一次——他想要守住關於她的所有，不想放過任何一點碎片。

「謝綽。」徐羨喚他，「不用怕，嗯？」

女人的嗓音那樣柔和，宛若春夜小雨，細風吻過，煙柳都漫漫。她知曉他的恐懼來源，知曉他生長在悲觀主義上的花朵，知曉他所有的脆弱與不安。

狂亂的心跳在她的字裡行間漸趨平緩，謝綽僵直的唇線鬆懈幾許，好似也有了剖析的勇氣。半晌，他垂眸，光線在眼瞼下曬出一小片陰影。

「妳離開之後，我想了很多。」語氣一頓，他接著說，「愛不該是強迫，也不會是絕對的占有。愛是占有的同時也給予對方自由。」

謝綽有點不敢看此刻徐羨的反應，深吸一口氣，繼續道：「我後來意識到，每個人都擁有各自的隱晦，需要私人的空間，並不是建立起了親密關係，就能肆無忌憚地越過界線索取對方的祕密。愛可以是共享，但不能是搶奪。」

徐羨的目光停留在他因緊張而微顫的睫毛，一言不發。

「我曾經試圖掌控妳，也想讓妳全然依賴我，因爲害怕妳受到傷害，也害怕自己失去妳。可是我忘了，妳是獨立的個體，妳具備面對危機時準確的判斷力，妳在大部分的時候都可以保護好自己。」

徐羨忍不住問：「那少部分是？」

「少部分……」他頓了一下，想到了什麼，記憶到嘴邊卻轉了個彎，「是不可抗力因素，例如天災，誰都躲不掉。」

謝綽掩在桌底下的指甲不受控地摳著掌心上破皮的地方，那是近期因過度使用酒精而脫皮的部位。徐羨不在的這段日子裡，強迫症發作得更頻繁了。

他止不住地摳，往死裡摳，想要藉由疼痛刺激感官，是焦慮的體現。他不確定徐羨會不會理解他。

「我承認我對妳的占有慾太強，也承認我對妳的愛很偏執。我總是控制不住地想要知道妳的一切，有時候哪怕只是妳忘了提起，我都會覺得妳在刻意隱瞞我。是的，我疑心病太重。」他眸色很深，如夜闌盡處，翻湧的是自嘲，「可那不是對妳的不信任，那是源於我骨子裡的自卑，是對我自己的不肯定和不相信……不相信這樣的我，能夠得到妳的愛。」

他抬眼，無奈地扯了扯唇，「妳太好了，非常非常的好，我始終覺得自己配不上妳。」

所以才沒安全感，所以才害怕失去，所以才想要強勢地占有她，讓她只能是他一個人的。

這話徐羨就聽得不樂意了，她說：「你把我想得太好了。你哪裡配不上？你哪裡都配得上。」

「是誰在學生時期考試都名列前茅，還考上頂大，是誰只花了五年就拿到學士和碩士學位，是誰在工作之後迅速獲得了上司的賞識，成爲研發組的核心骨幹？還有，是誰在我慌亂的時候安撫我的心，是誰在我面臨危難之際陪在我身邊，又是誰不吝嗇地展現溫柔，給予我好多好多的愛？」

徐羨手指搭在桌緣，稍稍傾身，「是你啊謝綽，是你。」

謝綽摳傷口的指尖一頓。

「你很優秀，謝綽，請你正視自己的優秀。」徐羨抬手捧住他的臉頰，強迫他與自己對視，「我們是平等的，沒有誰比誰更高貴。」

聞言，謝綽心尖顫了下，在她眼裡看到逐風而來的二十八星宿，捻著溫柔月色，亮燦燦地燃過半邊天。

刻在靈魂深處的那道裂縫好似被徹底滲透了。他恍惚地想，果然只有徐羨能照亮他，自始至終都只有她。

「……我很好。」謝綽兀自喃喃，同樣的三個字在他唇齒間展轉，像是要藉由反覆低誦，將這個認知拓進腦海裡，「我很好。」

「是的，你很好。」徐羨又往前靠近了些，隔著餐桌去碰他的臉頰，動作很輕，「你值得被愛，你是最好的謝綽。」

謝綽眼眶一熱。徐羨見他眼角有隱隱發紅的痕跡，不禁失笑，「以前被打得要死的時候也沒見你哭，你現在怎麼這麼愛哭？」

「……沒哭。」謝綽覺得彆扭，淺淺撇開眼，「只是酒精還沒完全揮發，影響淚線調節能力。」

聽你在那邊鬼扯，徐羨心想。

謝綽鴉羽似的睫毛垂落，目光在地磚間的縫隙游移，沒去看她，卻抬手覆蓋她觸碰他頰側的手，不輕不重地攥著，帶著她全然貼上自己的肌膚，然後小心翼翼又難掩渴望地，蹭了蹭她的手心。

「我們這樣算是和好了嗎？」他問，還是不敢觸及她的視線，深怕會接收到不中聽的答案。

徐羨看他想撒嬌又不敢撒嬌的樣子，覺得很有趣。在聽見昨晚他潰堤的剖白之後，她早就悄悄原諒他了，此時卻故意說得模稜兩可，有意吊著，「你覺得呢？」

謝綽不逃避了，猛地抬首，格外鄭重地道：「羨羨，我會改的，妳不喜歡的我都會改。有些刻在體內的執念和本能抹滅不掉，但至少在面對妳的時候，我會克制自己，避免讓妳壓力太大。如果我做出什麼讓妳感到不舒服的事，請直接講出來。」

他緩了緩，接著說：「我不希望妳跟我在一起時會彆扭、難受，我比任何人都希望妳能幸福，我也希望我是那個能帶給妳幸福的人。我會調整節奏，學習如何好好地愛妳，也好好地愛自己。」

「羨羨，我愛妳。」他低聲，語調溫柔沉穩，「我離不開妳。」

簡單的幾個字滾著浩蕩深情，也摻了多日來不可言說的壓抑。

「請妳再給我一次機會，好嗎？」

燈光傾落，綴上明亮，影影綽綽間，她讀懂他眸裡的鍾情。

徐羨指尖輕蜷，閉了閉眼，心口發燙，「好。」

✦

晚秋凋零，寒風撞碎霧氣彌漫的天，又是一年冬。

這天假日，兩人難得放縱，一覺睡到自然醒，睜開眼時已經過了中午。

徐羨動了動，才發現腰間被一隻手臂箍住，下一秒溫熱的鼻息拂上耳後，伴隨著男人低低的問候：「醒了？」

冷調的嗓摻了沙，宛若在冰石中砥礪一遭，浸上耳畔，格外勾引人。

徐羨「嗯」了一聲，還摻著半夢半醒的鼻音。天氣涼，她下意識去拽他搭在自己腰上的手，把人給拉得更近，貼得嚴實。

而讓她沒意料到的，是尋求到溫暖之際，也感受到抵在腿間溫度更高的一抹熱燙。

朦朧的睡意頓時煙消雲散。

謝綽也注意到了，喉頭滾出一聲低笑，鼻子蹭了蹭她的後頸，「早晨正常生理反應。」

「我知道。」徐羨很慢地眨了一下眼，「需要幫你嗎？」

好半晌沒得到回應，就在徐羨以為謝綽又睡著時，男人才啞著聲回道：「沒事，等等就緩過來了，再給我抱一下就好。」

徐羨抿了抿唇，背對著縮在他懷裡，安安靜靜地待著，有一股說不上哪裡奇怪的感覺。

之前同床共枕時不是沒有過這種情況。

她想起有一次幫著幫著險些擦槍走火，連她自己都在難耐邊緣，可公司臨時有事要處理，沒有時間讓她耽擱，最後謝綽將頭埋在她的頸窩裡，隨著極致煙花在腦內綻放，嘆息道：「眞想死在妳手裡。」

徐羨看著滿手黏膩，惡趣味地抹在他身上，「再不放我下床，我會先死在客戶手裡。」

男人吻她，「那我就殉情。」

謝綽說過自己不是什麼正人君子，她主動幫他，傻子才拒絕。

可這回他居然說要自己緩緩。

仔細想想，和好後的這段日子，她偶爾也會在他家留宿，可兩人竟一次都沒做過，最多就是吻到動情，然後戛然而止。

徐羨覺得奇怪，心下有什麼在細細地撓。難不成是因爲太久沒做，自己反而成了欲求不滿的那一方？

思及此，臉不免有些發熱，謝綽注意到她耳根子染上的淺紅，瞇了瞇眼，語氣促狹：「想什麼呢。」

「想你怎麼……」徐羨下意識就要講出來，「沒事，不是什麼重要的事，我先下床刷牙了。」

謝綽望著女人近乎是落荒而逃的背影，再看看自己還沒消退的慾望，手掌圈成拳頭抵在唇邊，輕咳了一聲。

待兩人洗漱完，已經過了午餐時間，許多餐廳早已休息。今日無事，兩人便決定去外面晃晃，隨便找一家咖啡廳待著，悠閒地消磨午後時光。

冬陽和煦，溫溫柔柔地曬過屋簷街角，有風途經人間，樹梢搖搖晃晃，抖落的都是清淺日光。

不知道是冬天的陽光格外靜好，還是緊扣的十指阻止了暖意竄逃，兩人沾了滿身的冷，心卻是溫熱的。

徐羨走在街上，感覺在這樣安逸的日子裡，透明的心臟也能接住碎光，任其在第五肋間隙開出一朵花。

推開咖啡廳的門，冷風順勢湧進，風鈴聲跌跌撞撞敲進耳裡，清脆得很。

店內空間不大不小，整體走日式文藝風，很舒服不做作的環境，給人一種柔軟的親切感。

老闆也與店內氛圍相襯，很溫煦的一個女生，明明是冬季，可那雙鹿眼卻棲息著清澈的春天，讓人聯想到江南的溫山軟水。她講話輕聲細語，或許是因為長時間與甜點為伍，連咬字都透著隱隱的甜。

「您好，請問今天想吃點什麼呢？」

「有推薦的嗎？」徐羨平時不嗜甜，這會兒心血來潮想吃糕點，面對琳琅滿目的甜點，一時間無從下手。

「現在是草莓季，草莓生乳捲是近期最受歡迎的一款。」老闆笑著介紹，「平時也滿多客人喜歡布朗尼和綜合水果塔。」

「那就草莓生乳捲和布朗尼各一個吧，另外還要一份香草嫩雞軟法。」徐羨看著菜單斟酌了一下，「然後再一杯西西里和冰美式。」

點完餐後兩人正要回座位時，突然一把粗獷的嗓音響起：「喲，兄弟，你找到你女朋友啦？」

徐羨和謝綽一齊往聲源看去，只見櫃檯旁的單人桌坐著一位身形魁梧的男人，咬了一口三明治後對他們揚了揚眉。

「小子，叫你呢。」

被點名的謝綽一臉困惑。

倒是徐羨認出來了，他是前陣子兩人和好前夕，謝綽喝醉後在便利商店前拉住的那位大哥。

當時謝綽滿身酒氣，又瘋又執著的模樣，令那位大哥印象深刻。

徐羨彎唇，代替他回答：「嗯，找回來了，抱歉給你添麻煩了。」

「沒事，找回來了就好。」男人兩三口就把三明治吃完了，「不過妳也管管妳男友，雖然一個大男人不至於怎麼樣，但三更半夜喝醉在外面流浪，難保出什麼意外，小情侶吵架也別鬧得太過分啊。」

聞言，謝綽才想起了什麼，波瀾不驚的面色終於有了裂痕。

沒有什麼是比喝酒誤事後還被陌生人認出來更丟臉的事了……

男人一口氣把玻璃杯裡剩下的半杯奶茶喝完，起身後拍了拍謝綽的肩，「好好相處啊，別再搞丟你女朋友了。」

待人都瀟灑地走出店門了，謝綽還有些恍神，思緒隱隱約約飄回那個借酒澆愁的夜，好像再次嗅到了那晚絕望的氣味。

直到徐羨牽起他的手，歪了歪頭湊到他面前，輕聲喚他的名字，謝綽才從回憶中倏然抽離。

他反手把徐羨的手包覆在掌心之中，手指發力，握得有些緊。

猶如對路人遲來的回應，也似是對自己的警告，更像是爲了愛人應許的承諾——

迎著窗外透進來的晴光，他低聲道：「不會再弄丟了。」

兩人在咖啡廳待到五點多，離開時年輕老闆眉眼彎彎地跟他倆說再見，徐羨笑了笑，表示自己下次有空還會來。

「這老闆還挺可愛的，看著她，心情就很好。」走出店門，晚風撲面而來，輕飄飄地撩起徐羨額前的碎髮。

謝綽抬手幫她理了理瀏海，語氣平淡地道：「有嗎。」

「很萌，讓人忍不住想憐愛。」徐羨說。

「不覺得，妳可愛多了。」謝綽整理完頭髮，手指垂落，順勢把她的手包進手心，「還有，妳憐愛我一個人就夠了。」

徐羨見他面無表情地說出這番話，忍俊不禁。

「你怎麼連女孩子都要嫉妒啊。」話是這樣說，她仍是牽起謝綽的手，湊到唇邊，在他手背上落下一個輕巧的吻，以示回應。

「我的女朋友人見人愛，連女生都曾經來搭訕過，我怎麼能沒有點危機意識。」

「你怎麼知道我被女的搭訕過？」徐羨驚訝地道。

「沈醉說的。」謝綽瞟了她一眼，「而且我記得有人之前常假裝自己是同性戀……」

徐羨含糊帶過這個話題，把問題推到自家閨密身上，「那女人怎麼什麼都往外說。」

拐過轉角前，她回首再看了一眼那家咖啡廳，夕光吻上門口的木製招牌，在燙金的「木兮」兩個字上滾過一層斑斕。

好特別的店名，徐羨心想。

晚霞瑰麗，落日懸於山頭，暮色在掌中行走，沿著手心紋理，浸入血液，在心下安了一捧暖。

徐羨很享受這種歲月靜好的日子，大吵一架之後，兩人之間的相處雖沒有太大變化，卻能明顯感受到他們都有意無意地在配合彼此的步調，想要給予對方一個舒適的戀愛。

靈魂好像更加契合了些。

經過藥妝店時，徐羨想到了什麼，「對了，洗面乳好像快用完了，我進去買一下。」

她走進店裡，迅速找到了平時用的那一款，結完帳要出去時，突然被身後的人叫住。

「不好意思，請問可以跟妳要個聯絡方式嗎？」

是方才結帳時排在她後面的人。

「那個……妳是我喜歡的類型，所以……」

徐羨被搭訕過不少次，每回都是表面溫婉但心下煩躁地拒絕，可或許是因爲男人看起來有些怯怯，下頜縮在厚實的圍巾裡，顯得溫和靦腆，看起來沒什麼攻擊性，甚至有些青澀，她難得沒有不適的感覺。

徐羨今天心情好，嘴角自然地抿出恰好的弧度，「謝謝你，不過……」

話頭才剛出口，她就猛然被拉進一個人的臂彎裡，被熟悉的氣息團團包裹。只聞一把沉沉的嗓音當頭澆下，隨之而來的是那緊緊按住自己肩頭的手。

「不好意思，這女人是我的了。」謝綽眸光很冷，眼底像是沉積了一場大雪，字裡行間都是張狂寒意。

男人愣了一下，明明店門是闔上的，可他卻好似被嚴冬刺了滿身。

「抱歉，我不知道……」

謝綽沒給他道歉的機會，捍衛完所有權後，攬著徐羨直接走了。

「……打擾了。」男人獨自杵在原地，尷尬道。

謝綽步伐很快，徐羨被拉著往外走，走得有些吃力，卻不怎麼在意，反倒有些開心。

她發現自己好像很喜歡看他吃醋，再冷冰冰宣示主權的樣子。

悄然抬眼，首先撞入視野的是他刀削似的下顎線，再往上，是緊抿的唇和挺直的鼻梁，細長眼尾勾著寡淡，眸中盛了一盞寒冬。

謝綽長睫輕斂，想要掩住眸底翻湧的情緒，可他忘了自己面對的是徐羨，他在她眼裡無所遁形。

夜色尚未覆蓋街城，卻早已在他眼底掀翻了濃重的墨，漆黑一片。

「謝綽，你生氣了嗎？」徐羨去勾他的小指，聲音放得輕柔，「嗯？」

謝綽沒吭聲。

徐羨瞭然，他生氣了。

兩人沿著來時路走回家，一路無話，一個沉著臉滿目陰鷙，一個老神在在，甚至還有心情欣賞天外雲卷雲舒，以及路邊不知名的花樹。

回到社區後，徐羨對警衛大叔彎唇點頭示意，見到負責清掃社區的阿姨也笑著打了招呼。

兩人搭電梯上樓，小小一方密閉空間，徐羨總覺得身邊人的氣壓越發低迷。

出了電梯，謝綽拽著她筆直地走向家門，沉默地開鎖，一進入玄關就轉身將人抵在門上，沉沉的目光壓下來，徐羨的鼻尖全是男人的氣息。

她平靜地看著他，明知故問：「你怎麼了？」

謝綽默然，眸色很深，甚至閃過一絲陰狠，定定地盯了她良久，而後低首吻住。

很凶的一個吻，沒有半點廝磨溫存，一來就直接破開齒關，與她的唇舌相抵、糾纏。

黑夜在燃燒，氧氣被一點一點掠奪，所有惡念和渴望都竄逃而出，將兩人狠狠綑縛。

他咬著她下唇，瞇眼道：「徐羨，妳怎麼就這麼討人喜歡呢？」

燈還沒開，她透過窗外照進的月光，清楚地捕捉到他眼底的野性，那樣赤裸，全是對她的慾念和無處發洩的氣悶。

徐羨被吻得方寸大亂，緩了幾秒，才抬手圈住他脖頸，「因爲我漂亮？」

她的語氣認眞，就像一個敬業的老師在回答學生的問題。

「妳還挺有自知之明。」謝綽掐著她下巴，拇指腹在她嘴角摩娑了下，忽地想到了什麼，狹長的眸裡戾氣更深，「還記得去泡溫泉那次嗎？那些人看到妳之後，都走不動了。」

「因爲我不只長得好看，身材也不錯？」徐羨想起自己當時的穿著，勾了勾唇，「你不會那個時候就在吃醋了吧？」

「我那時候只想把他們的眼睛挖出來。」謝綽冷笑一聲，「再把妳關起來，給我一個人看就好。」
徐羨摸摸他的臉，「那現在呢？」
「現在也想把妳關起來。」謝綽又去咬她，「怎麼才去買個東西，也能被別人纏上？」
「謝綽，你怎麼這麼可愛？」徐羨憋了一路，終於忍不住了，任由他在自己頸上留下印記，笑著揉了揉他的髮，「我是你的啊，被人搭訕又怎樣，誰都搶不走。」
「那妳能不能不要對誰都笑？警衛和清潔人員有什麼好笑的，妳還不如對我多笑笑。」
「你今年三歲嗎謝綽。」徐羨覺得太有趣了。
「五歲吧。」他說，舔著她的耳垂，「勉強能自理了。」
聞言，徐羨更是笑得不行，她從前怎麼就沒發現這人還挺幽默的呢。
謝綽把頭埋在她頸窩，細細地吮，由於聲音悶著，聽起來透著股濃濃的委屈，「好想把妳銬住，銬在我身邊，但我又捨不得妳的手被磨破，所以可以換妳拴住我嗎？」
「想要……怎麼拴？」氣氛纏綿，徐羨從善如流，感受到男人唇齒逐漸向下，呼吸也重了些，擱在他腦袋上的手不由自主往下按。
「買條狗繩吧，套住我，鏈子可要拽好了。」謝綽的手在不知不覺間從她的衣角探入，冰涼的指節觸到溫熱肌膚，使徐羨不禁顫了顫，「不過就算妳沒拽緊，我也不會跑就是了。」
他緩了緩，又道：「主人，我會永遠跟在妳身邊。」
與此同時，男人修長的指尖在徐羨的腰窩展轉，薄繭抹開一片顫慄，伴隨低啞的聲音滾入耳裡，徐羡的腿軟了一瞬，差點沒站穩。

豈料就在她以爲要更進一步時，謝綽卻轉而向上重新攫住她的唇，手也從衣服裡收了回去，捧著她的臉深情地吻，含情又綿長。

不知道過了多久，兩人才終於捨得分開。

謝綽打開燈，眼前驟然大亮，女人眉眼像是泡了盈盈春水，臉頰潮紅一片，輕輕地喘著氣。

謝綽喉結滾了滾，緩緩移開視線。

徐羡在方才接吻的時候就感覺到他的動情，可誰知道他卻選擇及時止住。

「做嗎」兩個字還沒問出來，謝綽就拾起她的手，溫柔地吻了吻她的掌心，然後說：「我去洗澡了。」

望著他走進臥室的背影，她眨了眨眼，有些意外。

這麼說起來，早上也是。

徐羡有些茫然地坐在沙發上，回過神時，謝綽已經從浴室裡走出來了。

這大冬天的，洗了場冷水澡後，就算本來有哪裡不冷靜，這會兒也都被迫冷靜了。

剛吹乾的短髮很蓬鬆，徐羡手癢抓了一把，她還在琢磨方才的事，就聽男人道：「對不起。」

「什麼?」徐羡不解地問。

「剛才沒控制住，又……」

話還沒說完，徐羡就懂了，連忙打斷，「道歉什麼，我很喜歡。」

「我喜歡你對我的占有慾，這能讓我感覺自己是被偏愛的。」徐羡側身跨坐在他腿上，垂首看他，「如果有別的女生跟你要聯絡方式，我肯定也會吃醋。」

她神情認眞地道：「我說過的，在我這裡你不用刻意壓抑自己，我會接住你。」

剛洗完澡的體溫格外暖熱，身上還暈著沐浴乳的香氣，徐羨很喜歡，用鼻尖蹭了蹭他的，「雖然當時溝通得很嚴肅，但你也不用綁手綁腳，談個戀愛沒那麼多要顧忌的。你可以盡情地對我做想做的事，只是不能囚禁我。」

她將頭埋在他肩窩，貪戀地嗅著他身上獨有的氣息，「我是你的，我也是我自己的。就像你是我的，但你才是眞正能主宰自己的人，不用什麼都遷就我，懂嗎？」

謝綽下巴抵著她的頭頂，「嗯」了聲，垂眸看著懷中女人，心臟震盪，從碎石堆裡長出一枝玫瑰。

和好後的小心翼翼，連日來的緊繃神經，在這一刻都徹底抒解了，好似湧入一場盛大的春日宴，荒蕪褪去，滿山都怦然。

他腐朽而空虛的靈魂，至此眞正地完整。

✦

工作狂謝綽這陣子不再自主加班了，只要沒事，一到下班時間，他人就直接消失，比誰都還要積極。

如此一來，無形中也給研發部的同事減輕了不少壓力，李堂見狀，知道兩人這是和好了。

這天，研發部的新項目有問題要討論，事態緊急，不得不加班開會探討，因此徐羨難得比謝綽還要早回去，兩人現在已經是半同居的狀態。

會議結束時，夜色已然深沉，晚上九點多回到家，他一開門見到的就是盤腿坐在沙發上的徐羨。

女人拿起一旁的熱奶茶抿了一口，姿態愜意，腿上擺了一臺筆記型電腦。

謝綽沒有如願獲得女朋友的慰問，只見徐羨放下馬克杯後遞了一個眼神過來，不過一瞬，又輕描淡寫地收回。

謝綽還沒來得及哀怨，下一秒就見她的手在鍵盤上飛快地打了什麼，然後開口：「點子很有新意，但有點偏離甲方要求，何況他們剛起步，核心需求是建立品牌形象，你的想法比較適合應用在後期的產品行銷上。」

謝綽走近後，才發現徐羨戴著藍芽耳機，電腦螢幕上是ＰＰＴ和數據報表，她正在跟來電者討論案子。

好傢伙，又是一個工作狂。

謝綽去廚房倒了杯水，走出來時見徐羨專心地敲著鍵盤，柔順長髮挽成鬆散的髻托在腦後，頂上燈光傾落，替整個人鍍上一層暖色調的溫和，可那雙總是溫柔含情的眼，此時卻俐落得很，舉手投足都是幹練和專業。

不得不說，她認眞的樣子確實很吸引人。

謝綽倚在牆邊欣賞了一陣，本打算先去洗澡，不欲干擾她的工作，可在提步去浴室的那一刻，卻猛地聽到了一個熟悉的名字。

「樂廷，那個區塊需要修改一下。」徐羨的聲音響在此起彼落的鍵盤聲中，「不用急，這事沒那麼趕，想明白了再動手。」

謝綽腳步一滯。

沉默了三秒，他拐了個彎，走到沙發後，清楚地看到她擱在桌面上的手機，螢幕上的通話頁面顯示著「吳樂廷」三個字。

謝綽瞇了瞇眼。

「把自己代入客戶的立場，仔細思考這兩者之間的關係，哪一個是主軸，哪一個又是附屬需求，不要喧賓……」徐羨話講到一半，感受到驟然貼上的手揉著肩頸，不快不慢，像是在刻意的撩撥，指尖撚過之處盡是勾纏，那處是她的敏感帶，使她禁不住顫了顫，「……奪主。」

徐羨轉頭覷了謝綽一眼，眼底有隱隱的埋怨。

豈料某人沒有要放過她的意思，另一隻手從後方扶住她的頰側，指腹有一下沒一下地磨蹭著，帶出絲絲酥癢，接著彎身湊到她耳邊，輕輕吹了一口氣。

徐羨狠狠抖了一下。

「你別……」

耳機裡傳來吳樂廷的聲音：「別怎樣？徐羨姐？」

聞聲，徐羨才意識到自己還在跟吳樂廷講電話，她瞪向謝綽，用口形無聲道：「別弄我。」

謝綽視若無睹，薄唇向下，展轉到她頸邊，如小雨連綿，在上頭落下一個又一個細密的吻。

「還有下禮拜週會要檢討J公司的回饋數據，記得準備，你們組……」頸上一刺，是謝綽淺淺咬了一口，徐羨呼吸亂了一瞬，「組長……應該有交代過，別……嗯……別忘了。」

溫熱氣息撲在耳邊、頸後，男人強勢的荷爾蒙，如疾風驟雨般壓下來，氤氳的挑逗像一張細密織網，徹底困住她。

吳樂廷察覺她的異樣，關心道：「姐，妳怎麼了嗎？是不是不舒服？」

「沒、沒事……」徐羨盯著電腦螢幕，一邊耳機在磨蹭間被弄掉了，吳樂廷有些失眞的聲音響在耳畔，可她的注意力全在身後的男人身上。

徐羨搭在滑鼠上的手倏地收緊，謝綽沿著那截白膩的頸子舔下去，讓她情不自禁地仰了仰頭，凌亂間按到滑鼠左鍵，電腦螢幕上的資料險些遭殃。

「有不懂的再……再問我。」那隻骨節分明的手不知何時探進她的衣領裡，謝綽還在吻她，唇舌於耳鬢間廝磨，徐羨的理智在他惡劣的打擾間逐漸凋零，心口栽下一樹酥麻，慾望的枝枒蔓延，咬字都顛簸，「早點、早點休息，先掛了。」

見徐羨忽然掛斷通話，吳樂廷疑惑了一下，心想或許是她那邊臨時有狀況，這才急著結束。

而此時有狀況的人早已軟了身子，腦袋被扣著扳過去，側首與愛人交換呼吸。

不知道吻了多久，謝綽終於放開她，他看著神魂蕩漾的女人，眸色一暗，撐著沙發椅背直接翻到前面，與她挨著坐在一起。

徐羨無骨似地靠在沙發上，慵懶地抬起手，指尖點在男人胸口，「我在工作，你發什麼瘋？」

謝綽握住她的手指，將其放到唇邊，從指節根部一路舔到指尖，「大晚上的加什麼班，你們公司還有人性嗎？」

「這不是有人也在加班不回來嗎？」徐羨見他一臉淡然地舔吻她的手指，心想這人眞是妥妥的斯文敗類，披著陰冷禁慾的皮囊，實則風騷到骨子裡了，「我太無聊沒事做，剛好樂樂對於新項目有不懂的地方，打過來問我。」

「有什麼問題非得要大晚上的打電話打擾上司，隔天上班再處理不行？」謝綽攥著她的指，傾身向前，狹長的眸微瞇，眼尾那點紅色胎記描出一絲危險氣息，「還有，妳剛剛叫他什麼？」

「樂樂啊。」徐羨心知他在意的點，卻仍故作無辜地眨了眨眼，「同事們都這樣叫他的。」

「叫得這麼親暱，難怪會給其他人不必要的錯覺，你們部門的風氣該整治了。」

「我就是我們部門的負責人，我認爲目前的風氣挺好的。」

「那負責人要不要也增進一下跟戀人之間的風氣？」謝綽銜住她的唇，含糊道，「也幫我換個稱呼吧。」

徐羨沒被束縛的那隻手扶住他的腦袋，五指插入髮絲間，往自己的方向壓了壓，加深這個吻。

「想聽什麼？」眼睫近乎相抵，徐羨問，「老公？」

輕飄飄的兩個字，含在她的唇齒間，如煙繾綣，隨交纏的舌尖渡過去。化在口中，融於耳裡，亂他心曲。

「再叫一次。」他壓下體內躁意，吻她鎖骨，誘哄著，「羨羨，再叫一次，嗯？」

徐羨十分聽話，在他耳畔悠悠道：「老公。」

謝綽瞳孔驟縮，吐息稍沉，只覺有股顫慄沿著血液分赴四肢百骸。明明她的聲音是那樣溫潤，如清白月光，寧謐又溫柔，可那兩個字墜入心口，卻在他體內燃燒，掀起一場狂烈烽煙，骨縫盡是生生不息的流火。

他努力想抑制本能的騷動，可又忍不住與她廝磨，企圖分食一夜的旖旎。

徐羨任由他修長的指在自己身上游移，撫過的每一寸都黏稠，她能清晰地感受到他的變化，遏止不住的慾望突破藩籬，渴望被溫情撫慰。

然而就在她情難自禁地將腿勾上他腰腹時，男人卻突然頓住了。

謝綽分明還沒行動，徐羨卻直覺他要撤離，連忙拉住他的手。

「你又要自己去洗冷水澡了嗎？大冬天的，想感冒啊？」那雙漂亮的瑞鳳眼此時格外銳利，眼底沉的是不解和埋怨，可面上揉著動情的紅暈，兩者交織，別有一番風情，「主動勾引我，還想全身而退，門都沒有。」

謝綽一愣，「我……」

「你這陣子在糾結什麼，嗯？」徐羨直勾勾地盯著他，手卻往下探，「明明就很想做，爲什麼每次都要放過我？」

慾念被包覆在她柔軟的掌心中，謝綽溢出一絲悶哼：「我怕……」

徐羨懂得拿捏他，手上動作不減，一邊品嘗他紊亂的呼吸，時輕時重，惹得他繃緊背脊，汗水沿下頷緩緩滑落。

「羨羨，我快要……」

「你還沒回答我的問題，怕什麼？不說就不讓你射。」

語聲墜落，她甚至惡劣地在頂端重重磨了一下。

快感於臨界點徘徊，謝綽哪裡經得了這種刺激，他將頭埋在她肩窩悶聲道：「我怕妳不喜歡……」

徐羨怔了怔，「不喜歡什麼？」

兩人在情事上一向契合，何況徐羨始終認爲與愛人沉淪雲雨，能夠讓彼此的肉體和靈魂都更加貼近。

「我怎麼會不喜歡？」她茫然，手上的動作也停了，忽然想到什麼，有些不可置信，「難道你以爲我之前都是裝的？」

有些女人會假高潮，但她沒必要，謝綽確實能夠帶給她足夠的激情與愛意。

「不是。」謝綽也不知她怎麼就想到那裡去了，側首親了親她的眉眼，「之前那次……」

話未畢，徐羨卻懂了。

謝綽怕之前的Angry Sex，造成了她的陰影，所以和好後的這段日子都不太敢碰她。

徐羨沒有想到是這個原因，她哭笑不得，可同時間又有一陣暖流淌過心頭，在骨血發散，熨得整個人都酥軟，宛若晨光熹微間，被曙色暖烘烘地托住。

怎麼這麼溫柔，她要溺亡在他眼底的斑斕白晝。

「謝綽，愛我。」徐羨更用力地抱著他，尋他的唇，「快來愛我。」

月落滿山，長夜未央，星河綿延千里，他在她身上徹底燎原。

酣暢淋漓之後，兩人躺在床上溫存，細細說著話。

從沙發到落地窗，再從落地窗到浴室，幾番展轉，徐羨被折騰得渾身都要散了，感覺每一寸骨骼都是痠的，累得要命。可她的內心此刻卻充盈得過分，迎風開出一朵花。是因爲愛人就在身邊吧。

裹在鬆軟的被褥裡，謝綽從身後環住她，徐羨縮在他懷中，踏實得讓人安心。

「腰疼嗎？」謝綽手指搭在她腰間，「幫妳揉揉？」

徐羨「嗯」了聲，感受到男人的大掌在腰上揉捏，觸感溫厚，力道適中，很舒服。

她微瞇著眼，在這安適的氣氛裡，睡意也漸漸湧上。

「羨羨。」謝綽一邊幫她按摩腰部，一邊低聲道，「謝謝妳愛我。」

徐羨在被窩裡抓住他的手，輕輕拍了拍，「不用謝，也遇不到別人了。」

謝綽在她看不見的地方彎了彎唇，沉黑的眸子漫上笑意，窗外星宿落於眼底，晦暗盡處也能生光。

「那天能在小巷遇到妳……眞好。」他想起兩人的初見，陰沉冷天和偏僻陋巷，以及如和煦春風般溫柔的少女，「我欠妳的可多了，妳救了我兩次，可當妳被全校非議的時候，我卻沒有辦法保護妳。」

徐羨不知道他爲什麼突然提起往事，卻仍是半掀著被睏倦沾黏的眼皮，轉過身與他面對面擁抱，「要互相虧欠才能藕斷絲連。」

這話是當初兩人再次相遇時，謝綽爲了逗她而隨口扯的歪理。

他們都沒想到，這句話預言了他們的生命軌跡。

剪不斷，理還亂，又更深地糾纏在一起。

「所以說，虧欠了又怎樣？我們之間的絲連已經太多了……」徐羨撫了撫他的背脊，下了一個結論，「分不開了。」

謝綽垂眼，懷中女人恬靜柔和，天外月光都不及她眉眼半分。

「從前的我懦弱無能，無法保護心上人，甚至沒有資格光明正大地說喜歡。但從今以後我會好好愛妳，愛妳的明媚，也愛妳的陰暗，愛妳的溫柔，也愛妳的乖張。」

他吻了吻她的額心。

「我本是在泥濘中苟活的人，在遇見妳之前，從沒見過光。我也曾埋怨自己的出身，憑什麼他人光鮮亮麗，我卻只能在暗巷裡打滾，窮困狼狽不說，甚至還差點被親生母親掐死。可現在我反倒慶幸起自己是爛泥餵養出來的生命，因爲體驗過最底層的腐朽，所以無所畏懼，我必然會是妳的依靠，妳的後盾。」

謝綽停頓了一會兒，繼續道：「儘管我希望妳一路風平浪靜，再也不要跌倒……可沒有人會一輩子順利，當妳受傷時，妳可以放心墜落，我會毫無保留接住妳。」

他深情地說：「徐羨，我永遠爲妳俯首稱臣。」

徐羨在聽到親生母親那裡時就已經清醒了，本來幾欲酣眠的神經驟然拉緊，睡意頓時間消失得無影無蹤。她有些心慌地握住他的手，眸光焦灼，「差點被掐死是怎麼回事？」

她從來都沒有聽他說過這件事，只知道他母親不負責任的墮落，與對他毫不掩飾的厭惡。他的童年到底還有多少疤痕是她尚未窺見的？

徐羨捏捏他的指關節，又心疼地摸摸他的臉。

「有一次她喝醉了，回到家開始發瘋，當時我躺在沙發上睡覺。」謝綍很享受被她關愛的感覺，他笑了下，「她突然掐住我的脖子，說我是來討債的催命鬼，是我害他失去老公，變成現在這副模樣。如果當初沒有懷孕的話，她也不會被拋棄，還可以繼續做他的情人，擁有衣食無虞的人生。」

謝綍的語氣寡淡，字裡行間沒有半點情緒起伏，彷彿講的是別人的故事。

「我那時候太小了，七八歲而已吧，沒有能力反抗，甚至做好了就這麼死掉的準備。可或許每個人都有求生的本能，當時客廳很黑，桌上卻閃過一道銀光，那是用完沒收起來的迷你水果刀。快要窒息的前一刻，我拿起它，在那女人的手臂上劃了一刀。」

那晚的畫面其實已經很模糊了，女人猙獰的嘴臉和腥紅的刀痕早已在記憶裡逐漸褪色，可濃重的酒味與血氣，卻不知爲何還依稀縈繞在鼻間。

就像那棟舊公寓的破敗氣息，始終附著在身上揮之不去。

「其實也就是皮肉傷，可她還是暈了過去，隔天她酒醒後以爲是自己在外面弄傷的，罵罵咧咧了一陣，又出門了。」

謝綽輕描淡寫地闡述完這段故事，無意繼續，順勢將話題收束，「我的兒時生活就是一團糟，別提了，挺無趣的。」

徐羨心疼死了，想起他當時在日料店包廂與黃總的交手，當時的她還疑惑怎麼會有人隨身帶著刀子，「所以之後隨身攜帶小刀，也是因爲這件事嗎？」

「嗯，怕哪天睡一睡她又發酒瘋想對我下手，後來就不知不覺變成習慣了。」謝綽說，「手邊有個工具也好，危難之際更有餘裕。」

就像當初撞見王郁珊以及黃昇一樣，任何想對徐羨圖謀不軌的人，他不介意弄死他們。

謝綽擁著她，溫聲道：「不是想睡了？睡吧。」

「睡不著了。」徐羨如實回答，默不作聲地盯了他半晌後，冷不防地開口，「謝綽，你眞好。」

謝綽失笑，「不，我不好，妳永遠不會知道，我還想對妳做些什麼事。」

徐羨嘴角勾出一抹弧度，半開玩笑道：「下次想做什麼列一張清單出來，我來審核，批准了就可以做。」

她抬眼，正好觸及他垂下的目光。今夜月色格外明亮，清白如練，絲絲縷縷從窗縫透進來，在他臉上描摹成畫，陰冷的五官都溫柔了不少。

說出口的話也確實溫柔，還偏執。

「知道濟慈嗎？他在給愛人芬妮的信中寫到……我一直對於有人能爲宗教殉道，感到不可思議。」浮光明晦間的一瞬對視，打翻了冬夜裡的一腔赤誠。他沉吟半晌，指腹在她唇角摩娑，聲音低沉：「我不能爲宗教而死，但愛是我的宗教，我可以爲此而死。」

那是一個信徒對於他的救世主，虔誠且盛大的告白。

「我可以為妳而死……羨羨，妳是我的信仰。」他望著她的眼神幽微如潭，可靜寂的表面下是狂瀾浩渺，所有不可言說的想法、妄念，全都被湮沒在夜色下的深沉流水中，「沒有妳我不能呼吸。」

徐羨沒出聲，將手心貼上他胸口，隔著布料和肌理，感受那沿著皮膚、血液、神經，而後清晰傳遞到自己身上的心跳，舉手投足間竟有些顫巍巍的。

她感覺自己的心臟也在隨之共振，頻率漸趨一致。

「謝綽，別為我而死。」徐羨閉了閉眼，心跳聲無須出賣誰，他們早已為彼此共鳴，「你說過的，要死我們也要一起死。」

謝綽眼角泛紅，沒有什麼是比與愛人的靈魂契合更加浪漫的事了，她總是能讀懂他拐彎抹腳的隱喻。

「維根斯坦說世界的意義不能用言語表達，任何東西一旦以語言或文字表述，在一定程度上都會被削弱或扭曲。」他嶙峋的指隔著衣服撫過她的蝴蝶骨，每一下都是流連，想要抓緊那幾欲翻飛的翅，「在不可言說之處，人類就必須保持沉默。」

「我愛妳也是不可言說，從前是不該也不敢，現在是不能……語言文字不能明確涵蓋這份感情，也無法定義我對妳的愛，可我還是想說——我愛妳，徐羨。」他在黑暗中找到她的唇，給予一個不帶情慾的吻，「我愛妳。」

「我也愛你。」她眼眶一熱，與他鼻尖相抵。

「不過謝綽，你沒有必要為我俯首稱臣。」徐羨目光含情，凝視著他，而後親暱地蹭了蹭，「一開始我想征服你，可後來才發現，自己才是被征服的那個，我早已在不知不覺間被你吸引。」

「沒事，我們可以爲彼此臣服。」謝綽笑，愛極了她難得的撒嬌，忍不住又碰了碰她的唇。

月落星沉，可他的月亮永遠不會沉沒。

他們就著今夜的最後一瓢月色，接了一個綿長的吻。

從前，她是他百轉千迴的不可言說。

如今，他成爲了她的不臣之臣。

全文完

番外

誰年少時沒遇過一個驚豔了歲月的白月光

母親死了。

接到通知的時候，謝綍剛上完家教，一踏進宿舍便被相關單位的來電砸中。

他們讓他去認屍。

上了大學後他就搬進宿舍，再也沒回到那個破爛的小公寓。

時隔幾個月再次看到這張臉，不得不說，確實有些陌生。

蒼白的、生硬的、死氣沉沉的……不，確實就是死了。

先前還會渾身酒氣拿著剪刀或高跟鞋衝他罵罵咧咧的女人，此時躺在停屍間，白布一蓋，身體就變成一具枯朽的容器，像被風化的石膏像，殘破的，沒有溫度。

難過嗎？倒也沒有。

他靜靜地望著這個被稱作母親，卻從未給予他母愛的人。

屍檢顯示她體內酒精濃度過高，並且有心肌梗塞的現象，死亡時間大約在凌晨。天亮後，有人發現她倒在路邊，身邊還散落著兩罐打開的酒瓶，疑似醉酒後因天氣太冷而猝死。

以他對這個女人的了解，這樣的死因簡直不能更合理了。整天醉醺醺地發瘋，活該被酒害死，多麼愚蠢又諷刺。

謝綽簡單地處理了後事，沒有葬禮。

踏出火化場，猖狂的北風迎面而來，裸露在外的皮膚激起了細小的顫慄。這波寒流實在冷，冷到凍結了他在這世上唯一能稱作是「親人」的人。

回到宿舍，室友們興沖沖地問他要不要去居酒屋。他們不知道他母親死了。

他說好，室友們很是意外，更興奮了，要知道這位總給人一股疏離感的資優生，平時可是幾乎不與他們打交道的。

結束了冷漠的喪事，謝綽難得不想自己一個人。

那晚他喝了很多的酒，進行了很多無謂的社交，室友們提議的遊戲，他全數奉陪到底。

在老套的真心話大冒險中，他被問到有沒有談過戀愛，醉意朦朧間，他想起了國中遇見的那個少女，然後說沒有。

「怎麼可能！你成績這麼好，長得也好看，除了個性一開始比較難親近……但這也不是什麼問題，怎麼會沒談過？」

謝綽瞇了瞇眼，搖晃了一下酒杯。

談過嗎？或許吧。

他已經在心裡跟那個少女默默地談了很多場戀愛。

「沒談過就算了，不過應該很多人喜歡你吧？」

「不太清楚。」大抵是酒精的緣故，一向邊界感分明的謝綽，竟將深藏在心底的祕密宣之於口，「但我有喜歡的人。」

聞言，室友們都來勁了，高冷資優生居然願意分享自己的感情故事，四捨五入也算是把他們當兄弟了吧！

「然後呢然後呢？」

「她是什麼樣的人？」

「你們沒在一起？」

面對室友們豐沛的好奇心，謝綽也只是抿了口手中的燒啤，垂著眼簾淡淡道：「但她不見了。」

「啊？」沒想到是這種發展，眾人都有些錯愕。

「我找不到她。」喉間忽然有些苦澀，不知道是酒精還是什麼，謝綽只知道自己的嗓音像是摻入了砂礫，「我把她搞丟了。」

眾人面面相覷，他們還以為能嗑到一波糖，沒想到會被塞了滿嘴的刀子。

俗話說每個看似成功的男人背後都有一段不為人知的故事，從此室友們看謝綽的眼神都帶了點同情。

離開了居酒屋，室友們說要去KTV續攤。謝綽方才喝了太多混酒，有些睏了，便獨自叫車先回宿舍。

腦袋眩暈、步伐不穩地回到房間，他來不及走到床位，便一屁股坐在地上。

謝綽靠著門板，手機螢幕在黑暗中照亮他的五官，映出眼底濃稠的醉意。

是啊，她在哪裡呢？

其實也不是沒找過，只是找到了又能如何，如今的他依然不配站在她身邊。

點開社群媒體，第一條跑出來的消息是關於T大的。

真鬧，連自己學校K大的事情都不關心了，何況是別的學校的，推送這個給他幹麼。

謝綽正想往下滑時，指尖卻猛地停在了螢幕上方。

萬籟俱寂的夜，他聽見自己轟鳴的心跳聲。

貼文上的那張照片，背景是T大的食堂，學生們依序排隊點餐，鏡頭下的那名少女垂首，一襲奶白色棉麻連身長裙，乖巧而溫柔。她彷彿與周遭隔絕，自帶淡雅寧謐的氣質，像塵囂中的一抹澄淨月色，不染半點塵埃。

謝綽盯著那張側拍圖，突然感受到萬物的脈動，沉寂的心臟復甦覺醒。

那張臉他再熟悉不過。

午夜夢迴之際，少女經常光臨他的夢境，那樣美好而生動，救世主般賜予他晦暗的生命無盡光芒。這些年來，他總是靠著這些殘餘的影子飲鴆止渴。

他想起最後一次見面，那是像今晚一樣空蕩寂寥的街道，少女坐在路邊的花臺上，問他要不要一起喝紅酒。他拒絕了，她笑得輕鬆卻無奈。

原來她去了T大。

是啊，這麼優秀的一個人，就算被命運擺了一道那又怎樣，她在哪裡都會閃閃發光。

就像現在這樣。

有股衝動在血液裡沸騰，思念的慾望滿溢成河，他多想現在就訂車票去T大找她。可是找到了又怎樣？她肯定不記得他，他也還沒有自信到與她相認、並肩，甚至是追求。

大抵只會被當作是奇怪的變態吧。

酸澀在左胸膨脹，謝綽放下手機，又再次拿起，如此反覆。

止不住的躁動侵占思緒，最後他存下那張照片，並在眾多讚美中留下自己微不足道的腳印。

——誰年少時沒遇過一個驚豔了歲月的白月光。

✦

「白月光？」徐羨拿起謝綽的手機，把聊天室的頁面湊到男人面前，「原來我在你這邊的名稱是白月光啊。」

剛從餐廳洗手間回來的謝綽頓了一下，低低地「嗯」一聲。

「我沒有要偷看你對話紀錄的意思，只是剛剛在看你拍的照片，結果跳出訊息通知，我不小心按到了，退出來就是你的聊天列表。」

「沒事。」謝綽不以爲意，切了一塊牛小排遞到女人嘴邊，「嘗嘗。」

徐羨乖巧地接受投餵，「說到白月光，你知道我大學有個外號是『T大白月光』嗎？好巧。」

謝綽切牛排的手微微一滯。

「我原本不知道，是沈醉跟我說的，還把貼文的連結傳過來，熱門留言就是『誰年少時沒遇過一個驚豔了歲月的白月光』。」

「那妳知道是誰發的嗎？」

徐羨搖頭，「原本以爲是認識的人在調侃，畢竟吹捧得太超過了，結果我點進那人的主頁看，什麼都沒有，就連ＩＤ名都是原始的用戶編號，我看這人平常就沒在用社群，只是隨手留了個言就不小心變成熱門留言。」

謝綽心想，才沒有吹捧得太超過。

「那人說得眞好，難怪是熱門留言。」

輕飄飄地丟下一句，他接過自己的手機，把方才幫徐羨拍的照片設成手機桌布，女人一襲米白色洋裝，裙襬在晚風中飛揚，背後是夜色下廣闊寧靜的海，以及一輪溫柔的明月。

看著照片中的兩個月亮，他想起一句話。

——浪漫主義的弊病在於想要得到月亮，就好像實際上可以得到它一樣。

謝綽想，他的浪漫偏執而扭曲，但他還是得到月亮了。

就像佩索亞認爲浪漫主義把人類「需要的」和「想要的」混爲一談，不過對謝綽來說，無論是需要的還是想要的，指的都是徐羨。

只有一個徐羨。

桌布設置完畢，謝綽抬眸，在愛人皎潔的微笑中，望進她深深的眼裡。

「徐羨，妳就是我一生的白月光。」

畢生所求，難以忘懷。

後記
愛的馴服禮

早安！先謝謝願意翻開這本書、陪伴謝綽和徐羨走到這裡的大家。每次出版一本書都像是驚喜，謝謝讀者、編輯，還有世界賜予我的盛大贈禮。

《不可言說》是我第一次嘗試寫比較陰暗的風格。在創作前幾部作品時，我寫了很多閃閃發亮的人物設定，這次想要寫寫看不是世俗定義下的好人。整部作品的基調比較瘋，以浪漫主義爲核心，是遵從原始本能，毫無修飾的情感的直接輸出。

內容主要圍繞在ＯＣＤ、原生家庭和成長環境對人格的影響、校園霸凌和輿論傷害，以及男主角是個沒什麼道德感的偏執狂。

謝綽的原生家庭對於他的人格形成造成很大的影響，甚至使他患上強迫症。他曾經一無所有，因此一旦擁有了什麼，那種控制慾便更加蓬勃發展，再加上完美主義的性格，使他太過於執著要擺脫過去，最後演變成ＯＣＤ。

他其實很想完全掌控徐羨，但他捨不得傷害她，捨不得她因爲自己受到束縛、痛苦，他想珍惜她的念頭大過了將她蠻橫地占爲己有的慾望，所以這就是他不能成爲一個眞正的病嬌，或是一個徹底的瘋子搞強制愛的原因吧，哈哈哈（不過羨羨也不是會讓自己被強制愛的個性就是了XD）。

私心覺得小謝最觸動人的一點是他的破碎感，以及面對徐羨的虔誠。徐羨是他的救世主，他甘願淪爲她卑微的信徒，每當他看向她時，眼底那種虔敬與悲壯，讓人心疼也心動。借用DS關係的概念來說，謝綪既是DOM又是SUB，他的占有慾很強，不允許事情超出自己的掌控範圍，可也是這樣的他，在徐羨面前那樣的卑微，願意臣服，甚至當她的狗。他既想控制愛人，又心甘情願地服從，是愛的矛盾體，也是愛的馴服體。

至於徐羨，她溫柔、漂亮、大方得體，但在經歷了年少時期的事情後，她開始僞裝自己，表現出來的不一定是眞情，內心也有較乖張、冷漠的一面。我很喜歡徐羨獨立又穩定的情緒，她慢慢引導謝綪去學習愛，並給他安全感，眞的是好溫柔好溫柔的一個人，每次看著羨羨寵小謝，就覺得心臟軟軟。

這次特別引用了愛倫坡《亞瑟府的沒落》貫穿全文。其一是愛倫坡的書寫風格——哥德文學——十分符合謝綪的氣質；其二是亞瑟家「裂縫」、「崩塌」的意象，連結到謝綪的偏執心理，以及在被徐羨發現他病態的邪念後，美好表象的破裂，和感情岌岌可危的狀態。

不同的是，崩塌後的謝綪得以重生，亞瑟家卻永遠成爲了一片廢墟（但凡他倆其中一個不長嘴，這段感情也絕對會步上亞瑟家的後塵哈哈）。

其他就不多說了，保留給大家自己詮釋。總之，跨出舒適圈的挑戰不知算不算成功，但寫得很開心就是了——是全然放縱、依循本心、不束手束腳的書寫過程。也很謝謝連載期間讀者寶寶們的陪伴，以及編輯曉芳、啟樺的幫助，讓這個故事能以更好的模樣綻放。

最後，祝大家跟小謝一樣，經年妄想也能得償所願。老話一句，感謝你們浪費在我身上的生命，緣聚緣散，咱們江湖再見。

三杏子，二〇二四．十一月，台北

國家圖書館出版品預行編目資料

不可言說／三杏子著. -- 初版. -- 臺北市：POPO原創出版，城邦原創股份有限公司出版：英屬蓋曼群島商家庭傳媒股份有限公司城邦分公司發行, 2025.02
面；　公分. --
ISBN 978-626-7455-71-5（平裝）

863.57　　113013362

不可言說

作　　者／三杏子
責任編輯／鄭啓樺　行銷業務／林政杰　版　　權／李婷雯

內容運營組長／李曉芳
副總經理／陳靜芬
總　經　理／黃淑貞
發　行　人／何飛鵬
法律顧問／元禾法律事務所　王子文律師
出　　版／POPO原創出版
城邦原創股份有限公司
台北市南港區昆陽街 16 號 4 樓
電話：(02) 2509-5506　傳眞：(02) 2500-1933
email：service@popo.tw
發　　行／英屬蓋曼群島商家庭傳媒股份有限公司城邦分公司
聯絡地址：台北市南港區昆陽街 16 號 8 樓
書虫客服服務專線：(02) 25007718・(02) 25007719
24小時傳眞服務：(02) 25001990・(02) 25001991
服務時間：週一至週五09:30-12:00・13:30-17:00
郵撥帳號：19863813　戶名：書虫股份有限公司
讀者服務信箱 email：service@readingclub.com.tw
城邦讀書花園網址：www.cite.com.tw
香港發行所／城邦（香港）出版集團有限公司
地址：香港九龍土瓜灣土瓜灣道86號順聯工業大廈6樓A室
email：hkcite@biznetvigator.com
電話：(852) 25086231　傳眞：(852) 25789337
馬新發行所／城邦（馬新）出版集團 Cité(M)Sdn. Bhd.
41, Jalan Radin Anum, Bandar Baru Sri Petaling,
57000 Kuala Lumpur, Malaysia.
電話：(603) 90563833　傳眞：(603) 90576622
email：services@cite.my

封面設計／禾風
電腦排版／游淑萍
印　　刷／漾格科技股份有限公司
經　銷　商／聯合發行股份有限公司
電話：(02)2917-8022　傳眞：(02)2911-0053

■ 2025 年2月初版　　Printed in Taiwan

定價／380元

ISBN　978-626-7455-71-5

POPO原創出版 www.popo.tw　城邦讀書花園 www.cite.com.tw